Oscar bestsell

MARGHERITA OGGERO

LA COLLEGA
TATUATA

OSCAR MONDADORI

© 2002 Arnoldo Mondadori Editore S.p.A., Milano

I edizione Scrittori italiani e stranieri gennaio 2002
I edizione Oscar bestsellers gennaio 2003

ISBN 88-04-51281-4

Questo volume è stato stampato
presso Mondadori Printing S.p.A.
Stabilimento NSM - Cles (TN)
Stampato in Italia - Printed in Italy

Ristampe:

9 10 11 12 13 14

2006   2007   2008

www.librimondadori.it

La collega tatuata

A Luisotta

I libri ci spiegano le cose, la vita invece no.
JULIAN BARNES, *Il pappagallo di Flaubert*

Tutti i personaggi, le vicende e le circostanze di questo romanzo sono immaginari, tranne il bassotto.

Capitolo primo

Le era stata subito antipatica.

Si parlava casualmente di animali domestici in sala professo-ri – luce velenosa al neon, arredi deprimenti, foto incorniciata di Gronchi scaccolata da generazioni di mosche e ignorata da generazioni di bidelli (il mansionario dei bidelli non contempla la rimozione dei ritratti di presidenti scaduti e/o defunti, il mansionario dei bidelli è scarsamente contemplativo) – e la De Lenchantin, Bianca De Lenchantin, subito a dire che non le piace-vano i cani.

«Perché non ti piacciono?»

«Perché... sporcano.»

«Sporchiamo anche noi. Trecento grammi al giorno, stitici esclusi.»

La Dielle non aveva replicato. Raccattata la sua borsa grandi firme, era scivolata via in dignitosa compostezza. Ma era pro-prio quella compostezza, quell'eleganza di abiti accessori porta-mento e gesti (facile se si è al di sopra dei centosettanta centi-metri e al di sotto dei cinquantacinque chili) a starle sull'anima e a farla deragliare. Oltre, si capisce, all'eufemistico e improprio uso del verbo sporcare riferito ai cani, preceduto per di più da pudibondi puntini mentali di sospensione, e all'impercettibile (impercettibile a tutti, ma non al suo olfatto quasi canino) sen-tore di lavandino ingorgato che la spruzzata di Jicky non riusci-va a nascondere del tutto.

Sono proprio stronza, rifletté giudiziosamente, se la trovo an-tipatica perché è alta bionda bella e ricca. Sono una stronza con micragnose invidie di classe e meschine gelosie prefemministe. Però se odia i cani è stronza anche lei. Amen.

Guai a toccarle i cani. In un mondo sgangherato di convivenze esplosive e chiacchiere gratuite, i cani – e in subordine i gatti – costituiscono una consolante certezza. I cani hanno le pulci ma non ti rompono l'anima a dirti che le loro sono più grosse e ingorde delle tue: si grattano e basta. I cani ti scodinzolano anche se te ne sbatti del politically correct, se giudichi una scemata il new age, se rifiuti di frequentare chi chiama i bidelli operatori scolastici, i secondini agenti di polizia carceraria, gli ospedali strutture sanitarie eccetera. I cani non parlano non scrivono non rilasciano interviste alla tivù – non ancora – e in questo sta oggi la loro affidabilità.

Ragioneria e matematica si scambiavano intanto confidenze su parti e gravidanze: le nausee fino al terzo mese, ma sai che io non sopportavo più l'odore del caffè, il mio primo era di quattro chili ma con il corso psicofisico non me ne sono quasi accorta... Sto invecchiando male pensò, i quaranta sono alle porte e io sono depressa e irritabile, non me ne frega niente delle loro doglie e non ho voglia di raccontargli le mie. Recuperò sopra uno scaffale un «Espresso» d'antiquariato sopravvissuto alla caduta degli imperi e si mise oziosamente a sfogliarlo.

"Una cultura maschilista e antisessuale ha fatto della mestruazione un'esperienza vergognosa e inconfessabile, quindi negativa, dolorosa, mentre dovrebbe essere considerata come una squisita esperienza erotica, uno stato di grazia della creatività femminile... Nonostante la suggestione dello slogan 'donna è bello', risulta alla rivista 'Marie Claire' che la padrona di casa francese detesta imbrattare le lenzuola del proprio sangue."

O diosanto no! E adesso che faccio, si chiese, piglio un caffè doppio o un Valium? In una giornata cominciata così sarebbe meglio seppellirsi. Decise per il caffè doppio e approfittando dell'ora buca scese in via Garibaldi. Lì, all'altezza del numero civico 12, la scritta ormai familiare ANTONELLA HA UNA FICA GROSSA COSÌ con annesso disegno esplicativo la intrigò di nuovo e la fece virare verso un umore un po' meno atrabiliare. Antonella abita probabilmente nei paraggi e la scritta le ha procurato un certo imbarazzo. Adesso il grosso non piace più: tutte efebiche androgine e anoressiche, la taglia 40 basta e avanza e anche lo straccio in poliestere comprato alla Standa o sulle bancarelle fa la sua figura. Ma Antonella come sarà? Proporzionata alla sua fica o in contrasto? Meglio la seconda ipotesi, l'imprevisto è sempre più eccitante. Si sono conosciuti in discoteca sul tram a un concerto rock in parrocchia in un centro autogestito, si sono piaciuti, ma sai che sei carina un sacco (una cifra un casino), anche tu sei mica male, qualche altro preambolo mutuato dal cinema o dalla tivù e poi via a letto. Con le dovute cautele, si capisce, o forse no perché la giovinezza è incoscientemente ottimista. Non riesco a immaginarmi dove. In macchina è faticoso, in ascensore lo fanno soltanto in America perché hanno i grattacieli, nel letto di casa è improbabile dal momento che i genitori, nonostante il permissivismo, non si schiodano facilmente. A Torino non ci sono spiagge d'argento o pinete complici, fa freddo nove mesi l'anno, i parchi sono territorio esclusivo di tossici nostrani battone di varie etnie viados sudamericani e spacciatori magrebini o nigeriani. La mala indigena ha mollato la bassa macelleria e adesso staziona più in alto, gli ex papponi, i gargagnani della Pellerina hanno come minimo un autosalone da cui transitano Alfa Lancia BMW e Mercedes da smembrare o riciclare alla svelta, tra squilli di cellulari e sventagliare di carte di credito. Comunque a letto ci sono andati e lo sbalordimento di lui riesco a immaginarmelo benissimo. Soliti capelli scarruffati o tagliati con l'accetta, senini sodi da aerobica, ombelico inanellato alla Naomi Campbell e poi... Poi lui è così strabiliato che sente il bisogno di confidarsi con un severo muro del centro storico: agita la bomboletta spray comprata per l'occasione o per un'altra evenienza e comincia, in un ordinato stampatello maiuscolo, senza neanche dimenticare la acca. Deve aver fatto delle buone scuole, fosse vissuto un duecent'anni fa si sarebbe cimentato in un'odicina anacreontica (Ah! La spelonca tua/dolce Antonella mia...) o in un sonetto (Né mai potrò scordar la lata vulva...). Dovrei smetterla di perdermi in baggianate, tra dieci minuti si riprende a lavorare, la terza non l'ho ancora conosciuta, chissà com'è. Comincio subito a spiegare qualcosa sul Medioevo, attacco con la nascita delle lingue romanze o cazzeggio un po' tanto per capire come reagiscono?

Arrivò su col solito fiatone – facessi un po' di sport perlamiseria! – passò in sala professori per prendere il registro e fece in tempo a sentire Bianca che celebrava le meraviglie delle isole Chagos. Le Chagos! Passino le Seychelles, passino le Maldive Bali le Bahama Guadalupa Martinica, passino persino le Laccadive, che ormai ci sono i Méditerranée e i Valtur con gli animatori le hostess i corsi di espressione corporea meditazione trascendentale reiki e bioenergetica, ma le Chagos! Dove sono a proposito? Mar Arabico oppure Oceano Indiano?

In terza non parlò né di Medioevo né di lingue romanze e neppure cazzeggiò: loro avevano bell'e pronta una piattaforma programmatica per la gestione democratica del programma. L'assonanza le fece l'effetto della sabbia tra i denti, ma aveva imparato che bisognava lasciarli parlare, far mostra di una partecipazione non ostile e neppure troppo condiscendente. Il cinismo dell'età, pensò. Ma qui si tratta di salvare il salvabile, d'insegnargli a pensare prima e a parlare poi, di fargli capire che ci sono tante sfumature tra il bianco e il nero, che buttar via il bambino con l'acqua della tinozza non sempre è produttivo... Anche la letteratura provenzale, anche la scuola poetica siciliana, persino Bonvesin può servire. Se glielo dico subito però mi gioco l'anno, divento la ciospa da spintonare giù dalle scale.

«Perché a noi non ci sta bene che ci siano chi imposta teocraticamente i programmi e che...»

Sottolineava mentalmente le allocuzioni dei vari tribuni con segnacci blu, ma il "teocraticamente" la fece sobbalzare. Gregorio VII Innocenzo III Calvino gli ayatollah i talebani, ma che ne sanno questi della teocrazia, forse gli piace la parola, come carisma motivazioni attimino ganzo... Bisognò ascoltare fino in fondo: oltre alla piattaforma programmatica c'erano le istituzioni repressive il tunnel in cui si era entrati il discorso da portare avanti eccetera. Tutto prevedibile tutto scontato, compreso lo stupro delle più elementari norme grammaticali. Sarà dura anche quest'anno, rimuginò mentre ascoltava impassibile il confuso dibattito conclusivo: i primi due mesi a cercare di farsi capire, cioè a stabilire delle norme di convivenza, cioè a imporsi. Il cioè infettivo: me lo becco sempre a inizio d'anno, ci devo stare attenta anche pensando o mi ritrovo a dire sì cioè no come loro.

Tornando a casa si sentiva sfinita. Ma è appena mezzogiorno, è appena il terzo giorno di scuola, se comincio così sto fresca. Si fermò al piano di sotto e suonò da sua madre.

«Luana è arrivata in ritardo, guarda poi come ti ha rifatto la camera, non ha neanche tirato su i libri da terra ti dico, e non ha di sicuro passato il battitappeto in soggiorno.»

«Lascia perdere mamma, va bene così. Luana fa quel che può e sa, è mica un maggiordomo inglese. E poi è una brava donna e a parte il nome cosa puoi rimproverarle? Non ruba, è moderatamente pettegola... che vuoi di più?»

«Se va bene a te... sei tu che la paghi.»

«Sì mamma ciao buon appetito.»

Entrò in casa. Potti era in agguato per le solite esibizioni di affetto: sventagliate di coda e musate alle caviglie. Subito dopo però occhiate espressive alla ciotola: io ho fatto il mio dovere e tu fa' il tuo, dammi da mangiare che è ora. Patti chiari. Preparò subito il pasto del cane: carne tritata e qualche tozzetto di pane secco, niente riso lesso perché l'avrebbe sputato in giro per tutta la casa. Dopo anni di tentativi, l'aveva avuta vinta lui e il riso lesso o soffiato o in qualunque altra forma era stato bandito dalla sua dieta. Del resto i cani sono carnivori.

E noi cosa mangiamo? Insalata di verdure lesse – chissà come sarà contento Renzo che odia le verdure lesse al punto da chiamarle "merdure" – e fettina alla professoressa, cioè schiaffata nella padella antiaderente con un rametto di rosmarino, niente condimento e una gran puzza per tutta la casa, nonostante la cappa aspirante a due velocità. Formaggio e frutta: tre mele raggrinzite di pessimo aspetto.

Renzo era di umore discreto. Si liberò in fretta del cane, le diede un bacio sul collo e notò il bicchiere di Puntemes.

«Qualcosa che non va?»

«No, mi sento solo un po' stanca.»

«Ma se hai appena cominciato!»

«Appunto. Non mi sono ancora abituata.»

«Schifose ste verdure. Le fai per sadismo o in buona fede?»

«Per sadismo. C'è anche la fettina alla professoressa.»

«L'avevo intuito dalla puzza. Un pasto allettante. Siamo mica in quaresima?»

«La quaresima è in primavera e non si mangia carne.»

«Hai qualche guaio a scuola? Non hai l'aria allegra.»

«Nessun guaio. Ho conosciuto la terza, mi darà da fare ma era prevedibile. Ho anche una collega nuova d'inglese, una stronza.»

«Perché stronza?»

«Non le piacciono i cani.»

«La libertà di pensiero è garantita dalla Costituzione. Articolo ventuno, dovresti saperlo.»

«Anche la mia libertà di pensiero è garantita dalla Costituzione, per cui posso continuare a ritenerla una stronza.»

«Ma cosa ti ha fatto?»

«Niente. Però puzza di lavandino nonostante il suo Guerlain ed è appena tornata dalle Chagos.»

«Cosa sono?»

«Isole tropico-equatoriali. Sabbia bianca palme manghi papaie e conchiglie grosse così.»

«Come la fica di Antonella.»

Scoppiò a ridere, cominciava ad andar meglio.

«Vai tu a prendere la bambina?»

«Vado sempre io, non fare domande retoriche. Come si chiama?»

«Chi?»

«La stronza delle Chagos.»

«Bianca De Lenchantin.»

«Nasce bene, allora.»

«Probabile. L'aria ce l'ha.»

Più tardi, da sola, il malumore la riprese. Non ho voglia di leggere, non ho voglia di far niente, non c'è un pensiero che mi attiri, considerò sconsolata. Il fatto è che, alla soglia dei quaranta, tutti i giochi sono fatti, il lavoro non lo cambi più, la famiglia ce l'hai, il benessere – poco o tanto – l'hai raggiunto. Ma di cosa mi lamento? Va tutto bene, eppure la sera non ho neanche la voglia di lavarmi i denti. Andò in bagno per darsi un'occhiata allo specchio: qualche chilo di troppo e nessuna voglia di pensare alla dieta al vogatore o alla cyclette, rughe intorno agli occhi e le creme e i cosmetici che irrancidiscono nei vasetti. Si accese una sigaretta, un po' di veleno non cambia niente. Il cane la seguiva passo passo con muta partecipazione: questa si chiama crisi esistenziale caro mio, fortunato te che non sai cosa sia. Le venne in mente che forse si trattava d'altro e consultò l'agenda con un pizzico di speranza, ma no, stavolta non aveva confuso la noia cosmica con la tempesta di ormoni che precede i mestrui, mancava ancora una settimana, non era quello.

Magari telefono a un'amica, pensò, han quasi tutte più o meno la mia età. Ma le sue amiche-coetanee da qualche anno si erano bloccate sui trentacinque trentasei e non invecchiavano più. Tutte meno due: Lia e Gina. Ma Lia si è trasferita a Rhôde Saint-Genèse, vicino a Bruxelles: non è conveniente affidare alla teleselezione le doglie dell'anima, viene a costare come una seduta dallo psicanalista. Mi resta Gina. Le telefono e mi lamento con cautela, se lei è serena e senza problemi faccio marcia indietro, parliamo del riassetto delle carriere, del fondo di incentivazione oppure le chiedo la ricetta di quel suo famoso e indigeribile soufflé all'aglio. Fece il numero e una voce – quella di Gina – rispose subito tra inequivocabili singhiozzi. Singhiozzi addirittura? Troppa grazia sant'Antonio.

«Ginotta cos'hai, che t'è successo?»

«Stavo giusto per chiamarti, mi devo sfogare, è mezz'ora che piango, se ne parlo ad altri mi danno della fanatica... Ho già telefonato a Diego e anche lui mi ha detto di smetterla, che non è il caso, che c'è di peggio... ma io non ce la faccio...»

«Ma cos'hai, dimmelo!»

«Un cane, m'hanno ammazzato un cane. Col boccone credo. Quando mi sono alzata dal letto dopo mangiato l'ho trovato morto in giardino, vicino alla porta di casa, con del vomito giallo tutt'attorno. Ma perché, che male faceva? Non ho il coraggio di toccarlo, ma sono sola e lo devo togliere di mezzo prima che arrivino i bambini, non voglio che lo vedano. E poi è proprio Flik. Lo so che non dovrei dirlo, ma dell'altro mi sarebbe importato un po' meno, Bisin non è così affettuoso, si fa i fatti suoi e quelle rare volte che mi fa le feste mi butta per terra. Invece Flik...»

E giù un'altra scossa di singhiozzi.

«Vuoi che venga da te? Spostiamo Flik e ti consolo.»

«Sì grazie, non osavo chiedertelo. Vieni.»

Raccattò un golf e la borsa, ma come la vide infilarsi le scarpe Potti si piazzò davanti alla porta per chiarire che voleva uscire anche lui.

«No, te non ti porto. I cani non vanno a far visite di condoglianze e poi se Bisin è libero ti sbrana.»

Rassegnato ma non convinto il cane si spostò e la lasciò uscire, per cominciare a ululare non appena la porta fu chiusa. Guidando con la solita imprudenza e imperizia verso la collina pensava che oltre a tante altre cose – liceo università vacanze professione – con Gina aveva in comune anche l'amore per i cani. Solo che Gina aveva sempre bastardi orridi o forsennati. Come Bisin, che non appena fu scesa dalla macchina le si avventò contro con l'intenzione di non lasciarle varcare il cancello.

«E piantala, testone! Sono anni che mi vedi, possibile che non impari a riconoscermi? Fatti in là, dai, che non ho paura di te.»

Però dovette arrivare Gina a garantirle il salvacondotto. Spettinata, gli occhi rossi, le lacrime che continuavano a grondarle sotto gli occhiali, la portò subito davanti a Flik. Che non era bello neanche da morto, anzi.

«Ce l'hai una vanga?»

«Una vanga? Sì, perché?»

«Per seppellirlo.»

«Ma così subito, povera bestia?»

«Be', non vorrai fargli la camera ardente. Poi guarda quante mosche. Dai Ginotta, facciamolo subito, è inutile spostarlo di qua e di là.»

Manovrare proficuamente una vanga risultò più difficile di quanto pensasse. A vederlo sembra niente: si conficca la lama nel terreno, si fa leva col manico, si tira su e si butta la terra di fianco. Il tutto con dei bei gesti ampi e vigorosi che estasiavano i poeti dell'Ottocento. Nel caso particolare, la vanga batteva sempre contro qualche pietra e la manciatina scarsa di terra che riusciva a smuovere tornava a finire sui piedi invece che di fianco.

Gina la osservava perplessa.

«Non hai mica tanto l'andi.»

«Manco d'abitudine. Però sono piena di buona volontà.»

«Da' qui che provo io.»

Aveva indubbiamente un andi migliore, nonostante il lutto recente, e a un certo punto come esibizione di professionalità arrivò persino a sputarsi sulle mani.

«Se mi vuoi umiliare, dimmelo subito. Oppure scavi fosse come lavoro nero?»

Per riguadagnare un po' di stima e anche perché l'idea era stata sua, decise che avrebbe provveduto lei al trasporto funebre di Flik. Scacciò via le mosche che non volevano mollare la preda e si chiese se doveva trascinarlo per le zampe o portarlo in braccio. Sullo schifo prevalse la pietà, riuscì con fatica a issarselo sulle braccia cercando di non macchiarsi di vomito e di pensare ad altro e Gina la premiò con uno sguardo di sincera riconoscenza.

Dopo un'oretta la faccenda era finita. Si lavarono rassettarono bevvero un caffè e fecero un po' di mesta conversazione. Che ovviamente riguardò vita e gesta di Flik: da quando orfano e randagio si era presentato al cancello per farsi adottare malgrado l'ostruzionismo di Bisin che intendeva restare cane unico, a quando aveva deciso di diventare un cane da macchina e aveva scelto la due cavalli di Gina come cuccia diurna e notturna (d'estate) e guai a chiudere le portiere, a quando...

Tornarono i figli da scuola, incarogniti in un loro litigio riguardante un ritardo non si capiva di chi, grugnirono un saluto buttarono gli zaini per terra si scambiarono un paio di insulti più che ripetibili ma Ginotta, alzatasi di scatto, mollò con fredda imparzialità un ceffone a ciascuno.

La guardarono allibiti:

«Ma che ti piglia?»

«Da quando in qua non si può più dire stronzo? Lo dici anche tu cento volte al giorno...»

Bisognò spiegargli che era morto Flik, e in maniera tragica.

«Se becco lo stronzo che l'ha avvelenato io gli... io lo...» imprecò il grande mentre il piccolo cominciava a singhiozzare.

«Può anche essere una stronza» suggerì lei «nei gialli sono

sempre le donne che ammazzano col veleno. Oppure Flik ha mangiato per sbaglio quello per i topi.»

«Non abbiamo topi, noi. Abbiamo tre gatti» puntualizzò il piccolo con un certo orgoglio.

«E se è morto dentro il giardino e il cancello era chiuso il boccone gliel'hanno buttato apposta» concluse l'altro.

«Allora avete dei vicini che odiano i cani. Io ho una collega d'inglese che non li può soffrire, ci ho giusto litigato stamattina.»

«Come si chiama?» s'informò Gina.

«Bianca De Lenchantin.»

«Alta bella bionda e con la puzza sotto il naso?»

«Esatto.»

«Allora è la Bagnasacco, suo marito si chiama Bagnasacco. Hanno una villa che non finisce più proprio dopo la curva. Cosa ha detto sui cani?»

«Che non le piacciono perché sporcano.»

«Il nostro gliel'ha mica fatta a casa sua, per ammazzarcelo così, sta brutta stronza. Io le sfascio i vetri della serra a quella lì, le infilo un serpente nella buca delle lettere...» s'infervorò il grande.

«Non è sicuro che sia colpevole» s'obbligò a dire lei in uno sforzo di obiettività. «Stronza è stronza, ma non me la vedo a confezionare una polpetta avvelenata, aspettare il momento buono e buttarla di nascosto nel vostro giardino.»

«Potrebbe averlo fatto fare» tentò Gina.

«Forse. Sarebbe più nel suo stile. Quante dozzine di persone di servizio ha?»

«Un custode, che è anche giardiniere, e una coppia, marito e moglie: odiosi anche loro, pieni di boria, di blaga come se fossero gli ultimi Asburgo.»

Li lasciò ad arrovellarsi se il misfatto fosse opera della stronza, degli Asburgo o del giardiniere e se ne andò, perché nel frattempo era venuto tardi. A casa fu accolta da madre marito e figlia con una scarica di rimbrotti: ma dove sei stata non potevi avvertire o lasciare un biglietto credevamo ti fosse successo qualcosa ma lo sai che ore sono.

«Ho quasi quarant'anni perlamiseria e ancora non posso uscire senza rilasciare un comunicato stampa o chiedere il permesso a superiori e inferiori! Sono sana di mente so parlare ci vedo ci sento e siamo a Torino, mica nel Sahara o nella giungla.»

«Vederci non ci vedi tanto» osservò subito Livietta.

«Zitta tu. Con gli occhiali ci vedo benissimo e gli occhiali li avevo, anche un paio di scorta nella borsa. E se non la smettete non vi dico dove sono stata. Per intanto mi bevo un Puntemes e guai a chi fa commenti.»

Sprofondata in poltrona, il bicchiere in mano, Livietta in grembo, Potti in precario equilibrio su un bracciolo che cercava di scalzare la bimba dal suo posto, la madre che fingeva di far qualcosa tanto per non andarsene a casa sua, Renzo seduto di fronte in attesa della rivelazione: si sentì assediata.

Chissà se la stronza ha bambini, rimuginò, mi son dimenticata di chiederlo. Probabilmente no, anche i bambini sporcano, più dei cani, e inoltre non li si può avvelenare. Un marito ce l'ha anche se si chiama Bagnasacco. Certo che nascere De Lenchantin e finire in Bagnasacco dev'essere stata dura, non capisco come non si sia scelta un Antonielli d'Oulx o un Malingri di Bagnolo. Ma il Bagnasacco non sarà conforme al suo cognome, dev'essere un trentacinquenne scattante campione di polo o di tennis, abilissimo – quand'è in trasferta alle Chagos – nel wind-surf e nella pesca subacquea, un tipo adatto per la réclame del Bacardi, uno che sa cos'è il prime rate il management il marketing la joint venture il Dow Jones il take over il white knight. Una bella coppia insomma. Niente bambini niente cani villa miliardaria in collina un giardiniere-custode due camerieri: ma perché diavolo lei fa scuola? Come la mette con la piattaforma programmatica e i cessi sempre inagibili?

«E allora?»

«Allora cosa?»

«Vuoi dirci dove sei stata sì o no?»

«Sono stata da Gina, al funerale di Flik. Gliel'hanno avvelenato e non mi stupirei se fosse stata la stronza delle Chagos.»

«Perché proprio lei? Non è l'unica a Torino a non essere cinofila.»

«Perché abita vicino a loro, dopo la curva.»

«Sei sulla buona strada per la paranoia, nonostante oppure grazie al Puntemes. E adesso, se hai finito la tua droga, potremmo cercare di mettere insieme una cena meno schifa del pranzo di oggi.»

«Io vorrei una minestrina di dado e un frappè alla vaniglia» s'intromise Livietta.

«Ma chi ha insegnato a mangiare a sta bambina? Già che ci siamo perché non una scatoletta di tonno al mercurio e un budino a base di coloranti?» sbottò il padre. A toccarlo sul cibo si inveperiva sempre.

«La minestrina si può fare col brodo vero, ce n'è in frigo. Il frappè non mi sembra molto adatto, comunque è una cosa sana. E poi abbiamo comprato un robot nuovo e bisogna pure ammortizzarne il costo.»

«Cosa vuol dire ammortizzare? Vuol dire ammazzare?»

«No, non vuol dire ammazzare, vuol dire... cercalo sul vocabolario e poi prepara la tavola.»

«Perché devo cercarlo sul vocabolario se tu fai la professoressa e sai tutte le parole?»

Bisognò spiegare e intanto sgrassare il brodo – ci si era accordati sulla minestrina vera – metterlo a bollire cercare la pastina grattugiare il parmigiano tirar fuori carne uova cipolla e mostarda, dato che Renzo, sempre per ammortizzare il robot che era anche tritatutto, aveva deciso di fare del filetto alla tartara, che non piaceva a nessuno salvo che a lui. Per dovere di equità, lei preparò anche un frappè alla vaniglia, mentre Potti intralciava il traffico per ricordare la sua presenza. Ripensò alla coppia di camerieri: lei in cucina e lui serve a tavola, una tavola preparata come si deve, non da Livietta, con le posate al posto giusto, due bicchieri a testa o anche tre, il vino in una caraffa di cristallo, tovaglioli bianchi di fiandra cambiati a ogni pasto, zuppiere e piatti di portata, non casseruole con i manici sempre bruciacchiati.

«Lo sai mamma cos'ha fatto oggi Alice?» attaccò Livietta alla prima cucchiaiata di minestrina.

«Cos'ha fatto?»

«Ha fatto due palline dal naso e le ha appiccicate sul mio banco.»

«Si chiamano caccole. E tu?»

«Io ne ho fatte tre e le ho appiccicate sul suo.»

«Giusto.»

«Le mie erano più piccole, però nere, mentre le sue erano quasi bianche, perché?»

«Perché lei è ricca abita in collina respira meno smog e quindi ha il moccio più chiaro.»

«Marxismo per l'infanzia: il colore della caccola come discriminante sociale» s'inserì il padre.

«Macché marxismo, è una constatazione oggettiva. E poi le caccole bianche valgono quanto le nere: sono schifose lo stesso.»

«Io non le trovo schifose, le fanno tutti. Quando sono in macchina da soli gli uomini le fanno sempre. Le donne no, come mai?»

«Le donne sono meno sozzone e visto che sei una donna potresti smettere di farle anche tu.»

«Io non sono una donna ma una bambina e le faccio solo quando nessuno mi vede. Meno stamattina ma non avevo cominciato io.»

Con Livietta era difficile aver l'ultima parola.

Capitolo secondo

«La parola al professor Antoniutti!»

«Preside... mi pare... non so se è chiaro a tutti i colleghi ma credo di sì... mi pare che l'attuale gestione dei meccanismi recupero-festività è del tutto aberrante. In questo istituto... in questo istituto si è instaurata una prassi che è ora di mettere apertamente in discussione perché... perché le decisioni verticistiche non sono più tollerabili... non sono più tollerabili (BRUSIO) soprattutto nell'ottica del potere decisionale che i decreti delegati hanno attribuito agli organi collegiali!»

(IL BRUSIO AUMENTA.)

«Inoltre... inoltre, scusa Calzavecchia lasciami finire, siamo stati tutti testimoni di favoritismi eclatanti e di... di prese di posizione inammissibili a livello di presidenza. Propongo pertanto... propongo che si crei una commissione di docenti per la gestione autonoma del calendario recuperi-festività.»

(CAGNARA IN SALA.)

«Silenzio prego! Silenzio! Professor Antoniutti, lei sa che è fatto carico al capo di istituto, ed è anzi suo dovere primario, di salvaguardare le esigenze didattiche, e in seconda istanza di vagliare se le richieste del personale docente siano compatibili con...»

In parole povere le cose stanno così: Antoniutti si lamenta perché ha chiesto un recupero-festività (leggi permesso retribuito) di sabato per agganciarlo alla domenica e al lunedì che è il suo giorno libero e gliel'hanno negato, mentre magari alla Calzavecchia o a Berilli l'hanno concesso (con un favoritismo eclatante); dal canto suo la preside con la scusa delle esigenze didattiche non molla e ci tiene a precisare che i recuperi-festività se li gestisce lei (come il suo utero).

A questo punto c'è da scommettere che tireranno in ballo tutto: i poteri decisionali del vertice e della base le circolari ministeriali le note esplicative emanate dal provveditorato la prassi instaurata nelle altre scuole di Torino e provincia i meccanismi perversi con cui si svuotano i decreti delegati del loro contenuto democratico lo spazio di partecipazione sistematicamente eroso lo stato giuridico del personale direttivo e docente della scuola media superiore e forse anche la Costituzione lo Statuto albertino il codice di Hammurabi e la teocrazia. Sotto questo aspetto i collegi docenti non deludono mai le aspettative, nel senso che offrono sempre ottimi motivi per incazzarsi neri o per divertirsi, a seconda della disposizione d'animo iniziale. Oggi io propendo per il divertimento o almeno mi sforzo: c'è un cielo azzurro come neanche nei technicolor Paramount anni Cinquanta, non fa né freddo né caldo, non c'è vento ma lo smog è a livelli non mortali, insomma una giornata bellissima. *Dermàgi ch'a n'ampìcu gnun* – peccato che non impicchino nessuno – direbbe mia nonna se fosse ancora viva, sfogando uno humour macabro imprevedibile in una vecchina quieta e timorata di Dio, coi capelli bianchi sempre ben ravviati i collettini di pizzo e la spilla col cammeo. Povera nonna, affidata alle cure di quel fetente beccamorto dell'impresa Amen che magnificava i suoi prodotti come fossero creme di bellezza o detersivi ecologici: "Tebe è il nostro fiore all'occhiello, signora, un sarcofago che sfida i secoli, se invece preferisce i modelli spallati può scegliere tra Cassandra, Via Crucis e San Pietro e personalizzare le finiture come preferisce, a meno di non orientarsi su Bisanzio, che è un modello classico un evergreen e che con l'addobbo all'americana offre un comfort che definirei eccezionale...". Sì davvero, provare per credere.

«Allora prendiamo atto che ancora una volta si è voluto camminare sulla direttrice del più miope burocraticismo» non è più Antoniutti, ma la Rendina che tanto parla come lui «e che in questo istituto ogni proposta di innovazione destinata a realizzare uno spazio maggiore di partecipazione democratica alla gestione delle...»

I recuperi-festività restano di competenza della preside e così se dio vuole si può passare al secondo punto dell'ordine del giorno, mentre Antoniutti Rendina e Misoglio se ne vanno sdegnati a fumare una sigaretta, seguiti dalla Calzavecchia che li vuol convincere che lei quel sabato lì non era in recupero ma in malattia, non è colpa sua se le è venuta l'otite proprio di sabato alla vigilia della domenica e di un lunedì festivo, e poi al mercoledì (il martedì è il suo giorno libero) era già di nuovo a scuola nonostante le fitte all'orecchio – lancinanti! – mentre un altro al suo posto avrebbe chiamato il medico e se ne sarebbe stato a casa sino alla fine della settimana.

Quasi quasi vado anch'io a fumare una sigaretta, si disse, così mi perdo qualcuna delle *Proposte sulla durata delle ore di lezione*. L'ora – recitano i dizionari – è l'unità di tempo pari alla ventiquattresima parte del giorno solare medio, uguale a sessanta minuti primi e a tremilaseicento secondi, ma in molte scuole la definizione non vale e ogni anno si ricomincia a discutere su quanto debba durare un'ora pesare un chilo ed esser lungo un metro. Richiamandosi ogni volta alla ben nota carenza dei mezzi di trasporto pubblico – Torino è alle falde del Kilimangiaro – o alla presunta fragilità degli adolescenti, che sono degli stangoni iperproteici e ipervitaminizzati in grado di tirar benissimo le quattro di mattina in discoteca. Si alzò dunque tra un grandinare di:

«Non dobbiamo dimenticare il fenomeno del pendolarismo che come tutti sanno...»

«È noto che nei college americani...»

«La psicologia dell'apprendimento dimostra che la curva dell'attenzione è inversamente proporzionale a...»

Inciampò maldestramente nei piedi di Sambuelli che in mezzo a tutto quel casino ostentava di leggere con pieno profitto l'*Itivuttaka* senza neppure consultare il glossario e arrivata in corridoio spalancò la finestra per miscelare l'effetto della nicotina con l'inalazione di un po' di ossido di carbonio poi guardò oziosamente in strada. La giornata continuava a essere splendida nonostante le polemiche sul recupero-festività e le discussioni sulla durata delle ore, stessa luminosità dell'aria, stesso tripudio dei primi gialli e rossicci nelle foglie di platani e ippocastani. Anche il traffico era lo stesso di sempre: clacson premuti con insistenza forsennata, partenze al semaforo con rovinosi stridii di gomme, frenate semiletali per i cardiopatici. Un macchinone blu si staccò dal marciapiede inserendosi di prepotenza nella carreggiata, inseguito da strombazzamenti e probabili imprecazioni; un fuoristrada presumibilmente figliato da un panzer si districò con agilità dal groviglio e parcheggiò con una manovra perfetta. Mai che mi succeda, considerò tra sé, io non trovo da parcheggiare neanche a ferragosto e figuriamoci se so farlo con tanta disinvoltura, ho già le mie difficoltà con una cinquecento, con un fuoristrada me la caverei solo nel deserto, che peraltro è il suo posto. La portiera si aprì, ne uscì prima una bella gamba femminile e poi una donna tutt'intera: la De Lenchantin. Ovvio: chi mai può arrivare a un collegio docenti con un'ora di ritardo senza aver neanche la scusa della carenza dei mezzi pubblici? Comunque, anche se si è persa i recuperi-festività e in parte la durata delle ore, le resta da sorbirsi il succulento terzo punto dell'ordine del giorno: le immancabili *Proposte di nuove metodologie d'insegnamento*, che richiederanno – per essere esaurientemente sviscerate e quindi rimandate all'anno prossimo – almeno due ore.

Lasciò che il rumore dei passi in corridoio fosse cessato (non aveva voglia di salutarla e neppure di non salutarla), aspettò ancora un paio di minuti per darle il tempo di fare il suo ingresso trionfale nell'aula magna e poi abbandonò i rami dei platani, chiuse la finestra, raccolse le sigarette e l'accendino che aveva posato sul davanzale e un bottone del golf che le si era staccato e si decise a tornare. Stavolta fece attenzione ai piedi di Sambuelli che sfuggiti al controllo del proprietario ostruivano ormai tutto il passaggio, li scavalcò, raggiunse la sua sedia, la liberò della giacca della borsa e dell'agenda, ci si sedette e si accorse che su quella vicina – prima libera – si era imprevedibilmente seduta Bianca. Che ancor più imprevedibilmente le rivolse un sonoro e sorridente ciao. Ne fu talmente stupita che, dopo aver meccanicamente risposto, rimase lì senza saper che fare di tutte le cose che aveva in mano, sigarette accendino bottone agenda borsa giacca, finché, ridato ordine ai pensieri e ai movimenti, sistemò sigarette accendino e bottone nel primo scomparto della borsa, la giacca sulla spalliera, la borsa sulle ginocchia e l'agenda sulla borsa. Poi, prevedendo che si sarebbe dimenticata subito la collocazione del bottone, aprì l'agenda alla pagina di venerdì 10 ottobre, sottolineò le annotazioni "Ritirare abiti tintoria" e "Pagare amministratore" (non aveva fatto né una cosa né l'altra) e ci aggiunse "Bottone golf-tracolla marrone". Intanto riconsiderava i suoi rapporti con Bianca. Dopo il primo battibecco sui cani non si erano più parlate, limitandosi a paralitici cenni della testa quando si incontravano entrando o uscendo da un'aula e non potevano fingere di non vedersi. Sono stata avventata a definirla subito stronza, riflettè, il cane di Gina è improbabile che l'abbia ammazzato lei, anche se è stata alle Chagos e viaggia in fuoristrada. Guardò cautamente alla propria destra: bel tailleur verde bottiglia di lana morbidissima, di quelli che non fanno le scintille la sera quando li levi, probabilmente di cachemire, equivalente a uno stipendio mio e di Renzo messi insieme, spacco laterale della gonna da cui s'intravvede – si chinò un po' di più verso destra – l'orlo ricamato di una sottoveste di seta. Continuò a sbirciarla di sguincio e intanto Bianca aveva svagatamente alzato il braccio sinistro per ravviarsi una ciocca di capelli: nel gesto, lento e indugiato, manica della camicia e Rolex scivolarono e lei vide – cioè fotografò nella retina con nitidezza assoluta malgrado la miopia – un complicato tatuaggio multicolore. Un tatuaggio alto due dita, una fascia da svenimenti e urla di dolore (o da novocaina a litri), roba da ragazza alternativa da divetta della canzone da cubista da segretaria sottopagata e incazzata di notaio ottuagenario da aspirante uxoricida di provincia... Ma allora non è tutta prevedibile, questo tatuaggio è come una ferita aperta sul possibile (tanto per citare balordamente Kierkegaard), è uno spiraglio su prospettive sfuggenti, su spessori nascosti dagli accessori griffati, dall'algore di bionda hitchcockiana. D'accordo che adesso i tatuaggi ed eventualmente i piercing non rimandano subito a ergastolani, camionisti olandesi, duri dei noir d'antan, vicoli dietro al porto di Marsiglia o – per restar sul contemporaneo – a punk dark skinheads leoncavallini pergolesiani e scarlattisti, ma è anche vero che un bracciale tatuato da schiava egizia hollywoodiana è abbastanza spiazzante su una aristocratica prof che detesta i cani perché spisciazzano scagazzano sbavano perdono il pelo. Una prof su cui bisogna sospendere il giudizio.

L'aumento del brusio, diventato un sonoro cicaleccio, indicava chiaramente che si era giunti a una decisione e tutti si affannavano a scrivere qualcosa sulle modeste agende verdoline in vera similpelle che la Cassa di Risparmio offre annualmente al personale docente della scuola secondaria, corredate a ogni piè di pagina da melense e superflue informazioni sulla specificità e unitarietà del sapere sulle ipotesi e strategie di lavoro sulla problematica curricolare eccetera. Riemergendo con una certa fatica dalle sue private divagazioni, riaprì anche lei l'agenda – sempre alla pagina di venerdì 10 ottobre – per annotare la decisione, che non aveva ancora capito quale fosse. Chiedere a Bianca, no: non era il caso di metterla al corrente della propria deplorevole disattenzione. Si rivolse perciò a Tosi che, seduto alla sua sinistra, lavorava di mascelle su un chewing-gum:

«Cosa s'è deciso?»

«Che le ore durano cinquanta minuti, meno la prima che è di

cinquantacinque e l'ultima che è di tre quarti d'ora. L'intervallo si fa dopo la terza ora, tra le dieci e trentacinque e le dieci e quarantacinque. Il sabato però l'intervallo dura meno e si esce cinque minuti prima.»

«Tutto come l'anno scorso.»

Inutile prendere appunti. Bianca invece li prende ma lei è nuova di questa scuola, quindi ha le sue ragioni per scrivere tutto. Quasi quasi le dico una parola gentile, niente di impegnativo per carità, una frasetta solo per mettere fine a sto gelo. Si bloccò subito: niente agenda verdolina, Bianca stava richiudendo una vera agenda in vero cuoio rossiccio, presumibilmente morbido al tatto e con profumo di buona concia, su cui campeggiava a lettere d'oro "The New Yorker Diary". Chagos cinofobia assassinio del Flik fuoristrada orpelli da jet set: le tornò tutto su con un rigurgito acido da ulcera e le fermò parole e gesti. Il New Yorker Diary per scriverci che le ore durano cinquanta minuti che la chiave dell'armadio farmacia ce l'ha il bidello Altissimo che la responsabile dei registratori è la Clerici che i turni per il servizio in biblioteca saranno fissati da un'istituenda commissione presieduta dal professor Antoniutti (contentino!) le parve uno schiaffo alla miseria, uno snobismo imperdonabile. Antipatica mi era e antipatica mi resta, decise, stronza l'ho giudicata e stronza rimane *in omnia saecula saeculorum*, ogni tanto l'intuito è valido e la prima impressione è quella che conta.

Ma il buon umore era irrimediabilmente compromesso e le *Proposte di nuove metodologie d'insegnamento* sparsero sale sulla ferita. Quando tutto fu finito, ed erano le sei passate, aveva voglia di dare calci nelle caviglie al prossimo, per la noia, per l'irritazione di aver sprecato un pomeriggio tra chiacchiere inconcludenti e sussulti di misoginia. Per strada si concesse una sosta al bar per un Puntemes, così Renzo non ricomincia a far la predica sulle condizioni del mio fegato, si disse, sul mio umore instabile, sulla mia tendenza alla depressione. E poi con un Puntemes ce la faccio a districarmi dal solito casino del venerdì sera e a metter ordine nella selva di impegni che Livietta si sarà inventata per sabato e domenica: andare a prendere Ginevra alle due e mezzo e addio pisolino, portarle entrambe al cine e sorbirsi cartoni disegnati da ciechi o caramellose avventure di bambini orfani e/o sperduti nel deserto, un giro alla Rinascente e una sosta in cremeria, state attente a non macchiarvi e giù sbrodolate di gelato su giubbotti e vestiti, di corsa a casa dove deve arrivare Caterina che poi si ferma a cena per fare insieme un cartellone sulle piramidi, colla forbici colori ritagli sparsi per tutta la casa, Potti impazzito che vuole collaborare, Sandra che viene a prendere Ginevra che non se ne vuole andare, capricci urla una sberla, Ginevra si ferma anche lei a cena ma Sandra non può più venire a recuperarla perché ha un impegno, non importa lasciala dormire qui che non dà nessun fastidio, poi te la riporto io domattina mentre scendo a comprare i giornali, e intanto Caterina sta già telefonando a casa per dire che si ferma anche lei a dormire, tanto in tre nel lettone ci stanno benissimo.

Renzo stava leggendo in soggiorno e la casa era insolitamente silenziosa.

«Com'è andata?»

«Come al solito. Tempo perso.»

«Hai di nuovo l'aria giù.»

«No, sono allegrissima.»

«Lo nascondi bene. Ho combinato di andare a cena fuori con Beppe Anna e Paolo: ti va?»

«Certo. E Livietta, che non la sento?»

«Livietta?»

«Livia, Livietta, mia anzi nostra figlia. Dov'è?»

«Ma... ma non andavi tu a prenderla? Non mi hai detto di andarci... io credevo... di solito vado io ma non ne abbiamo parlato e ho pensato che...»

Se ne era tranquillamente dimenticato: uscito dall'ufficio, anziché andare a prendere Livietta aveva fatto un salto in libreria a comprarsi il catalogo di una mostra del Whitney Museum, quello che stava appunto leggendo in tutta serenità un momento prima.

«Quando ti ricordo di passare a prenderla mi dici che sono noiosa e ripetitiva! Ma ti rendi conto che sono quasi le sette che è quasi buio e la bambina è in giro da sola o chissà dove? Sei un incosciente, sei...»

Nonostante il panico, riuscì a fermarsi: troppo comodo sfogare su Renzo il pomeriggio di merda che aveva passato, bisognava invece cercar subito Livietta, ma come? Uno di noi deve restare in casa per il telefono, meglio non dir niente alla nonna se no muore dallo spavento e poi per sei mesi giù a ripetere che a lei non sarebbe mai successo, si può telefonare a Barbara o Caterina caso mai fosse andata a casa loro che abitano abbastanza vicino, accidenti a noi che per la continuità didattica non le abbiamo cambiato scuola quando abbiamo traslocato e così bisogna attraversare mezza città, tu fila in macchina e cerca di non avere un incidente, io... io telefono a Laura che venga qui subito, no prima telefono alle compagne e se non c'è, dio fa' che ci sia, faccio la strada a piedi, ma che strada? Ce ne sono almeno cinque o sei e poi se non la troviamo chiamiamo il 113 o la polizia... Sbrigati, cosa fai ancora lì?

Renzo aveva lo sguardo smarrito di chi sta per entrare in camera operatoria, si rovesciava le tasche dei pantaloni alla ricerca delle chiavi che aveva posato sul tavolino, lei sfogliava la guida che le sfuggiva dalle mani dimenticando che avrebbe fatto prima a cercare sulla rubrica vicino al telefono, ed ecco suonare il campanello alla porta. Si precipitano tutti e due urtandosi, aprono. Livietta è lì sana e salva con lo zaino sulle spalle e l'aria severa.

«Bravi! Voi qui a casa tranquilli che non vi ricordate di me. Ma lo sa la nonna che mi avete dimenticata?»

Le sfilano lo zaino e il giubbotto, l'abbracciano, lei va a bere un bicchier d'acqua perché si sente la bocca irrigidita, Livietta non vuole l'acqua ma un panino con la nutella, non ha per niente l'aria spaventata ma solo un improrogabile appetito, anzi adesso che ha mosso i suoi giusti rimproveri sembra persino divertita.

«Ho aspettato un bel po', davanti alla scuola non c'era più nessuno, solo Rita della terza C che i suoi lavorano e non vengono a prenderla ma tanto abita quasi dietro la scuola. Poi Rita si è stufata e io anche e ho deciso di venire a casa.»

«L'hai fatta tutta a piedi? Ti sei ricordata la strada?»

«Solo un pezzo a piedi, lo zaino pesava troppo e ho preso il tram.»

«Il tram? Sapevi quale prendere?»

«Sono andata a prendere il tre. Potevo prendere anche il sedici ma è passato prima il tre. I tram me li ha insegnati la nonna, quando andiamo a spasso insieme mi spiega dove passano, lei sì che mi insegna delle cose utili.»

«E il biglietto?»

«Il biglietto non ce l'avevo e ho fregato la corsa. Lo fanno tutti. E se anche saliva il controllore, volevi mica che se la prendeva con una povera bambina. Il tre ferma quasi davanti a casa, anche il sedici ma non l'ho preso. Mamma, com'è che non mi correggi gli errori? Dovresti bere un Puntemes, sei pallida come una morta. Guarda che per domani ho combinato con Ginevra che viene da noi alle due e mezzo, poi se ne hai voglia possiamo andare al circo, ti divertiresti moltissimo, Ingrid mi ha detto che ci sono le scimmiette che vengono a chiedere le caramelle, a te le scimmie piacciono tanto, ci stai?»

Ci stava, il circo non era una prospettiva pessima e comunque in quel momento avrebbe acconsentito a tutto, anche a portarla sulle giostre che era la cosa che più odiava, ma per fortuna non era carnevale e di giostre ce n'erano poche. Renzo intanto le aveva versato una dose generosa di Puntemes e si era servito con altrettanta larghezza di whisky, forse per fronteggiare gli strascichi – che supponeva inevitabili – della faccenda. Lei stabilì di essere magnanima, il Puntemes, il secondo di quel pomeriggio, la disponeva benevolmente al perdono e inoltre non voleva guastarsi una serata che sperava distensiva.

Quando arrivarono al Tempo Perso, un ristorante che si era acquistato una certa fama per la genuinità dei cibi e per la lentezza esasperante con cui – in omaggio al nome – venivano serviti, Beppe li stava aspettando al tavolo. Lei si era messa di lusso – pantaloni bordeaux e camicia di seta di una sfumatura più chiara, giacca non orba di bottoni, fondotinta cipria ombretto e matita – e l'effetto doveva essere visibile perché Beppe, dopo averle dato il solito abbraccio, l'osservò un momento e le disse:

«Ma sai che sei ringiovanita? Ti trovo benissimo, si vede che la vita ti va liscia.»

«Infatti, ho appena perso e ritrovato la mia unica figlia.»

Renzo ebbe un piccolo gesto di nervosismo presumendo che stessero per arrivare tardive recriminazioni, ma lei lo tranquillizzò con una strizzata d'occhio.

«L'abbiamo dimenticata a scuola, ma lei ce l'ha fatta a tornare da sola e non s'è neanche spaventata. Noi invece sì.»

«Allora sono gli spaventi che ti giovano, non t'ho mai vista così in forma.»

Poi cominciò con Renzo una discussione sul programma dei concerti al Lingotto e lei si rilassò completamente. In forma no, non lo sono per niente, in questo Beppe si è sbagliato nonostante la simpatia che mi porta e l'occhio esperto di neuropsichiatra, però la giornata ha finalmente imboccato la strada di tre o quattro ore degne di essere vissute: una buona cena, degli amici veri con cui non ho l'obbligo di mettermi in mostra, qualche pettegolezzo non troppo maligno. Arrivarono Paolo e Anna, lui con quella sua aria torva da orso di cui Livietta fingeva sempre di spaventarsi, lei con gli incredibili occhi ridenti quasi da ragazzina. I vol-au-vent ripieni di fonduta, quando finalmente comparvero, ripagarono dell'attesa, la sfoglia croccante friabile e non unta, la fontina fusa senza grumi e di giusta consistenza. Anche il cicaleccio degli altri commensali era a un volume accettabile e Anna, dopo un sospiro di soddisfazione, esclamò:

«Che bellezza, sembra una cena d'altri tempi!»

«Manca il gatto, la falena, ma c'è la stoviglia semplice e fiorita.»

«Come hai detto?»

«Non badarle, fa la profìa» s'intromise Renzo.

«Io sono una profìa. Con le mie giuste deformazioni professionali. Faccio citazioni ma non mi faccio tatuare, non mi abbronzo nuda alle Chagos.»

«Chi lo fa invece?» s'incuriosì Paolo.

«Una mia collega.»

«Ci risiamo, ci risiamo con la storia della stronza» gemette Renzo.

«Chi è la stronza? Una passione del tuo coniuge?»

«Ma per carità Beppe, non la conosco nemmeno. La stronza è una che ha il solo torto di non amare i cani, ma che da un po' di tempo è diventata la sua ossessione. Ne parla a pranzo e a cena, magari la sogna di notte.»

«Parlane un po' anche a me» la invitò Beppe.

«Da seduta o mi devo sdraiare? Non è affatto una mia ossessione, mi sta solo sull'anima. E ne parlo ogni tanto perché la vedo tutti i giorni, più spesso di quanto accada con Tony Blair o Madonna, che non fanno parte del mio giro.»

«Perché ti sta sull'anima?» incalzò Beppe con interesse già professionale.

«Perché è troppo bionda troppo alta troppo tatuata, perché ammazza i cani va in vacanza alle Chagos guida un fuoristrada panzer, perché ha la puzza sotto il naso e sa di lavandino ingorgato. Ti basta? Guarda però che la parcella non te la pago.»

«Come si chiama?»

«Bianca De Lenchantin.»

«Ah, la De Lenchantin! Cani e lavandino a parte, ne hai fatto un bel ritratto» sghignazzò Paolo.

«La conosci?»

«Sì, e hai ragione a trovarla stronza. Però a suo favore si può dire che ha messo su una delle meglio collezioni della città: Melotti Fautrier De Kooning Manzoni Kounellis... roba così.»

Il risotto ai funghi – cucinato espressamente per lorsignori, come dichiarò il decrepito e bugiardo cameriere a giustificazione del ritardo – traghettò infine la conversazione verso altri lidi.

Capitolo terzo

Lunedì 13 ottobre aveva grandinato casini e scocciature. Il lunedì è sempre un giorno maligno, gli allievi son tutti sbadiglianti e io pure, ma loro arrivano anche col contagocce – due alle otto e dieci, tre alle otto e un quarto, uno alle otto e venti: io ho perso il pullman, a me non è suonata la sveglia, il motorino non partiva o anche niente del tutto come giustificazione – e io ogni volta a ripetere che la scuola non è un bar che la puntualità è rispetto del prossimo eccetera, poi è ovvio che non si può interrogare, la dispensa dalle interrogazioni del lunedì è un diritto acquisito e chi lo nega è come minimo fascista. Per non calar del tutto le braghe facendogli fare i cosiddetti esercizi di comprensione dei testi – cioè scopiazzature malcucite inframmezzate da resoconti dettagliati e non sommessi sui trascorsi della domenica – non resta che spiegare l'impianto della *Vita nuova* o i legami fra la tradizione epico-cavalleresca e il *Furioso* o quel che tocca, sperando che verso le nove, nove e mezzo qualcuno ti faccia una domanda pertinente e non apra la bocca solo per dirti che va al cesso. Stavolta, verso le undici, era entrata una bidella sussiegosa a dirle che c'era al telefono suo marito: che diavolo sarà successo, non mi telefona mai a scuola, scusate ragazzi torno subito, e per prima cosa Renzo la subissò di rimproveri perché non si portava mai dietro il cellulare e quando lo portava lo teneva spento. Rinunciò a giustificarsi e lo pregò di venire al dunque, che risultò essere questo: gli aveva telefonato la maestra di Livietta per avvertire che nel quartiere c'era una fuga di gas, che i bambini venivano portati precauzionalmente ai giardini, ma che alla mezza i genitori dovevano andare a riprenderli davanti alla scuola. Lui a mezzogiorno aveva un appuntamento di lavoro che non sapeva quanto sarebbe durato, poi mangiava un boccone alla tavola calda per non strangolarsi ad andar su e giù e siccome la nonna era andata a Chieri da una cugina con Livietta doveva arrangiarsi lei. Lei non aveva la macchina, non la prendeva mai per andare a scuola, col traffico del mattino le rotonde obbligate i sensi unici e le corsie preferenziali faceva prima ad andare a piedi, ma dalla scuola sua a quella di Livietta era una marcialonga, bisognava prendere un tram e possibilmente quello giusto. Ma sui tram gli allievi dimostrarono di avere maggiori conoscenze che sul *Furioso*. Perretta le spiegò con sorprendente chiarezza dov'era la fermata del 63 (autobus), preferibile all'accoppiata 12 più 3 (tram), che l'avrebbe portata circa allo stesso punto, ma in molto più tempo. Lei seguì fedelmente le istruzioni, ma da Livietta arrivò lo stesso in ritardo e la trovò che recitava la parte di *little orphan Annie*, seduta per terra a soffiarsi sulle mani nonostante non facesse per niente freddo. Sotto lo sguardo inviperito di una bidella che aveva dovuto montarle la guardia.

A casa, altra sceneggiata sull'abbandono, questa volta da parte del cane: secondo il suo orologio interno, un Piaget a giudicare dalla precisione, il soddisfacimento dei suoi bisogni fisiologici era stato arbitrariamente procrastinato di quasi un'ora. Mentre Livietta chiedeva se ci fosse del pane (non ce n'è, mi sono dimenticata di comprarlo e quello avanzato è di sabato quindi duro cioè raffermo) e poi si buttava sui biscotti, lei inguinzagliò Potti, lo portò giù e lui – che di solito centellinava la sua piscia neanche fosse champagne millésimé, due gocce qua cinque là – stavolta ne fece un bel laghetto fumante tutto in una volta e subito strattonò per tornare in casa a mangiare.

Sfamato l'animale, ci fu la piccola consolazione di non dover preparare, in assenza del *pater familias*, un pasto regolare e di poter mangiare, secondo la locuzione impropria ma efficace di Livietta, "alla bastarda": una specie di pâté in tubetto spalmato su fette di pane in cassetta fortunosamente ritrovate in frigo, ma con sospette striature verdastre, tre pomodori superstiti due formaggini e un pezzo di torrone. Sapeva benissimo che l'avrebbe scontata col bruciore di stomaco, ma il gusto della trasgressione era per il momento appagante.

Mentre beveva il caffè e Livietta le ricordava che doveva accompagnarla a lezione d'inglese (tre anni di corse affannose e il risultato era "*My name's Livietta. What's your name? How do you do? Where are you from? I'm Italian. How are you? I live in Turin. How old are you? Do you want a cup of tea?*" e poco altro.

Né aveva alzato il livello d'apprendimento la maestra per così dire d'ufficio, un'impiegata comunale ex guardiana dello zoo, riciclata in insegnante d'inglese dopo un corso accelerato di cinquanta ore), mentre dunque beveva il caffè dopo averci soffiato sopra per non ustionarsi, il telefono si mise a squillare.

«Zia zietta bella sono in un pasticcio terribile non so dove sbattere la testa mi puoi aiutare soltanto tu vero che mi aiuti? Non dirmi di no se non vuoi che mi butti dalla finestra, sono proprio disperata... Per te è una cosa da niente ci metti dieci minuti o giù di lì...»

Non era affatto una cosa da niente: bisognava darle – a Valentina – qualche idea cioè aiutarla a buttar giù una traccia cioè farle un bel tema dal titolo "L'evoluzione del concetto di natura dai filosofi presocratici a Bacone", un'inezia come succhiare una caramella alla menta. Quella carogna della profia di filosofia gliel'aveva affibbiato al mattino e lo voleva per l'indomani, se non lo portava le dava tre e non l'interrogava più per tutto il quadrimestre così le sarebbe rimasta l'insufficienza sulla pagella. Fingere di crederci serviva a non perder tempo, lei finse e dopo aver attaccato il telefono si concesse di cristonare a mezza voce.

«Così niente pisolino. Mi diventerai mica nervosa dopo?» s'informò Livietta.

«Sono già nervosa. Non vedi che mi escono le fiamme dal naso come ai draghi?»

«Dai, non scherzare. È meglio che non diventi nervosa perché mi devi spiegare una cosa anche a me.»

«Mi devi spiegare a me non si dice. Che cosa ti devo spiegare?»

«Le equivalenze. Lo so che bisogna aggiungere o togliere degli zeri, però non so mai quando metterli o toglierli e così me ne viene una giusta solo ogni tanto. La maestra ha detto che dato che oggi si fa festa me le puoi spiegare tu. Me le spieghi prima o dopo che viene Valentina?»

«Che venga, non che viene.»

«È lo stesso, tanto hai capito.»

«Non è lo stesso per niente. Si dice prima che venga, non prima che viene, quante volte te lo devo ripetere?»

«Sei già nervosa, lo sapevo.»

Valentina arrivò quasi subito, mentre lei beveva un altro caffè per alimentare il proprio nervosismo; non aveva né un quaderno né una biro né tantomeno i libri di filosofia, ma in compenso aveva portato per la cuginetta una grossa scatola di perline di vetro. Che caddero subito tutte per terra.

I presocratici Socrate Platone Aristotele gli stoici gli epicurei... ce n'erano tanti prima di arrivare a Bacone, e sembrava che tutti avessero avuto da dir la loro sulla natura: altro che dieci minuti, era un lavoro da tesi di laurea a volerlo fare decentemente. Si armò di un dizionario filosofico e dei volumi del caro vecchio Abbagnano, scartò ogni pretesa di decenza e ogni finalità didattica: non chiese a Valentina cosa sapeva sull'argomento ma cominciò subito a dettare brutalmente senza omettere le virgole i punti e l'indicazione delle maiuscole. La nipote scriveva docile pensando probabilmente ai fatti suoi e la materia non doveva esserle troppo familiare perché, arrivata a Tommaso, scrisse tranquillamente "Daquino" e quando lei le fece notare l'errore rispose con un blando ah sì. Quando furono circa al panpsichismo di Bruno squillò di nuovo il telefono. Fu tentata di lasciarlo perdere, temeva nuove scocciature, ma Valentina aveva la mano stanca e voleva riposare un po'. Si alzò ciabattando, rispose con un pronto per niente espansivo, ma siccome era Gina si raddolcì subito.

«Stavolta è toccata al Bisin. No, non è morto, me ne sono accorta in tempo, l'ho portato subito dal veterinario e adesso pare fuori pericolo. Ma quella stronza della tua collega io l'ammazzo, sai, se mi capita a tiro, le sfascio la testa a martellate, le torco il collo, a quella schifosa, e la butto a marcire in un fosso.»

«Sei sicura che sia stata lei? Com'è successo?»

«È successo che ieri sera sul tardi ha mandato il giardiniere a dirci che Bisin era entrato nel suo giardino e aveva rovinato l'aiuola di azalee. Tanto per cominciare non è possibile che sia entrato: il muro intorno è altissimo e davanti c'è la cancellata, tengono sempre tutto chiuso per paura dei ladri, mi dici tu come ha fatto Bisin a passare? Non è mica Mandrake. Poi ha anche detto, il giardiniere, che la signora era molto seccata e che se la cosa si fosse ripetuta avrebbe preso dei provvedimenti. La cosa non si è ripetuta, anche ammesso che sia successa, ma lei i provvedimenti li ha presi lo stesso: stamattina ha cercato di ammazzarmelo. Fortuna che Bisin è robusto come un toro, quando son tornata da scuola e l'ho visto tutto vomitoso ho subito capito cos'era successo, l'ho caricato in macchina e son volata dal veterinario, insomma l'ho salvato per un pelo. Sono andata alla sua villa, io non ce l'ho un giardiniere per le ambasciate, ma lei ha fatto dire che non c'era. A casa comunque ci andrà, prima o poi, e ti assicuro che dovrà vedersela con me.»

«Non hai pensato di fare una denuncia?»

«Una denuncia! Ma a cosa vuoi che serva, ci vogliono almeno sei morti sgozzati, e che non siano cani, per far muovere la polizia. No, me la sbrigo da sola e ti assicuro che quella lì i miei cani non li tocca più.»

«Vuoi che venga da te più tardi?»

«No, lascia stare, preferisco beccarla da sola. Ti telefono stasera se ci sono novità.»

Liquidò in fretta Galileo e Bacone che avrebbero meritato un trattamento migliore, congedò Valentina – zietta mi hai proprio salvata, se non c'eri tu... – trascinò Livietta che non aveva ancora raccattato tutte le perline e temeva che Potti gliele mangiasse – se me le mangia gli restano nella pancia o fa delle merdine tutte ingioiellate? – chiuse il cane in cucina ignorando le sue furibonde proteste, poi cambiò idea e se lo portò dietro, si districò alla meno peggio nel traffico, fece il solito pezzetto in senso vietato tenendo le dita incrociate a scongiuro e depositò Livietta alla sua lezione d'inglese.

«Sta' attenta e...»

«... cerca di imparare qualcosa. Sì mamma, sta' tranquilla.»

Non aveva chiesto a Renzo se sarebbe passato lui a riprendere la bambina, non aveva spiegato a Livietta le equivalenze, non aveva comprato il pane né organizzato la cena, non aveva neanche aperto il giornale: stava per lanciarsi in un'orgia di autocommiserazione quando il pensiero di Bisin di Gina e della stronza la riafferrò. Stavolta deve proprio esser colpevole, o direttamente o come mandante. Ma perché mai una che ha avuto tutto dalla vita, alta bionda bella ricca eccetera, deve nutrire un odio così profondo per i cani, capisco lo schifo per gli scarafaggi per i topi di fogna magari anche per le serpi, ma i cani han gli occhi dolci – quasi come gli asini che però sono più ingombranti e sparano calci – ti fanno le feste e se anche ti rovinano per eccesso d'allegria un'aiuola di azalee non è poi la fine del mondo. Tanto più che le azalee sono fiori stupidi senza profumo. Ma anche ammettendo che i cani ti disgustino come il vomito viola degli ubriachi, anche ammettendo che ti facciano paura come i tirannosauri perché una volta ti hanno abbaiato dietro da bambina, chi te lo dà, brutta stronza, il diritto di ammazzarli? E poi li ammazzi anche da stupida, lasciandoci quasi sopra il biglietto da visita, o forse no, non da stupida ma da arrogante, io ammazzo il tuo cane e mi godo il tuo dolore e la tua rabbia. Se è andata così si merita proprio che Gina le torca il collo. Torcere il collo: cosa vuol poi dire esattamente? Strozzare sgozzare sono azioni che richiedono in qualche modo la presenza del collo, e anche strangolare che dev'essere la stessa cosa che strozzare, sti verbi hanno tutti la esse impura chissà perché, anche sventrare che col collo non c'entra e sbudellare e squartare, comunque riesco a immaginarmi benissimo la procedura, ma torcere è più difficile, ci vuole una forza fisica che non so se Ginotta abbia, forse si dice per i polli, no si dice tirare il collo non torcerlo.

Potrei comprare un pollo arrosto per cena, basta trovare una rosticceria, sono già senza collo, i polli arrosto, tirato torto e tagliato via, ma Renzo sbufferà di sicuro e ci sarà anche mia madre che chissà a che ora torna da Chieri e bisognerà dirle di mangiare da noi. Un pollo per quattro può bastare con un bel contorno, un'insalata mista o anche patate fritte e poi formaggi e frutta, devo comprare anche quelli, non c'è niente in casa, è proprio un periodo che non so organizzarmi nella spesa e in tutto il resto. Adesso scendo dalla macchina, anzi no sposto la macchina sull'altro lato perché qui è in sosta vietata, laggiù c'è un buco e con una dozzina di manovre dovrei riuscire a infilarmici, poi... rosticceria pane formaggi e frutta. E dopo, le equivalenze. Coraggio, c'è chi ha affrontato imprese più ardue. Eisenhower nello sbarco in Normandia, per esempio.

Riuscì a parcheggiare, si trascinò dietro Potti perché la città pullulava di avvelenatori di cani che finestrini e portiere chiuse non avrebbero certo bloccato e si mise in cerca di una rosticceria o di una gastronomia. La trovò a quattro isolati di distanza, bella grande e con una serie di invitanti piatti pronti, un po' troppo colorati e perfetti forse, un po' troppo Oldenburg per essere anche buoni, ma insomma non si può avere tutto. Ricapitoliamo: pollo gorgonzola fontina mozzarella e anche una porzione abbondante di insalata di gamberi così Renzo non se la sentirà di protestare, anche se avranno gusto di acido fenico come sempre. Entrò.

«Signora, non ha visto il cartello sulla porta?»

«Quale cartello?»

«Quello che dice "Vietato l'ingresso ai cani".»

E dagliela! Ma che è successo, un passaggio di meteoriti una fuga di radioattività un'invasione di ultracorpi un attacco di trifidi che come primo sintomo ha provocato una cinofobia generale? Questa qui però non ha l'aria troppo decisa, vediamo di prenderla in contropiede.

«Mi dispiace, non l'ho visto. Vuol essere così gentile da tenerlo fuori un minuto mentre faccio le ordinazioni all'altra commessa?»

cata. Il martedì ha cinque ore di lezione filate, è un giorno buono per starsene a casa.»

Non è venuta. Allora probabilmente la rissa c'è stata; mentre io accompagnavo Livietta a lezione d'inglese o facevo spesa in quella merdosa gastronomia o ascoltavo sproloqui su tombe e loculi lei si è beccata il suo sonoro ceffone o un paio di graffi sulla faccia o un pugno in un occhio. E brava Ginotta. Sempre avuto carattere, capace che l'hai sistemata una volta per tutte quella stronza lì.

Capitolo quarto

È la moglie del noto industriale Terenzio Bagnasacco
STRANGOLATA INSEGNANTE DEL FIBONACCI
*Il marito non aveva notizie da lunedì. Nella serata di ieri
il tragico ritrovamento del cadavere in una discarica.*

Una stretta brutale intorno al collo, una vita distrutta. Poi una
corsa in auto e il cadavere gettato in una discarica dietro corso
Romania, nei pressi della linea ferroviaria Torino-Milano. Mancava poco alle venti quando Ilario Torassa, pensionato, insospettito
dall'uggiolare del suo cane ha trovato il cadavere di una giovane
donna bionda in mezzo a materassi sfondati, carcasse di lavatrici
e rifiuti di ogni genere. La vittima è Bianca De Lenchantin, trentadue anni, insegnante, moglie dell'industriale Terenzio Bagnasacco con cui viveva in una splendida villa della collina torinese.
La morte risale a circa ventiquattro ore prima del ritrovamento
del cadavere, che quasi sicuramente è stato gettato nella discarica
nella notte tra lunedì e martedì. Il marito della vittima, rientrato
nella tarda mattinata di ieri da un viaggio d'affari a Parigi, preoccupato per l'assenza della moglie aveva chiamato invano tutti gli
ospedali e poi si era messo in contatto con la polizia. In seguito al
ritrovamento del cadavere è stato possibile ricostruire come la
vittima abbia trascorso il pomeriggio di lunedì: Bianca De Lenchantin esce col cugino Marco Vaglietti, di professione arredatore, e insieme si recano nel negozio Alì Babà di via dei Mercanti
per definire l'acquisto di un pregiato tappeto orientale. Poco dopo
le diciotto la donna lascia il negozio, sola, mentre il Vaglietti vi si
trattiene più a lungo per ragioni professionali. A questo punto si
perdono le tracce della vittima, che era scesa in centro con l'auto
del cugino e che non è più rientrata nella sua abitazione, né, con-

trariamente alle sue abitudini, ha telefonato ai domestici per avvertire del proprio ritardo. La morte, secondo i primi rilievi del medico legale, è avvenuta tra le diciannove e le ventuno della stessa serata. La polizia indaga per scoprire dove la vittima si sia recata dopo essersi separata dal cugino e cerca, su indicazione del marito, un'agenda che la donna portava quasi sempre con sé e su cui aveva l'abitudine di segnare i suoi appuntamenti.

L'articolo – su sei colonne, corredato da foto della discarica della vittima e del cugino – continuava per un bel po', ma lei non riuscì ad andare oltre, il cuore che sembrava perder colpi e lo stomaco contratto la costrinsero a fermarsi. Si appoggiò meccanicamente a uno scaffale mentre il cervello viaggiava in modo confuso e labirintico. Morta. Strangolata. Niente influenza o pretesti generici, non era assente ingiustificata ieri, aveva la più indiscutibile e definitiva delle giustificazioni. Bionda bella ricca e morta ammazzata. Anche stronza, ma non si può più dire: *parce sepultis*. Non è ancora *sepulta*. *De mortuis nihil nisi bene, omnia mors aequat, post mortem nulla voluptas, post funera virtus, mors omnia solvit, memento mori, pallida mors aequo pulsat pede*... ma che sto facendo? È stata ammazzata lunedì sera, tra le sette e le nove, mentre io mi occupavo della cena preparavo la tavola sminuzzavo la carne per Potti. E pensavo a lei. A lei e a Gina. O mioddio no, fa' che non sia stata Gina, non può essere. Sì le aveva ammazzato un cane e ci aveva tentato con l'altro – forse, non ne abbiamo l'assoluta certezza – ma non è un motivo sufficiente per strangolare qualcuno. "Le torco il collo a quella schifosa e la butto a marcire in un fosso", proprio così ha detto Ginotta. Ma son cose che si dicono nel momento dell'esasperazione, uno sa di non pensarle realmente già nell'attimo stesso in cui le dice, sono uno sfogo violento ma innocuo dell'ira... E poi non è stata buttata in un fosso ma in una discarica. Anche se non fa molta differenza. Ed essere trovata da un cane, lei che li odiava al punto di ammazzarli: sembra un contrappasso della sorte, una malignità estrema del destino. Gina, dimmi che non sei stata tu! Hai un marito due figli un cane superstite una madre una sorella una schiera innumerevole di zie, non puoi non aver pensato a loro prima di torcerle il collo. Ma ieri, ieri pomeriggio quando sono finalmente riuscita a trovarti, al telefono mi sei sembrata così strana: "No, non l'ho più vista, ho preferito lasciar perdere, non ero proprio sicura che fosse stata lei, non me la sono sentita di iniziare una di quelle liti tra vicini che si tramandano per generazioni, terrò per un po' Bisin chiuso in casa e pazienza se non fa la guardia, tanto da noi c'è poco da rubare. Scusa se ti lascio, ma devo correre a fare la spesa, ieri non ho avuto tempo e in casa non c'è più niente da mangiare...". Una remissività, un tranguggiare offese così poco in carattere con il tuo carattere, Gina. Lunedì pomeriggio non hai avuto tempo per fare la spesa, che hai fatto allora? L'hai ammazzata, hai messo il cadavere nel bagagliaio della due cavalli, sei andata a buttarlo nella discarica... no, non quadra. Il cadavere nel bagagliaio della tua macchina non ci sta e la stronza, pardon, Bianca è stata uccisa tra le sette e le nove. Tra le sette e le nove tu avevi fra i piedi marito e figli e magari anche la madre che abita vicino e qualche zia di passaggio, non puoi essertene liberata tanto facilmente. O hai coinvolto tutta la famiglia nella vendetta tremenda vendetta? I figli no, non ci credo, uno non si porta dietro i figli per farli assistere allo spettacolo di uno strangolamento dal vivo, non lo fanno neanche i mafiosi del *Padrino* e tanto meno lo può fare una civile professoressa di lettere, di idee laiche e progressiste, impegnata sul fronte dell'ecologia, dell'integrazione razziale, dei diritti dei palestinesi, della salvaguardia delle foche monache nel Mediterraneo... Neppure la madre e un'eventuale zia puoi esserti tirata dietro, tua madre e tutte le tue zie in blocco sono discrete come le trombe del giudizio universale, mezz'ora dopo la Casa Bianca e il Cremlino avrebbero saputo tutto. Resta Diego. Ma lui è un mite, più portato alla depressione che all'aggressività, e le mani gli tremano talmente che non riesce mai a riempire un bicchiere senza allagare la tovaglia, non ha la forza e fermezza di muscoli per uno strangolamento. E neppure può aver permesso che lo facessi tu mentre lui ti assisteva in funzione di palo. Da sola allora, ma come? Hai detto scusate esco un momento devo sbrigare una faccenda e te ne sei andata via ignorando i loro dove vai cos'hai da fare a quest'ora di che faccenda si tratta? Se non hai risposto ti hanno fatto le stesse domande al tuo ritorno e tu non potevi essere tanto lucida da aver escogitato nel frattempo delle spiegazioni plausibili. Preparare la tavola metter l'acqua a bollire buttare gli spaghetti scolarli condirli dividerli nei piatti: sono gesti consueti che non richiedono alcuna partecipazione, ma si riesce ancora a farli con composta naturalezza dopo un omicidio? Si riesce ancora ad affrontare lo sguardo degli altri, a reggere una conversazione, a riprendere i figli perché parlano con la bocca piena e si sbrodolano le felpe, a rispondere al telefono? Il tuo telefono è stato occupato tutta la sera di lunedì. Lo avevi staccato perché non te la sentivi di rispondere a un'eventuale telefonata o ti procuravi un alibi tardivo parlando con qualche conoscente? Sarebbe stata una pessima idea quella di staccarlo, è sempre su dettagli di questo genere che la polizia nei gialli incastra gli assassini.

Potrebbe averla accoppata il marito, o il cugino, che dalla foto sul giornale sembra un bel tenebroso dall'aria gâté. Di professione arredatore. Oggi non usano più gli arredatori, erano una fauna in voga negli anni delle vacche grasse, quando riempivano le case delle salumiere di mobili barocchi appena fatti a Saluzzo o in Brianza, impallinati a dovere per simulare le tarlature. Oggi si ricorre agli architetti. Con barba abiti casual e linguaggio inconfondibile: "il marmo è troppo brutale per il soft della sua cucina, bisogna che la credenza esploda sulla verginità della parete, la scelta delle piastrelle esige un assoluto rigore cromatico". Un arredatore è uno che non ha neanche una laurea, al massimo ha frequentato senza eccellere il liceo artistico e si è fermato lì. Forse Bianca si è rivolta a lui perché è suo cugino e in Italia, anche a Torino, conta di più l'appartenenza al clan che la competenza professionale. Oppure è la massima autorità in terra sui tappeti, il Federico Zeri dei Ladik Ghiordes Ferahan e compagnia bella. Non c'è la foto del marito, chissà perché. Magari è l'indiziato numero uno, anche se l'articolo dice che era in viaggio d'affari. La polizia per prima cosa avrà controllato il suo alibi e quello del cugino. E di Ginotta, se salterà fuori la faccenda dei cani.

Erano ormai le otto e mezzo, ma nessuno si preoccupava di far lezione. Colleghi e colleghe si passavano e ripassavano i giornali, ripetevano a turno le stesse ovvie espressioni di stupore e di orrore, si sedevano e si alzavano, formavano e scioglievano gruppetti ambulanti in sala professori. La preside, strizzata in un vestito nero a pois bianchi tipo faraona (intesa come gallina), starnazzava di qua e di là senza accorgersi che gli allievi erano tutti nei corridoi, dove peraltro facevano meno casino del solito. Anche loro, forse, a sproloquiare sul delitto.

Non ci fu verso di far lezione e lei, dopo mezz'ora di tentativi poco convinti, lasciò perdere perché tanto non ci stava con la testa. A casa eseguì automaticamente le solite incombenze: visitina alla madre, passeggiata urinaria con Potti, preparazione del cibo e della tavola. Renzo, quando arrivò, si accorse subito della sua aria stranita.

«Già dato dentro col Puntemes?»

«Neanche un goccio. Mi sono dimenticata. Hai letto i giornali?»

«Certo. Golpe rientrato in Uganda, borse in picchiata in Oriente, taglio delle spese sociali in America, ripresa della guerriglia in Etiopia, Shakespeare figlio di uno sceicco libico, autobomba a Gaza, rissa tra i partiti della maggioranza, proposta di nuove misure contro la criminalità. Tutto come al solito. Va bene il riassunto?»

«Io volevo sapere se hai letto la cronaca nera.»

«La cronaca nera e i necrologi io li salto, a differenza delle vedove, degli ultrasessantenni e di te.»

«Grazie per gli accostamenti. Però oggi la leggi, qui e ora, tanto lo spezzatino con patate non è ancora cotto.»

Lui lesse.

«Morta. L'hai ammazzata tu?»

«Lunedì sera tra le sette e le nove ero qui con te Livietta e mia madre e stavo preparando la cena e poi cenando.»

«Se ricordo bene, non hai preparato granché. Ti sei limitata a togliere dai pacchetti un pollo disgustoso, dei gamberi fetidi e una serie di formaggi degni di pubblicità televisiva. Per la verità hai anche fritto delle patate decenti.»

Memoria formidabile per il cibo. I suoi ricordi ricevono ordine forma e consequenzialità da ossibuchi carbonare brasati e ribollite.

«Quanto spezzatino vuoi?»

«Tanto. Un killer non puoi averlo assoldato perché costa troppo e non possiamo permettercelo. Comunque te ne sei liberata, magari con pratiche vudù.»

«Con il vudù non si strangolano le vittime a distanza.»

«Come fai a saperlo?»

«Ho letto dei libri.»

«Leggi la cronaca nera, i necrologi, i libri di vudù e la guida telefonica. Sono le letture consigliate dal ministero della pubblica istruzione per l'aggiornamento dei docenti o sono una tua iniziativa personale?»

«Leggo quel che mi pare. Hai litigato col tuo assessore, che sei così aggressivo?»

«Solo un pochino.»

«Bravo. E nella tradizione del miglior machismo internazionale poi te la prendi con la moglie e, in assenza della figlia, magari molli un calcio al cane.»

«Non ho mai mollato calci al cane. E tu potresti smetterla di fingere desolazione per la morte della stronza. Hai un'aria di unzione devota come se fossi una beghina di paese.»

«Non sono affatto desolata e neanche unta, ammesso che si dica così. Sono preoccupata.»

«Perché non hai più un soggetto su cui scaricare la tua paranoia? Mangia qualcosa invece di continuare a fissarmi.»

«Sono preoccupata per Gina. Ha detto che la voleva strozzare, e quella è morta strozzata. Lo stesso giorno.»

«Non essere ridicola. È una coincidenza, magari inopportuna, ma soltanto una coincidenza. L'avrà fatta fuori il marito o il cugino o un amante o una rivale del jet set. Non c'è niente dopo lo spezzatino?»

«Ci sono i formaggi dell'altra sera. Tanti da fare indigestione.»

«Invece di sputare veleno, telefona a Gina e chiedile se ha ammazzato o no la stronza, così ti togli il pensiero e torni di umore sopportabile.»

«Non chiamarla più stronza. È morta, ammazzata e buttata in una discarica. Merita pietà, perlomeno formale.»

«Stai diventando come tua madre. Telefona a Gina e falla finita.»

«Potrebbe avere il telefono controllato.»

«Tu confondi la polizia italiana con i servizi segreti israeliani. Telefona o cambia argomento. Oppure beviti un Puntemes fuori orario. Magari è la crisi di astinenza che riduce le tue prestazioni intellettuali e il tuo senso del ridicolo.»

Sgarbato scostante e cinico. Sempre così quando litiga in ufficio e io divento la sua capra espiatoria. Critica le mie letture le mie prestazioni intellettuali le mie apprensioni. E continua a chiamare stronza quella poveretta. Però qualche ragione sul mio fariseismo ce l'ha: la sua morte non mi ha addolorata, non ho provato un'emozione autentica a parte lo sbalordimento, mi sono limitata ad angustiarmi per Gina, senza riflettere sull'orrore reale di quella morte. Non ho pensato a Bianca come a un essere umano, ma come a un supporto vivente di cachemire Rolex e Chagos. La stronza sono io, forse.

Tentare il pisolino era perfettamente inutile: nervosa e preoccupata com'era si sarebbe rigirata senza tregua come l'inferma dantesca, col bel risultato di dover poi rifare il letto. Così s'infognò in un lavoro che detestava, la cui esecuzione avrebbe sicuramente aggiunto all'ansia una buona dose di pessimo umore: riordinare il cassetto grande del comò, in cui tutti i membri della famiglia, lei per prima, occultavano abitualmente alla vista gli oggetti più disparati che non avevano voglia di riporre al loro posto o che non avevano un posto. Dentro, come prevedeva, ci trovò di tutto: la torcia ricaricabile data per dispersa da più di tre mesi, guanti scompagnati, nastri e cordini che in ricorrenti attacchi di micragneria venivano recuperati dai pacchetti regalo, candeline rotte delle torte di compleanno, decorazioni natalizie acciaccate e inutilizzabili, un barattolo di coccoina dura come il marmo, un paio di calzini puzzolenti che quella lazzarona di Livietta non aveva depositato nella cesta della biancheria sporca, collane rotte, sacchetti di carta malamente ripiegati, musicassette col nastro arruffato, mozziconi di matite, riviste conservate per chissà quali fini, un'intera collezione di saponette d'albergo e altro ancora. Quando ebbe trasferito tutto quel ciarpame dal cassetto al ripiano del comò fu presa da un subitaneo attacco di furore e frustrazione. In dieci quindici giorni al massimo il cassetto sarebbe tornato zeppo, se non di quegli oggetti di altri simili. Fu tentata di ributtare tutto dentro alla rinfusa, poi tirò un respiro come se dovesse affrontare una lunga apnea e cominciò i suoi pellegrinaggi per la casa a depositare in luoghi congrui torcia calzini guanti eccetera. Si stava sbarazzando di riviste sacchetti e cordini quando squillò il telefono.

«Sono Gina.»

«Ginotta! Stavo giusto pensando...»

«Sono da mia sorella. Visto che sei in casa, passo un momento per portarti quel libro di Perec che volevi leggere, mia sorella l'ha giusto finito ieri. Ti va bene?»

«Certo.»

«Tra un quarto d'ora sono lì da te. Ciao.»

Laconica. Frettolosa. Come per non darmi il tempo di infilare una domanda o un commento, anche se telefonava da un posto sicuro. Misteriosa, per di più: io non voglio leggere nessun libro di Perec perché li ho già letti tutti, e lei lo sa benissimo. Perec è un'altra delle passioni comuni. Ha evidentemente bisogno di parlarmi e non si è fidata del telefono, neanche di quello di sua sorella. Anche lei confonde la polizia italiana col Mossad, direbbe quel saccente di mio marito.

Gina aveva l'aria stordita di chi è appena scampato a un terremoto. Si guardò intorno come se non conoscesse la casa, si buttò a peso morto sul divano, accese una sigaretta: per la prima volta anche a lei tremavano le mani. Non aveva con sé nessun libro di Perec, come previsto, e non sapeva da che parte cominciare il discorso. Lei le venne in aiuto.

«Sta meglio, il Bisin?»

«Sì, è guarito, in gamba come prima. Hai visto cos'è successo?»

«Ho visto. Non posso dire di esserne straziata, ma un po'
sconvolta sì. Una brutta fine.»

«Non hai mica pensato...»

«Ci ho pensato, ma ho scartato l'idea. Prima di tutto perché
ti conosco, poi perché ti voglio bene e soprattutto perché non
quadra.»

«Che cosa non quadra?»

«Un sacco di cose. L'ora della morte per esempio, e poi il posto dove è stato ritrovato il cadavere. Troppo lontano da casa
tua, non avresti attraversato la città con quel fardello nel bagagliaio. Comunque sarei contenta di sentirti dire non sono stata
io, anche senza giuramento sulla Bibbia.»

«Non sono stata io, te lo giuro sulla Bibbia e anche sui miei
figli. Però prevedo di avere qualche grana. Stamattina alle otto e
un quarto mi è arrivata in casa la polizia.»

«Che cosa voleva?»

«Sapere perché lunedì pomeriggio sono andata a cercare la
signora De Lenchantin. Cosa avevo da dirle, in quali rapporti
eravamo, se avevamo avuto un litigio e per che cosa.»

«E tu?»

«Io ho contato balle e non riesco a spiegarmi il perché. Non
sapevo che Bianca era morta, non avevo visto la tivù, non avevo
ancora letto il giornale e loro non mi hanno detto niente al principio, mi hanno solo fatto domande.»

«Eri sola?»

«Sì per fortuna. Diego e i bambini erano già usciti, io dovevo
entrare a scuola alle dieci.»

«Ricomincia da capo, per piacere. Alle otto e un quarto sei
sola e senti suonare il campanello.»

«Sento suonare e guardo dalla finestra: davanti al cancello ci
sono due individui mai visti né conosciuti. Esco e gli chiedo cosa vogliono. Dicono Polizia!, poi tirano fuori il tesserino come
nei film. Mi ha preso una paura becca, senza motivo. Chiedono
di entrare cominciano con le domande e io gli conto balle.»

«Ti ho detto di andare per ordine. Cerca di fare una relazione
sensata, senza saltare subito alle conclusioni.»

«Mi chiedono se sono la signora Luigina Florio, rispondo di
sì. Conosce la signora De Lenchantin Bagnasacco? La conosco,
abita nella villa accanto dopo la curva. Fin qui sono sincera.
Quando le ha parlato l'ultima volta? Non lo ricordo, ed è ancora
la verità. Perché chiedo a mia volta. E loro, sempre come nei
film: risponda alla domanda per favore, ci dica perché voleva

vederla lunedì pomeriggio. Perché, e qui comincio a deviare, volevo scusarmi per i guasti provocati dal mio cane nel suo giardino. Pagare anche i danni se la signora lo riteneva opportuno. Non ha parlato con la signora lunedì pomeriggio? No, perché il domestico mi ha detto che non era in casa. E dopo cosa ha fatto? Sono tornata a casa mia, ho sbrigato faccende domestiche e corretto compiti di scuola.»

«Questo sarà vero.»

«Macché. Dopo averti telefonato mi sono nascosta di fronte a casa sua per beccarla se entrava o usciva. È uscita infatti, verso le cinque, ma sulla BMW del cugino. Quindi era in casa, prima, ma non ha voluto parlarmi.»

«Che tu sia rimasta in casa o acquattata dietro una siepe non fa differenza. Ti ha vista qualcuno?»

«Che ne so? Di macchine ne sono passate tante, a piedi nessuno. Ma c'è di peggio. Mi hanno chiesto se qualcuno poteva confermare che ero in casa quel pomeriggio. Ho detto di sì.»

«E non è vero.»

«Già. Ho detto che mi aveva telefonato un'amica, verso le cinque e mezzo, più o meno. L'amica saresti tu. Abbiamo parlato di figli, che non leggono e vedono troppa televisione. Originale vero?»

«Non originale ma credibile. Ma che cosa gli importa di dov'eri tu verso le cinque? L'hanno ammazzata tra le sette e le nove, non prima.»

«Questo l'ho saputo dopo, dai giornali. Sempre che sia vero.»

«Non vedo perché non dovrebbe. Per quell'ora ce l'hai un alibi?»

«Ero in casa con marito e figli. E per fortuna hanno telefonato due colleghi di Diego per una questione sindacale, ho risposto io e poi gliel'ho passato. Hanno parlato per ore.»

«Ma allora di che ti preoccupi? Hai mica dato in escandescenze quando sei andata alla villa?»

«No, ho fatto la signora. Però non ho raccontato alla polizia la storia dei cani avvelenati. Se la scoprono...»

«Io non gliela racconto di sicuro e in ogni caso non credo che si scomodino per venirmela a chiedere.»

«Perché no? Ho dato le tue generalità e il tuo numero di telefono. Sei il mio alibi per le cinque e mezzo e sei anche collega di Bianca.»

«Secondo me, non si fiondano sui colleghi. Si occuperanno prima di marito, cugino, eventuale amante o amanti e amici di famiglia. Si vede che non leggi i gialli, se no non avresti mai tirato in ballo una telefonata fasulla, che è la cosa più facile da controllare. Forse faranno qualche domanda a tuo marito e ai tuoi figli. Gli hai già dato l'imbeccata?»

«A Diego sì. I bambini li vado a prendere a scuola e gli spiego che non devono parlare a nessuno della morte di Flik e dell'avvelenamento di Bisin. Ma l'avranno già detto a mezzo mondo. Guarda tu in che pasticci mi son cacciata. E per di più ho messo in mezzo anche te.»

«Non preoccuparti per me. Non devo far altro che tacere sui cani e confermare la telefonata senza troppi particolari. Vedrai che non arrivano sino a me.»

Previsione errata. L'indomani mattina, giovedì, due individui mai visti prima ma riconoscibili senza troppo sforzo come poliziotti erano in agguato in sala professori. Lei era arrivata alle nove e mezzo, la sua prima lezione quel giorno cominciava un quarto d'ora dopo, si era già letta i giornali e con la lucidità indotta da tre caffè ci stava giusto rimuginando su. Il marito di Bianca – si leggeva tra le righe e nelle righe – era stato scagionato e il cugino anche: entrambi avevano alibi ineccepibili. Il Bagnasacco era tornato in aereo la mattina di martedì da Parigi, dove la sera prima aveva avuto un incontro di lavoro protrattosi sino alle dieci. Il cugino, il Marco Vaglietti di professione arredatore, si era fermato da Alì Babà sino all'ora di chiusura del negozio, cioè sino alle sette e mezzo, poi era andato a bere un aperitivo col proprietario del negozio medesimo, quindi a cena in un ristorante di piazza Solferino con un nutrito gruppo di amici, poi ancora al cine, sempre in comitiva, e infine a bere un whisky in un pianobar. Un alibi compatto come la piramide di Cheope, chissà se in mezzo gli è riuscito di infilarci almeno una telefonata o una pisciatina, magari in contemporanea grazie al cellulare che un tipo così si porta di sicuro sempre appresso, anche sugli sci e sul windsurf oltre che al cesso. Anche troppo compatto, a parer mio. In ogni caso non è l'esecutore del delitto, a meno che frotte di tappetari baristi camerieri e amici non mentano di comune accordo, il che mi pare impossibile. Potrebbe essere il mandante, ma in questo caso le cose si complicano, perché bisogna ipotizzare un torbido groviglio di interessi un sottofondo di giri oscuri insomma una doppia vita da parte di lui – parallela o connessa alla sua professione di arredatore – e naturalmente di lei, la bionda glacé e racé, accessoriata di tutti gli status symbol più ovvi e pure tatuata. Però, a pensarci bene, il tatuaggio è strano, come una mosca nello yogurt. Oppure, molto più semplicemente, è l'esito di una sbronza fuori programma, di una piccola volgarità inaspettata, di un modesto cedimento o scarto rispetto alla normalità di vita di una professoressa appartenente alla classe altoborghese o – stando al cognome originario – aristocratica.

I poliziotti, anche se subito riconoscibili e riconosciuti come tali, avevano un aspetto decente come nelle ultime fiction tivù: jeans maglione dolcevita e giacca – forse un nuovo genere di divisa – capelli di media lunghezza e niente forfora sulle spalle, fronti non alla Tom Wolfe ma neanche da *Australopithecus boisei*. Uno, anzi, era quasi belloccio, a dimostrazione che i tempi del neorealismo sono defunti da un pezzo e che i telefilm americani hanno fatto scuola. Se hanno anche le unghie curate e azzeccano i congiuntivi, pensò lei, forse sono i figli o gli eredi del commissario Santamaria.

Smisero di fare quel che stavano fingendo di fare (sbirciare dentro una cartellina che a causa della posizione costringeva il meno belloccio a un faticoso contorcimento del collo in ossequio alla verosimiglianza della scena), risposero al suo buongiorno e si alzarono educatamente, aspettando che lei si sfilasse l'impermeabile l'appendesse all'attaccapanni estraesse dal cassetto gli arnesi da lavoro cioè registro e manuale di storia della letteratura, volume secondo per la quarta e volume terzo tomo primo per la quinta; il tutto un po' troppo lentamente, quasi a prendere tempo e riordinare le idee, avrebbero potuto pensare i due e pensò effettivamente lei, schizofrenicamente impegnata a ripassare la storia della telefonata e a registrare le proprie impressioni e comportamento. Si presentarono: un commissario e il suo vice i cui nomi e cognomi le sfuggirono subito e che catalogò come il belloccio e l'altro. Il secondo esibì con una mossa da prestigiatore il tesserino di riconoscimento – adesso è qui e adesso non c'è più come nel gioco delle tre carte che tanto l'affascinava – e contemporaneamente le chiese le sue generalità:

«Lei sarebbe...»

«Io sono...» puntualizzò lei che detestava il condizionale anagrafico, i rovelli di Mattia Pascal e Pirandello in blocco.

Il vice le disse che avrebbe dovuto rispondere a qualche domanda. Lei si sedette: non condividendo la diffidenza di Nietzsche verso i pensieri non concepiti in movimento, traeva sempre una confortante sicurezza dalla presenza di un sedile sotto le chiappe. Non c'è niente di cui allarmarsi. Ginotta ha giurato di non averla strozzata, io non l'ho uccisa e non ho neanche desiderato che lo facessero, al massimo le ho augurato un paio di sberle o una lotta nel fango – chioma bionda Hermès Rolex cachemire tutti imbrattati – senza crederci troppo però, perché quella è – era – capace di fermare un carro armato con lo sguardo, figurarsi se si faceva impressionare dalla furia di Gina... Ma allora che senso ha sto senso di colpa st'irritazione sotterranea sto disagio serpeggiante... È l'autorità che mi intimidisce, è il retaggio di una anacronistica educazione microborghese, grazie alla quale l'ultimo dei civich scoreggione e anfanante è circonfuso di sacralità come il pantokrator dei mosaici bizantini.

Il belloccio prese in pugno la situazione e attaccò con le domande.

«Conosceva bene la signora De Lenchantin?»

«No. Anche se eravamo colleghe di corso.»

«Significa che insegnavate nelle stesse classi?»

«Sì. Ma la De Lenchantin era arrivata solo all'inizio di quest'anno.»

«Com'erano i vostri rapporti?»

«Ci salutavamo e nient'altro.»

«Non avete mai parlato, che so, della scuola della famiglia degli amici comuni...»

«No. La signora era molto riservata. E non credo che avessimo amici comuni.»

«Non l'ha mai sentita parlare di cose personali?»

«Una volta.»

«Su quale argomento?»

«Sulle vacanze.»

«E che ha detto?»

«Che le aveva passate alle Chagos.»

«Dove?»

«Alle Chagos. Sono isole nell'Oceano Indiano, a sud delle Maldive.»

«Con spiagge bianche palme manghi conchiglie...»

A lei sfuggì un sorriso (conchiglie grosse così, come la fica di Antonella) e il sorriso non sfuggì al commissario.

«Perché ride?»

«Non rido, sorrido soltanto. Perché anch'io ho immaginato così le Chagos, quando le ho sentite nominare dalla De Lenchantin.»

«Che non le era simpatica.»

Lo guardò in faccia, risolutamente. Erano gli occhi a renderlo belloccio, gli occhi e gli zigomi. E belloccio non era un aggettivo adatto, perché nello stesso tempo riduceva ed enfatizzava le caratteristiche di quel viso. In ogni caso il proprietario di quel viso – belloccio o no – era abbastanza perspicace e lei era una pessima attrice.

«Non molto.»

«Perché?»

Non poteva dirgli: perché non le piacevano i cani. Perché aveva (forse) accoppato Flik e fatto un tentativo con Bisin. Perché era alta bionda bella ricca elegante e puzzava di lavandino. Non erano motivi confessabili, per una ragione o per l'altra.

«Perché era piuttosto altezzosa.»

«E come la trovavano gli allievi, antipatica e altezzosa pure loro?»

«Non lo so. Non incoraggio questo genere di confidenze.»

«Non li ha mai sentiti esprimere un giudizio sulla De Lenchantin?»

«No. Faccio il possibile per non sentirli parlare né di me né dei colleghi.»

«Vuol dire che non hanno stima di voi?»

«Voglio dire che non hanno stima della scuola e non posso dargli tutti i torti.»

«Anche la De Lenchantin la pensava così?»

Uh che astuzietta penosa! Chiunque abbia letto un giallo o visto un telefilm sarebbe in grado di riconoscerla e scansarla. Trabocchetti da Medioevo, o da Miocene, che anche i miei allievi sanno che viene un po' prima.

«Commissario, gioca al tenente Colombo?»

Questa volta fu lui a sorridere. E per la prima volta la guardò non come un arredo della sala professori ma come un essere umano.

«Mi scusi. Non è facile liberarsi degli schemi mentali. Riassumendo: lei non trovava particolarmente amabile la vittima, non le parlava e si limitava a salutarla. Sa però dove ha passato le vacanze e dove abitava.»

E sorrise di nuovo, intenzionalmente provocatorio. È un po' meglio di Colombo. Ha tutt'e due gli occhi sani non fuma sigari puzzolenti non lascia in giro impermeabili stazzonati e bisunti. E si diverte a fare il suo lavoro.

«Esatto. Lei sa fare dei sunti concisi e pertinenti. Ma la De Lenchantin non è stata strozzata a casa sua con una liana delle Chagos.»

Il vice, che fino a quel momento aveva fatto la parte del convitato di pietra, cominciava ora a esprimere qualche emozione umana, come perplessità o sconcerto. Spostò lo sguardo dall'una all'altro come seguendo un'invisibile palla da tennis.

«In che rapporti era la sua amica Luigina Florio con la De Lenchantin?»

«Dubito che avessero rapporti. Troppo diverse. Inoltre le case in collina non sono le più idonee a incentivare i rapporti di vicinato: non offrono neanche l'occasione di sbranarsi alle sedute di condominio.»

Lui aprì la cartellina, fece scorrere un paio di fogli e lesse – o finse di leggere – qualche appunto: stava preparandosi l'ultima stoccata oppure cercava di darsi un po' di blaga.

«Immagino che non abbia mai visto l'agenda che risulta scomparsa.»

«Sbagliato. L'ho vista più volte. La De Lenchantin l'aveva sempre appresso, anche quando andava in classe.»

«Saprebbe descriverla?»

«Cuoio rossiccio. Con la scritta "The New Yorker Diary" in oro sulla copertina. Un bellissimo oggetto.»

«Potrebbe averla lasciata a scuola?»

«Nel suo cassetto, forse, dato che era una delle poche che lo chiudesse a chiave.»

«Non c'è. Non potrebbe averla lasciata in qualche altro posto?»

«Non credo, non aveva l'aria di chi sparpaglia o dimentica le sue cose in giro.»

In sala professori entrarono Antoniutti e la vicepreside; stava per cominciare la terza ora, anche loro si armarono di libri e registri, salutarono e lanciarono sguardi incuriositi e insospettiti.

«Se le venisse in mente qualcosa...»

«... le telefono in centrale, come nei telefilm» disse lei, afferrando il biglietto da visita che lui le porgeva e scoprendo così che si chiamava Gaetano.

Capitolo quinto

Mentre spiegava alla terza lo schema del sonetto e della canzone – anche il rap segue uno schema, no? ABAB ABAB O ABBA ABBA fronte sirma piedi e volte, e loro, nonostante il rap, la seguivano con l'aria partecipe di coccodrilli in pausa postprandiale – mentre torturava in quarta tre malcapitati con domande per loro incomprensibili sul *Furioso*, mentre tornava a casa e poi usciva di nuovo con Potti per la passeggiata urinaria, mentre si preparava di malumore un'insalata di lattuga e scartocciava due fette di prosciutto – il marito non rientrava per il pranzo – e poi, abdicando ai suoi propositi virtuosi, si ingozzava di gorgonzola, mentre riponeva lo scarso vasellame in lavastoviglie, mentre si faceva una pinta di caffè e, bevendolo a piccoli sorsi per evitare l'ustione, grattava distrattamente la testa del cane, mentre faceva tutto questo continuava a ripensare a quello che chiamava il suo interrogatorio e quindi, in cerchi sempre più vasti, al colloquio e alle telefonate con Gina, al comportamento di Bianca, al di lei marito, al cugino dall'alibi faraonico, all'assurdità di un bel corpo di donna gettato in una discarica. Non c'era niente che quadrasse.

Il commissario Gaetano – bel nome, per fortuna in giro c'è ancora qualcuno che porta nomi seri, di tradizione, in mezzo alla marea degli Alex Christian Yuri e delle ancor peggio Jessica Samantha Deborah – il commissario dunque e il suo compare aspettavano proprio me in sala professori, non erano lì per parlare a casaccio con chi c'era in quel momento, tanto per farsi un'idea dell'ambiente di lavoro della vittima. Aspettavano me: dopo aver magari parlato con la preside, si erano informati sul mio orario e contavano di ottenere da me qualcosa di ben preciso. E qualcosa di preciso io gli ho puntualmente fornito: una prestazione da idiota. È stata quell'irritazione sotterranea a mettermi a disagio, a farmi stare sulle difensive, a suggerirmi risposte piccate o digressioni inutili. Che cavolo gli importava a lui delle mie opinioni sulla scuola, mica era venuto lì per un'indagine sociologica da pubblicare sulla rivista della polizia, lui cercava e cerca indizi e connessioni per incastrare un assassino, maschio o femmina ma più probabilmente maschio. E io che son presa da voglie di protagonismo esibizionista, come quelli che al ristorante parlano forte per far sentire i fatti loro, o quelli che agitano la manina davanti alla telecamera che inquadra il palazzo sventrato da un'esplosione... Non ci si conosce mai abbastanza e l'imbecillità, anche la propria, è davvero sorprendente.

Comunque, se si aspettavano qualcosa da me, era di sicuro in connessione con Gina che, per pura sfiga, è contemporaneamente vicina di casa della vittima e intima amica di una collega della vittima stessa; e che pur non avendo rapporti con quest'ultima voleva incontrarla proprio il giorno del delitto. Gina però un alibi ce l'ha, confermabile non solo dai figli e dal marito, ma anche dai colleghi del marito con cui ha parlato al telefono. E io? Cena con madre figlia e marito, ma nessuna telefonata a conferma. Prima le compere in gastronomia, con la commessa cinofoba che si ricorda sicuramente di me e del bassotto campione europeo (una balla inventata sul momento) ma che per puro dispetto potrebbe negare tutto, se ci fosse bisogno della sua deposizione. Non vedo però come potrebbe essercene bisogno: Bianca all'ora delle mie compere era ancora viva. Sì, ma se al bel Gaetano non bastano le testimonianze di madre figlia e marito per le ore successive, il fatto che io, intorno alle sei, fossi in giro per la città con un cane riottoso a far compere di generi commestibili (commestibili si fa per dire, ma questo è irrilevante) e poi a recuperare dalla lezione di inglese una bimba testona, questo mio agitarmi per la città in mansioni mammesche e massaiesche dovrebbe deporre a mio favore. Prima di strozzare qualcuno bisogna prepararsi psicologicamente, caricarsi di adrenalina, essere dell'umor giusto. Forse ho ancora lo scontrino fiscale della gastronomia, me li caccio sempre in tasca finché fanno un bel malloppone e me ne libero solo prima di portare gli indumenti in tintoria o di lavarli disastrosamente in lavatrice. Però lo scontrino non lo cerco, porta iella fare troppe mosse preventive, gli dei o il destino o chi per esso se ne hanno a male e giocano a fregarti. Questa si chiama regressione al pensiero magico, o rincoglionimento precoce se vogliamo essere più triviali. Oltre al mio interrogatorio, c'è poi la faccenda di Gina. Dato per scontato che non ha ucciso Bianca – le credo, non avrebbe giurato sulla testa dei figli, sulla Bibbia magari sì, perché è agnostica se non atea e la Bibbia le fa lo stesso effetto che l'Avesta o il Corano, ma coi figli anche lei regredisce al pensiero magico – restano però dei piccoli tasselli che non si inseriscono in un quadro convincente.

Primo tassello. La telefonata evasiva di martedì pomeriggio, con l'atteggiamento troppo mutato rispetto al giorno prima: lasciamo perdere, non scateniamo faide secolari eccetera e la fretta di mollarmi con la scusa della spesa. L'atteggiamento mutato presupponeva qualcosa che l'avesse fatto mutare: i consigli pacificatori di Diego forse, ma perché non farvi cenno? A un ripensamento autonomo io proprio non ci credo, Gina è sempre stata troppo affezionata ai cani per rassegnarsi al loro ammazzamento in nome del bon ton.

Secondo tassello. La reazione di Gina alla vista dei poliziotti, la sua paura becca, ha detto proprio così, il suo contar balle, piccole balle d'accordo, ma apparentemente immotivate. Anch'io però ero a disagio di fronte agli sbirri, anch'io mi sentivo sulle spine, e sì che non avevo mai minacciato, neppure tra amici o parenti, di torcere il collo a Bianca e di buttarla a marcire in un fosso. In compenso avevo promesso di render falsa testimonianza, o lacunosa testimonianza, e l'ho effettivamente resa: "dubito che avessero rapporti" e meno male che ho detto dubito per attenuare la perentorietà dell'asserzione. Comunque io mi sentivo a disagio perché presumevo che avrei un po' barato nelle risposte, ma disagio non è paura becca e se Gina, laureata in lettere moderne con centodieci e lode, ha detto paura becca, paura becca era.

Terzo tassello. Che bisogno aveva Gina di un alibi per le cinque e mezzo? Perché mi ha tirata in ballo? Chi si fabbrica un alibi – vero o falso che sia – ha qualcosa da nascondere. Dal momento che non può essere l'omicidio di Bianca, perché a quell'ora Bianca era viva, che sarà mai e perché Gina non me l'ha detto?

E veniamo al comportamento di Bianca. È in casa quando Gina va a cercarla, ma il o la domestica riferisce che non c'è, sicuramente su suo ordine. Attenzione: ordine preventivo, il che significa che o Bianca non voleva un colloquio con Gina (in questo caso la colpevolezza nella faccenda dei cani è lampante) oppure aveva genericamente detto, come fanno le gran dame:

Battista, io non ci sono per nessuno. Se una dice che non c'è per nessuno, è perché ha sonno, va a farsi un pisolino e stacca il telefono, oppure perché ha da fare cose importanti e impegnative che non tollerano interruzioni e distrazioni, oppure ancora perché è incazzata nera e vuol star lì a ruminare la sua rabbia e a incanalarla verso sbocchi risolutori. Le ultime due ipotesi non si annullano a vicenda e possono anzi essere complementari. Nei panni di Gaetano – perché lo tratto così confidenzialmente sia pure soltanto nel mio flusso di coscienza? – mi preoccuperei di sapere, nell'ordine:

a) i termini precisi della richiesta di Bianca di non essere disturbata,

b) se Bianca aveva l'abitudine del pisolino,

c) se aveva fatto o ricevuto telefonate prima dell'arrivo del cugino,

d) di che umore era.

Basandomi su quel poco che conosco della personalità di Bianca sono propensa a credere che:

a) abbia detto di non voler essere disturbata da nessuno (Gina, le avesse o no avvelenato il cane, non era all'altezza di essere al centro dei suoi pensieri),

b) non aveva l'abitudine del pisolino (troppo longilinea e snob per cedere al vizio un po' burino e proletario della pennichella),

c) aveva fatto sicuramente una o più telefonate,

d) era di pessimo umore.

No, questo si chiama barare e barare con se stessi è il culmine del viscidume intellettuale. Passi per a) e per b) che hanno una qualche plausibilità se non logica almeno psicologicamente accettabile, ma c) e d) sono assiomi pretestuosi, indimostrabili come tutti gli assiomi e per di più fondati sulla persistenza di un'antipatia che riesce a resistere anche alla morte violenta. Torquemada Berija o anche Saint-Just: non è mica il caso di imitarli.

Eppure...

Eppure c) e d) non sono illazioni così disoneste, in qualche modo discendono da a) e da b): non voglio parlare con nessuno perché sono incazzata e l'interlocutore su cui scaricare la mia furia non deve essere casuale, ma scelto da me.

C'è poi la questione dell'agenda. Certamente non smarrita, ma occultata dalla vittima o dall'assassino. Che è quasi sicuramente maschio, perché le donne in genere non strangolano, perlomeno non vittime prestanti e sportive come Bianca. Il New

Yorker Diary contiene annotazioni compromettenti, oltre agli appunti sulla durata delle ore e ad altre simili inezie. Annotazioni e numeri di telefono. Chissà dov'è finito. Non certo in casa, il Bagnasacco l'ha cercato inutilmente e ne ha parlato alla polizia, è stato proprio lui a rivelare che la moglie lo portava sempre con sé, il suo Diary lussuoso. Anche lunedì pomeriggio? Bisognerebbe chiederlo al cugino o ad Alì Babà, e Gaetano l'avrà sicuramente fatto. Avrà anche chiesto, a entrambi ma soprattutto al primo, dove Bianca avesse intenzione di andare dopo l'acquisto del tappeto. "Non so, non me ne ha parlato, ha soltanto accennato a un impegno, mia cugina era molto riservata..." Eh no, caro il mio Vaglietti, non me la dai proprio a bere, perché così come la racconti tu tutta la sequenza dei fatti è assurda: come mai Bianca non è scesa in centro con la sua macchina? Come mai dopo non l'hai accompagnata tu al suo impegno? Qualunque impegno fosse, non doveva essere un segreto per te, se no Bianca l'avrebbe tutelato meglio, non offrendo spunti alla tua curiosità. Tu sapevi dove sarebbe andata e se non vuoi dirlo devi avere le tue buone anzi cattive ragioni. Che non consistono affatto nella postuma difesa dell'onore di Bianca, dato che oggi un adulterio non scandalizza più nessuno e anche una zelatrice di Comunione e Liberazione è disposta a considerarlo – in contrasto con le direttive papali – un peccatuccio veniale come frodare il fisco. Bianca non è andata dal suo eventuale amante, è andata dal suo assassino.

Una musata insolitamente timida di Potti la riscosse dai suoi pensieri: aveva smesso di grattargli la testa e lui mendicava brandelli di attenzione. Con la misteriosa sensibilità dei cani (su cui Cartesio si era dimostrato cieco sordo e pure stupido) aveva capito che non era giornata di giochi – osso di caucciù o porcospino di gomma, entrambi bavosi, da contendersi tra strattoni e ringhi – né di tenerezze movimentate e festose; si era accontentato di grattatine distratte e automatiche come un tamburellare di dita sul tavolo, ma adesso che anche quelle erano cessate lui le ricordava caninamente la propria esistenza.

«Lo so che esisti. Sbavi dunque sei, salcicciotto mio.»

E mentre riprendeva a grattarlo, con maggior concentrazione questa volta, si diceva blandamente che era ora di darsi un andi, di fare qualcosa di costruttivo ma non masochistico come riordinare cassetti e stirare camicie... Cucinare, ecco, poteva mettersi a cucinare un pasto finalmente decente o addirittura sontuosetto, una cena da sbalordire Renzo, come quella della memorabile coda di bue alla vaccinara fatta con tutti gli ingredienti sacramentali, compresi pinoli uva passa e cioccolato fondente grattugiato, dopo la quale lui aveva cominciato a corteggiarla.

Quando padre e figlia arrivarono – tardi, perché lei dopo la sua infruttuosa lezione bisettimanale di inglese aveva trascinato lui a casa di Ingrid da cui doveva ritirare una mazzetta di figurine, questione di vita o di morte – prima ancora di liberarsi di giacche e giacconi attaccarono una serie di oh ah uh ammirativi e sfotticchianti nel vedere la tavola apparecchiata quasi come nei film di Visconti (tovaglia di fiandra, dovizia di posate e bicchieri, sfolgorio di bottiglie di cristallo) e soprattutto nell'annusare una mescolanza di aromi certamente non ascrivibili alla famigerata fettina alla professoressa.

«Cos'è successo?» s'informò la bambina.

«È successo che ho preparato quattro leccornie, una per ciascuno e una in comune.»

«Come sarebbe una per ciascuno?»

«Sarebbe che la quiche lorraine piace soprattutto a me, il bianco e nero dell'agnello a papà, il rösti a te e la torta di zucchero a tutti alla faccia di colesterolo e glicemia.»

«Ma alla nonna queste buonezze non piacciono di sicuro.»

«Leccornie, non buonezze. Lo so che non le piacciono e siccome non voglio che mangi con la bocca storta e l'aria da martire protocristiana le ho fritto dei sofficini di formaggio, che non sono né leccornie né buonezze ma vere schifezze.»

«Non è vero. Io quasi quasi non mangio la prima cosa che non so più se mi piace o no e prendo in cambio un sofficino.»

«Ti piace, ti piace, fidati. Comunque, se proprio vuoi, mangiati il sofficino. Prima o poi ti farai la bocca anche tu, almeno si spera.»

«La nonna non se l'è fatta e vive benissimo. Io voglio diventare come la nonna.»

Il marito recuperò finalmente la posizione eretta: aveva controllato – e assaggiato – il bianco e nero dell'agnello che si crogiolava nello scaldavivande accanto a sofficini e rösti e aveva covato a lungo l'incipiente doratura della quiche nel forno. L'ispezione l'aveva confortato e reso magnanimo.

«Vuoi un Puntemes?»

«No, non ho voglia di aperitivi.»

«Non mi raccapezzo più. Cucini da professionista, snobbi gli aperitivi... è un buon segno o il contrario?»

«Non lo so, la giornata è partita male, ma il pomeriggio è andato meglio, a parte i torrenti di lacrime per sbucciare e affettare le cipolle.»

«Perché partita male?»

«Perché sono stata interrogata dalla polizia.»

Così, mentre le leccornie si avvicinavano al traguardo della perfezione, lei relazionò concisamente circa l'interrogatorio e le successive elucubrazioni. Era ascoltata, una volta tanto, con benevola attenzione.

«Ma lunedì mattina la tua collega ce l'aveva o no quella maledetta agenda?»

Non ci aveva pensato, non si era sforzata di ricordarlo. Aveva impiegato milioni di cellule nervose nel ricostruire ipotetici comportamenti e motivazioni, aveva fabbricato assiomi e illazioni di dubbia validità, si era inventata percorsi investigativi di pertinenza altrui e non si era posta la domanda più ovvia. Per la seconda volta nella giornata – e la milionesima almeno nella vita – si diede dell'imbecille.

La quiche era un'armonia di profumati contrasti – anche Livietta dovette convenire che le piaceva – e lei quasi non se ne accorse; il bianco e nero dell'agnello venne assaggiato senza smorfie di disgusto persino dalla madre e fu definito magistrale dallo sposo, solitamente avaro di complimenti culinari, e lei non riuscì a rallegrarsene; il rösti fu accaparrato dalla figlia e spartito "per gramatica" come il cappone sacchettiano, la torta tiepida di zucchero – duemila calorie al boccone – provocò mugolii quasi osceni di godimento, e a lei pareva di avere le papille gustative in letargo, tanto che se le fosse capitato un sofficino nel piatto l'avrebbe trangugiato senza sobbalzare di disgusto. L'agenda in cuoio rossiccio troneggiava nei suoi pensieri e li paralizzava.

Di notte, la perseguitò nei sogni: era diventata enorme e campeggiava in cielo come la croce di Costantino, lei si alzava sulla punta dei piedi, tendeva le braccia, sentiva addirittura allungarsi lo spazio tra l'ultima lombare e la prima sacrale, tutto il corpo teso nello sforzo di afferrarla. E mentre l'agenda continuava a fiammeggiare enorme e immobile in alto, lei avvertiva tra le mani la presenza di una copia virtuale e invisibile, tastava con i polpastrelli la morbidezza e la lieve untuosità del cuoio, accarezzava il solco delle impunture, faceva scorrere l'indice sulla compattezza dorata del taglio, annusava l'aroma della concia. L'agenda c'era e non c'era contemporaneamente: quella tra le sue mani, di cui avvertiva la corposità il peso e le dimensioni, non opponeva ostacoli al passaggio della luce, mentre quella che si librava in cielo offriva della propria concretezza solo l'apparenza, inafferrabile come l'ombra di Anchise.

Il mattino dopo neppure una scodella di caffè riuscì a liberarla dall'ossessione: le pareva di essere in trance, di galleggiare in uno stato di sospensione della coscienza e della sensibilità in cui i confini del reale e del possibile erano incerti. E quando, a scuola, aprì l'anta scassata dell'armadio metallico posto di fronte alla sua terza, anta che nessuno si preoccupava di riparare perché dentro all'armadio c'erano soltanto dei libri, dei classici per giunta e senza illustrazioni, che quindi nessuno si sarebbe preso la briga di rubare, libri da cui lei, una volta alla settimana, leggeva in classe un brano che le sembrava provocatorio o inquietante o semplicemente bello, suscitando perlopiù l'attonito stupore che accompagna le azioni incomprensibili e stravaganti; quando aprì l'anta dell'armadio – che cigolò come sempre sui cardini semidivelti – e sul terzo ripiano, davanti a *L'educazione sentimentale*, *Il paradiso perduto* e le poesie di Hopkins scorse il dorso di un volume rossiccio posato di piatto, quasi non si stupì: sollevò il volume e il New Yorker Diary si materializzò nelle sue mani. Come la cenere in quelle di Sai Baba. Non si stupì ma si svegliò e si guardò attorno: il corridoio era miracolosamente deserto (a metà della prima ora nessuno accampava ancora urgenze fisiologiche, i ritardatari – allievi e professori – erano arrivati tutti e i bidelli potevano concedersi un meritato imboscamento) e così le fu facilissimo aprire la borsetta e occultarvi l'agenda. In quel preciso momento fu folgorata da un altro piccolo miracolo: la visione nitidissima di Bianca che, lunedì mattina, finito l'intervallo, riponeva in quello stesso armadio uno o più libri che, evidentemente, aveva prelevato e utilizzato nelle ore precedenti. Gonna color vinaccia, camicia e giacca grigie, calze con la riga, borsa a bustina stretta sotto il braccio sinistro: una foto dall'inquadratura perfetta, ma archiviata a casaccio nelle caselle della memoria.

Si scoprì calma, calmissima e lucida, senza la smania di decidere subito sul da farsi. Mi concedo una pausa, annunciò silenziosamente a se stessa, e si beò della perfetta serenità. Senza fretta posò lo sguardo sui volumi del primo secondo e terzo ripiano e stabilì cosa avrebbe letto dopo poco in terza: i primi versi de *La terra desolata*. Non era aprile, non c'erano lillà in fiore, non pioveva: l'avrebbero presa per matta.

Alla mezza la pausa che si era concessa stava per scadere ma lei decise di prolungarla. Dal bar Negrita telefonò alla madre perché provvedesse alle necessità del cane, si subì le previste rampogne circa l'avvisare all'ultimo minuto, mangiò un'insalata mista con tonno e mozzarella, bevve un bianchino e un caffè e stabilì che sarebbe andata da Eugenia a farsi fare taglio e piega ai capelli. Il tutto approfittando del fatto che anche quel giorno Renzo non tornava per il pranzo. (Tre volte in una settimana, pensò vagamente: o si è imbattuto in una maliarda tettedimarmo o ha scoperto un buon ristorante convenzionato in cui abboffarsi. Peggio per lui, diventerà obeso.)

Si incamminò di buon passo verso il negozio di Eugenia, che non era stata scelta per ragioni di comodità – erano venti minuti a piedi da casa e un quarto d'ora da scuola – né per la sua maestria professionale – tagliava i capelli così così, non bene e non male – e neppure per i prezzi bassi, perché anche quelli si tenevano su per giù nella media, forse più su che giù. Le ragioni erano altre. La prima era rappresentata dall'insegna del negozio: non Coiffure, o Haute Coiffure o Hair Dresser o Hair Stylist o peggio ancora New Look o Hair Academy, ma: PETTINATRICE. La seconda consisteva nel fatto che a disposizione delle clienti non c'erano né riviste melense e bovaristiche per femmine, né immondi settimanali scandalistici bisex, ma tre quotidiani di giornata: «La Stampa», «la Repubblica» e «Corriere della Sera». La terza era costituita dalla laconicità, rasentante il mutismo, di Eugenia che non affliggeva le sue clienti con conversazioni futili o noiose. La quarta e non ultima per importanza era legata all'assenza di altri suoni fastidiosi, tipo programmi canzonettistici e pubblicitari di radio pubbliche e private, con farfugliamenti di dediche per le Jessiche o le Deboreh di Nichelino o di Venaria. Tutto questo è civiltà, e la civiltà va premiata.

Devo decidermi e occuparmene, non posso procrastinare all'infinito la pausa. Ce l'ho qui calda calda nella borsa e devo farne qualcosa. La cosa più ovvia e regolare sarebbe telefonare al commissario, dirgli che l'ho trovata e consegnargliela. Veramente questa cosa ovvia e regolare avrei dovuto farla alle otto e mezzo, ma posso sempre mentire un po' e dire che l'ho trovata prima di uscire da scuola. Sì, ma se lascio passare ancora un po' di tempo neanche questa balla risulta accettabile: come, l'ha trovata alla mezza e invece di telefonare subito è andata a mangiare al bar e poi dalla parrucchiera? Gaetano penserebbe e direbbe proprio così, con tutte le ragioni del mondo. Potrei sempre trovarla domani, cioè fingere di. Nessuno mi ha vista mentre la prendevo e nessuno sa che era lì. Domani io armeggio un po' intorno all'armadio, cioè prendo un libro e lo riporto più tardi, poi appena uscita da scuola faccio il mio dovere di brava cittadina. E nel frattempo?

Nel frattempo era arrivata al negozio, dove le formalità furono, come sempre, ridotte all'osso:

«Buongiorno.»

«Buongiorno.»

«Taglio e piega per favore.»

«Come al solito?»

«Sì grazie.»

Poi, in sequenza veloce perché c'era solo un'altra cliente già in dirittura d'arrivo cioè di partenza, passò sotto le mani della ragazzina di bottega – che s'era piegata alle abitudini della padrona con rancorosa consapevolezza della violenza subita: niente chiacchiere niente canzonette niente ruminii di chewing-gum: si può essere più disgraziate di così? – fu lavata e sciacquata con una certa ruvidezza e infine approdò alle forbici di Eugenia, rapida efficiente e murata nel silenzio. L'apprendista invelenita se ne fregava di apprendere alcunché da una padrona tanto balorda e studiava la propria immagine allo specchio con torva concentrazione. Dopo il taglio fu la volta del fon, maneggiato da Eugenia con la velocità e precisione di un giocoliere; non sprecando energie in inutili verbosità, le dedicava tutte all'esercizio della sua arte. Lei la guardava sempre con un misto di stupore e ammirazione per la secchezza dei gesti, anche se il risultato finale non era mai particolarmente memorabile.

«Va bene?»

«Sì grazie.»

«Arrivederci.»

«Arrivederci.»

Il tutto, compreso il pagamento e il ritiro di regolare e veritiero scontrino fiscale, aveva richiesto meno di mezz'ora. E queste erano la quinta e sesta ragione per essere fedeli a Eugenia.

Adesso però non poteva più giocare a rimpiattino con se stessa né escogitare altre manovre dilatorie: doveva per forza decidere qualcosa riguardo all'agenda. Per concentrarsi meglio, fatti pochi passi si sedette su una panchina di via Stampatori e si accese una sigaretta, la prima della giornata. La verità è che ho una voglia becca, come direbbe Ginotta, di sfogliarla e leggerla, questa agenda fortunosamente ritrovata e imprevedibilmente dimenticata. Lunedì, quando è andata a riportare nell'armadio i libri che aveva prelevato, Bianca, invece di inserire l'agenda sotto il braccio sinistro insieme con la borsa a bustina, l'ha posata sul terzo ripiano, per avere la destra libera e infilare i libri al loro posto. Poi non ha più ripreso l'agenda, il che fa supporre una o due cose: prima cosa, che anche lei era un essere umano con momentanee dimenticanze e cedimenti, seconda, che era probabilmente in tensione o in ansia per qualche motivo. Lo stesso motivo per cui non voleva essere disturbata da nessuno nel pomeriggio? Lo stesso che l'ha spinta al misterioso appuntamento serale? E quell'appuntamento magari è segnato nel Diary.

Va bene, d'accordo, cederò alla tentazione e leggerò le annotazioni dell'agenda, tanto lo sapevo sin da stamattina che sarebbe finita così. Ho soltanto sfoggiato con me stessa un abito di ipocrita virtù, pur essendo disponibile allo striptease integrale. Cialtroneria lassista o tattica libertina per dilazionare e accrescere il piacere dell'indiscrezione?

A casa, aperta e richiusa la porta con ladresca precauzione per sfuggire all'imboscata e assalto della madre, tacitato l'entusiasmo di Potti con un biscotto di Pamparato proditoriamente sottratto alla riserva personale di Livietta (altra inevitabile menzogna *pro bono pacis*: l'ho mangiato io), liberatasi di scarpe e giacca, aprì finalmente la borsa con la stessa palpitazione del giovane Jim davanti al baule di Billy Bones. E finalmente la tastò e annusò e smanacciò a volontà, la bella agenda in cuoio rossiccio, godendosi il piacere del tatto e dell'olfatto, congratulandosi mentalmente con gli ignoti amorosi artigiani che l'avevano fabbricata, infischiandosene del puzzle di impronte digitali che ci lasciava sopra, con una gioia quasi infantile per il peso la massa il volume, la materialità insomma dell'oggetto. Finché ricordò bruscamente che quell'oggetto era appartenuto a un essere umano ora ridotto a un insieme di parti anatomiche scempiate dall'autopsia, a carne ossa e pelle segate e frugate, materia bruta in decomposizione, cui non era ancora stato concesso il riposo della sepoltura.

Alla pagina di lunedì 13 ottobre non era segnato nessun appuntamento pomeridiano. E neanche mattutino. Pagina bianca, come quella immediatamente precedente. Invece sabato 11 ottobre era tutto un turbine di attività:

h. 8-10.30	II Cw corr.
	IV Tr.
	IV Civ. The flea
h. 11	Marta/Ego C.

h. 13.15	Emanuela/Platti
h. 15	Sanlorenzo
h. 17.30	Passare da Bibi
h. 18	Capogrossi/GAM
h. 21	Ferraris/Regio

Con un ritmo così, io sarei morta dopo due giorni. E anche lei, le venne subito in mente con sarcasmo non del tutto involontario.

Dunque: scuola dalle otto sino all'intervallo. La prima ora, in seconda, deve aver restituito i compiti corretti (*classworks correction*); la seconda ora, in quarta, ha fatto fare esercizi di traduzione (*translation*); la terza ora, sempre in quarta, l'ha dedicata alla *civilisation*: un ibrido di storia geografia letteratura costume folklore, insomma Magna Charta, Christmas in England, Robin Hood and the Merry Men, London's monuments... *The flea*, non *the flea market*: perché parlar di pulci? La zoologia non fa parte del programma. Lanciò un'occhiata al cane, come se lui – che si stava appunto grattando – le potesse suggerire una risposta. Neanche profilassi e igiene fanno parte della *civilisation*. E allora? Allora... possibile? John Donne, *The flea*: e fu trafitta da una coltellata di ammirazione postuma. Ma Donne non è di sicuro riportato nei libri di *civilisation* a uso dei futuri ragionieri e così si spiega la sosta all'armadio nel corridoio con imprevista dimenticanza dell'agenda. No, non si spiega niente, perché qui siamo a sabato e davanti all'armadio io l'ho vista lunedì. Alle undici si incontra con una certa Marta; Ego C. che può essere? Un cognome con successiva iniziale del nome no, perché Bianca non era una zotica e non l'avrebbe annotato così; un posto forse? Intanto stava sfogliando la rubrica annessa al Diary e alla lettera E trovò Ego Club con relativi numeri di telefono. Ginnastica allora, col personal trainer nel circolo più appartato ed esclusivo di Torino, in compagnia di Marta... (rapida sfogliata alla lettera M) Marta Gabetti. Presumibile, anche se non annotata, doccia e quindi via giù per i giardini Pietro Micca via Meucci e piazza Solferino per incontrarsi con Emanuela (Bruzzone, sempre stando alla rubrica) al bar Platti di corso Vittorio all'una e un quarto. Avranno fatto uno spuntino leggero con quelle delizie a base di caviale (vero, non uova di lompo volere e non potere) che io mi concedo una volta negli anni bisestili. Successivamente: Sanlorenzo, negozio di via Santa Teresa o di piazza Carlina. Sanlorenzo vuol dire abiti di gran classe, molto torinesi, da aristocrazia FIAT, cioè senza ostentazioni rutilanti, senza trovate da baraccone, vuol dire tessuti che incantano gli occhi e il tatto, vuol dire raffinatezza preziosa di asole bottoni colli orli... Abiti che non saprei portare perché mi intimidiscono, perché mi sento inadeguata, perché non voglio tanto bene al mio corpo, perché non li desidero abbastanza... Alle cinque e mezzo passa da Bibi (Cohen): non si sa né dove né perché. Non si sa neanche di che sesso sia Bibi, più probabile che sia femmina ma non è detto, dal momento che Torino ha prodotto un politico (maschio) di nome Giusi. Anche Netanyahu è chiamato familiarmente Bibi, forse è un diminutivo ebraico unisex. Capogrossi/GAM non è difficile da decrittare: galleria d'arte moderna, mostra di Capogrossi. Chi mi aveva parlato dell'interesse di Bianca per la pittura moderna? Ah sì, Paolo: De Kooning Fautrier Melotti. Scelte non banali, come *The flea*. Poi, per finire la giornata, ciliegina sulla torta: Teatro Regio con la o il o i Ferraris (Olimpia e Sandro, a quanto pare) per un concerto benefico, fritto misto autoconsolatorio di buoni sentimenti e mondanità.

Non so quanto utile si rivelerà l'agenda: bisogna comunque studiarla da cima a fondo, decifrarla anche nei suoi silenzi, setacciare i nomi e numeri telefonici di amici e conoscenti che compaiono nella rubrica, ammesso e non concesso che l'assassino sia uno di loro e non lo psicopatico di passaggio in licenza premio dal carcere o il maggiordomo. Se la vedrà Gaetano: io chiudo qui il mio giochetto investigativo e domani gli mollo l'agenda. Domani? O mioddio domani è sabato, sabato 18 ottobre e io di sabato non vado a scuola: come faccio a trovare l'agenda nell'armadio del corridoio? Sono una *minus habens* una cerebrolesa una deficiente una cottolenga che non sa neppure in che giorno vive. Altro che Kay Scarpetta! Oggi è venerdì e dopo il venerdì viene il sabato, i bambini lo imparano a tre anni, salvo Renzo che l'ha imparato a dodici, non perché sia particolarmente ritardato ma perché ha passato l'infanzia nelle savane dell'Africa, come un povero piccolo Tarzan o Mowgli, con genitori umani più eccentrici e imprevedibili di scimmie e lupi. Oggi è venerdì e domani non lavoro, è venerdì, venerdì 17. O mioddio no! Il 17 mi porta iella, mi succede di tutto il 17: rompo suppellettili mi slogo una caviglia perdo le chiavi striscio con la macchina... Però il venerdì è il mio giorno fortunato: nascita laurea matrimonio parto traslochi arrivo di Potti, tutto di venerdì. Di nuovo il pensiero magico, tra un po' leggerò gli oroscopi e consulterò le cartomanti, così l'abiezione sarà totale. Ma come me la cavo adesso con questa stramaledetta agenda? Troppo tardi per consegnarla al commissario, di tenermela non se ne parla neanche perché non è solo una scorrettezza, è anche un reato. Potrei darla al marito: ho trovato una cosa che apparteneva a sua moglie eccetera e lui, che sembra essere pulito, la farà avere alla polizia. Così ho anche il pretesto per conoscerlo, vedere la casa, ficcanasare un po'. Qualche piccola grana per l'assurdità del comportamento ce l'avrò di sicuro, ma il gioco vale la candela. Si concesse una pausa, un'altra, per recuperare calma e padronanza di sé, bevve un bicchiere d'acqua, cercò un numero di telefono e lo annotò, fece un paio di inutili giri per la casa, si sforzò di allontanare il pensiero di cosa avrebbe detto Renzo. Poi si mise a coccolare il cane: aveva imparato per via sperimentale che era un ottimo calmante, un ansiolitico naturale senza effetti collaterali fastidiosi, a patto che Livietta non fosse presente.

Infine si decise: per prima cosa foderò l'agenda con anonima carta da pacchi e la ricacciò nella borsa, poi si rimise scarpe e giacca afferrò il foglietto su cui aveva annotato l'appunto e uscì di casa. In corso San Maurizio si destreggiò tra zingare questuanti e posteggiatori gesticolanti, entrò in una cabina telefonica orbata di mezza porta, compose il numero che aveva annotato, declinò il proprio nome e cognome a una voce femminile impettita e diffidente, si qualificò con una leggera incertezza sui tempi verbali – sono... ero una collega della signora – e dichiarò che aveva bisogno di parlare con il signor Bagnasacco.

«Attenda. Vedo se il dottore è in casa.»

Doveva essere la Asburgo: lo andava a cercare nella Hofburg o a Schönbrunn.

Il dottore era in casa e aveva una voce stanca e neutra con il tono gentile e rassegnato di chi si aspetta l'ennesima esternazione di condoglianze. Lei gliela risparmiò, ripeté nome, cognome e qualifica e spiegò subito, con sobria concisione, che quel mattino aveva casualmente ritrovato a scuola l'agenda scomparsa e che desiderava consegnargliela. Adesso era in giro per commissioni, ma più tardi, verso le sette, poteva portargliela. No nessun disturbo: conosceva la strada perché aveva un'amica – la signora Florio – che abitava nei paraggi. La voce di lui si era rianimata e, sottoposta a minor controllo, lasciava trasparire una traccia di cadenza piemontese: grazie lei è molto gentile, ci vediamo più tardi. Non aveva accennato a una successiva consegna alla polizia, né lei si era sentita in obbligo di suggerirglielo.

Dopo la telefonata raggiunse via Sant'Ottavio, si infilò in una affollata copisteria self service, s'installò a una macchina libera, tirò fuori dalla borsa la ben mimetizzata agenda e la fotocopiò con scrupolo e pazienza, pagina per pagina, rubrica telefonica compresa. Raccolse le copie, le occultò insieme con l'originale nella borsa, pagò e uscì. Aveva speso ventiduemila lire (compresa una cartellina per rilegatura domestica) e non era il caso di rammaricarsi per l'esborso, che era relativamente modesto: c'erano ancora altri dettagli da organizzare.

All'arrivo di marito e figlia tutto era pianificato: Livietta ospite della nonna, con cui avrebbe mangiato schifezze precotte o cucinate espressamente dall'ava (il che, se possibile, era anche peggio) e visto programmi televisivi fragorosi e idioti sino al crollare delle palpebre, lei e Renzo a fare una commissione, poi a mangiare una pizza, poi al cine – c'era un film di Neil Jordan – o a uno spettacolo di cabaret in uno sgangherato locale di via Sacchi. Nessuno si oppose alla sua furia decisionista: non la nonna – era sempre contenta di compiere qualche piccolo intervento diseducativo – non Livietta che poteva mangiare "alla bastarda" senza sentire rimproveri, non Renzo insolitamente remissivo.

«Dove sei stato all'ora di pranzo?»

«Che domanda! A mangiare.»

«Dove?»

«Al Sedano allegro, una pioletta convenzionata aperta da poco. Adriano mi aveva detto che si mangia da padreterni e che ci sono due cameriere mozzafiato.»

«Me lo dici così, in faccia?»

«Come dovrei dirtelo? Comunque, non è vero niente. Ci siamo andati, Saverio e io, per toglierci la curiosità, ma il cibo è per analfabeti gastronomici e le cameriere sono del genere anoressico, senza culo senza tette senza niente.»

«E se avessero avuto culo e tette oversize che avresti fatto?»

«Niente. Avrei guardato e mangiato con un po' più d'allegria. Piuttosto mi dici che commissione andiamo a fare?»

«Andiamo a casa della mia ex collega Bianca, per consegnare al marito l'agenda che ho trovato stamattina a scuola.»

«Perché al marito? È alla polizia che la devi consegnare.»

«Troppo tardi. E poi sono curiosa. Curiosa di vedere la casa e di conoscere il marito.»

«Curiosità macabra, direi.»

«Perché? La casa non è stata bombardata e il marito è vivo: che c'entra il macabro?»

Capitolo sesto

Il Bagnasacco risultò, contrariamente alle previsioni, conforme al suo cognome.

Dopo l'iniziale acquiescenza – forse aveva qualcosa da farsi perdonare – Renzo aveva cominciato a recalcitrare con mulesca ostinazione di fronte alla prospettiva della visita: ma che cosa ti è saltato in mente ma che senso ha faremo la figura di due imbecilli anzi di una sola perché comunque io non scendo neanche dalla macchina; e poi aveva anche sciorinato una confusa e zoppicante apologia della razionalità maschile in opposizione alla lunatica umoralità della psiche femminile. Lei l'aveva lasciato bofonchiare per un po' – intanto, tra una coda da lavori in corso un intasamento da semaforo rotto un ingorgo da vigile imbranato, procedevano comunque verso la collina – poi s'era spazientita, vuoi per l'esasperante lentezza della marcia, vuoi per il brontolio da rosario che lui continuava a emettere, vuoi per una certa inquietudine circa il contegno da tenere nell'imminente incontro. Così l'aveva bruscamente interrotto:

«Ma tu ste stronzate maschiliste le pensi proprio o le dici solo per animare la nostra convivenza?»

«La nostra convivenza è già abbastanza animata. Grazie alle tue, chiamiamole così, stravaganze.»

«Stravagante io? In ogni caso non ci sarebbe niente di male. Piuttosto sei tu che stai diventando un uomo d'ordine. Tra poco ti ingesserai nei doppiopetti, dirai cose come "ossequi alla sua signora", sbaverai per le Mercedes e le Volvo...»

«Punto primo: i doppiopetti li odio e l'unico che ho me lo hai fatto comprare tu. Tagliato e cucito su misura da un tuo amico sarto, e sottolineo tuo, impasticcato e fuso, devoto di Ganesh e

71

del sacro cuore di Gesù. Per la verità devo riconoscere che il vestito è bello. Però lo odio lo stesso e non lo metto mai. Punto secondo: la sensibilità linguistica non è un accessorio dell'utero e quindi anche i maschietti qualche volta ne sono forniti. Punto terzo: per le macchine di lusso sbavo né più né meno di quanto sbavi tu per i visoni di Annabella. Detto questo, continuo a non capire perché non hai telefonato alla polizia.»

«Perché si era fatto tardi. Ho mangiato qualcosa al bar, sono andata dalla pettinatrice, sono tornata a casa, ho sfogliato l'agenda, sono uscita di nuovo per fotocopiarla...»

«L'hai fotocopiata?»

«Sì, per studiarmela con calma. Sono mica Pico della Mirandola.»

«Oh diogrande! Ma a che gioco vuoi giocare? All'investigatrice dilettante, a miss Marple?»

«Sei di nuovo offensivo, e anche disinformato. Miss Marple è vecchiotta assai e non mi assomiglia per niente: tè sferruzzamenti giardinaggio eccetera. Dovresti seguire un seminario intensivo sulla letteratura poliziesca contemporanea, una full immersion in P.D. James, Patricia Cornwell, Alice Blanchard...»

«Sì, mentre tu sei al fresco, ovvero in custodia cautelare per inquinamento di prove o dio sa cos'altro.»

«Allora non ne avresti il tempo: il lavoro Livietta Potti portarmi arance e sigarette. Ma perché sei così apocalittico? Se le anoressiche ti hanno messo di cattivo umore ti puoi consolare con me, che sono comprensiva come tutte le grassone.»

«Grassoccia, non grassona. Rompiballe femminista stravagante ma per fortuna grassoccia.»

E approfittando della lentezza della marcia si distrasse un momento dalla guida e le assestò qualche manata apprezzativa sulla parte esterna della chiappa sinistra.

La villa era un corposo fabbricato anni Trenta progettato da un architetto a cui non avevano imposto limiti di spesa: parco, alto muraglione a difesa della privacy e della sicurezza, solido cancello di ferro con antistante spiazzo pavimentato in sanpietrini. Si presentarono a un videocitofono posto sul piloncino d'ingresso, poi il cancello scivolò muto e oliato sulle sue guide e Renzo fermò la macchina all'interno del parco. Lei scendendo adocchiò – sul lato destro della casa, ai piedi di un ginkgo in trionfante livrea autunnale – un'aiuola di azalee perfettamente composta nella sua steccuta tristezza: neanche un bestione primitivo e maldestro come Bisin avrebbe sprecato la sua esuberanza per infierire contro quello squallore. Se devastazione c'è stata – stabilì una volta per tutte – è stata opera di una cieca talpa.

La cameriera in attesa sulla porta rispondeva perfettamente alle descrizioni di Gina e all'anticipazione di sé fornita al telefono, incarnazione ben riuscita di cipiglio e *voluptas serviendi*.

«Prego si accomodino» sibilò, carezzevole come una mitragliatrice, e fece strada verso il soggiorno dove li aspettava il Bagnasacco.

Che non sarebbe mai comparso nella réclame del Bacardi, che non era né aitante né abbronzato, che risultava improbabile come campione di polo e anche come dilettante di windsurf. Media statura media stazza capelli già in fase di diserzione viso ingrigito dalla pena rughe di stanchezza sulla fronte e intorno agli occhi: lei provò uno slancio di immediata simpatia per quell'uomo così fuori ruolo e fuori posto, personaggio ritratto in grigio in una sgargiante kodachrome. Presentazioni strette di mano invito a sedersi e lui riprese il suo posto in un divano sul cui bracciolo poggiava in precario equilibrio un bicchiere con quattro dita di un liquido ambrato, più probabilmente bourbon che cedrata.

«Lei era amica di Bianca?»

«No. Soltanto collega di corso.» Cavò dalla borsa il New Yorker Diary e glielo porse. «L'ho trovato stamattina mentre cercavo un libro. Era in un armadio nel corridoio, di fronte all'aula della nostra terza.»

«Pensa che sia stata Bianca a lasciarlo lì?»

Lei annotò mentalmente che per la seconda volta aveva detto "Bianca" e non melensaggini come "la mia povera moglie". Sensibilità linguistica anche lui.

«Penso di sì. Lunedì mattina, dopo l'intervallo, ho visto Bianca che riponeva dei libri in quello stesso armadio. Per sistemarli deve aver poggiato l'agenda su un ripiano e poi l'ha lasciata lì.»

«Strano, era molto precisa in tutto.»

«L'ho trovato strano anch'io. Però, dopo la baraonda dell'intervallo, un momento di distrazione può capitare a chiunque.»

Il Bagnasacco annuì senza convinzione, allungò la mano verso il bicchiere, si ricordò dei doveri dell'ospitalità e li pregò di accettare un aperitivo. Accettarono. Mentre lui chiamava la domestica e le dava istruzioni, lei inventariò mobili e suppellettili del soggiorno e Renzo cominciò a contorcersi sulla poltrona per osservare meglio i quadri appesi alla parete dietro le sue spalle. Poi, al ritorno della domestica con vassoio bicchieri secchiello portaghiaccio di abbagliante lucentezza e normale bottiglia di Puntemes, abbandonò ogni residuo di formalità, si alzò, emise un pleonastico mi permette, si piazzò davanti a un Vedova e cominciò di lì la sua visita museale, imperturbabile e concentrato come al Beaubourg o alla Tate. No – pensò lei con divertito sollievo – forse non diventerà mai un uomo d'ordine, se anche in una visita di similcondoglianze riesce a essere così fuori parte. E le tornò in mente all'improvviso la volta in cui, ad Amsterdam, aveva terrorizzato una mite signora di mezz'età da cui era stato sorpreso nel corridoio dell'albergo mentre si esercitava a imitare la creatura di Frankenstein (Livietta all'epoca aveva quattro anni e non si addormentava senza preventiva esibizione del padre *as* Godzilla Dracula King Kong o la mummia vivente).

Tranguiò qualche sorso di Puntemes – intanto il Bagnasacco s'era scolato le sue quattro dita di bourbon e Renzo faceva tappa davanti a un Castellani formato tavolo da ping pong – e si sforzò di riprendere la conversazione interrotta e soprattutto di dire quel che le premeva. Non sapeva come cominciare, anche se aveva provato mentalmente decine di approcci, da "ieri mattina il commissario" a "ho ritenuto più giusto consegnarla a lei". La difficoltà consisteva nel giostrare con le omissioni, nel dribblare la menzogna, nel mantenere insomma un minimo di decenza dopo aver compiuto un'indecente indiscrezione. Stava miseramente tossicchiando come nelle peggiori recite parrocchiali, quando il Bagnasacco le venne provvidenzialmente in aiuto.

«La ringrazio molto di averla consegnata a me» e fissò per un momento l'agenda sulle proprie ginocchia. «L'ho regalata io a Bianca. Di agende ne arrivano sempre tante a fine anno, ma questa l'ho comprata. Mi era piaciuto il cuoio, il colore e la morbidezza del cuoio. L'ho comprata e l'ho regalata a Bianca. Domattina telefonerò al commissario Berardi e la darò a lui. Può darsi che la polizia...»

Soltanto in quel momento parve rendersi conto che non l'aveva ancora aperta, che non aveva ancora controllato se c'era l'appunto del fatale incontro di lunedì e i tratti del viso gli si allentarono di colpo, come se la forza di volontà che li aveva sostenuti sino ad allora avesse improvvisamente ceduto. Dubbi timori viltà finzioni compromessi di anni di vita matrimoniale si coagularono in un nodo di puro terrore, il terrore di soffrire ancora di più di fronte a una certezza definitiva.

«Non c'è scritto niente, non è segnato niente alla giornata di lunedì» sbottò lei. Al diavolo le ipocrisie, lui le faceva troppa pena. E soltanto un imbecille avrebbe potuto credere a una discrezione totale e asettica.

Renzo risolse a modo suo la situazione. Disinteressandosi di angosce e tragedie presenti passate e future aveva proseguito in silenzio la sua visita, con soste ritorni arretramenti cambi di angolazione per osservare meglio ogni dettaglio. Al termine di un lungo balletto davanti a un settanta centoventi si voltò, bicchiere in mano e tono da vernissage delle diciotto e trenta:

«È il più bel De Kooning che abbia mai visto. Splendido. Non credo che ce ne siano tanti di questo livello.»

Lei non si meravigliò, ma il Bagnasacco ne ebbe un salutare scossone che lo spinse ad alzarsi, ad avvicinarsi all'ospite e a riconsiderare il De Kooning in questione.

«L'ho preso due anni fa a Zurigo, insieme al Fautrier.»

«Una collezione bellissima. Da passare le serate a godersela.»

«A dire il vero è stata mia moglie a convincermi. Io ero fermo a Maggi Da Milano Cremona Chessa, ho venduto tutto e cambiato genere. Il primo acquisto è stato il Manzoni, poi sono venuti gli altri, Melotti Fontana e quel Capogrossi che è il mio quadro preferito. Che gliene pare?»

«Sì, splendida cornice.»

«Vero? L'ho presa dai Palmieri, solo loro hanno cornici così. Quella di prima immiseriva il quadro, così mi son deciso a cambiarla. Venga, le faccio vedere un Twombly del '63 che le piacerà di sicuro.»

Dimenticata, mi hanno dimenticata come un ombrello in treno. Il vedovo un momento fa sembrava sul punto di disintegrarsi e adesso è lì che cinguetta di quadri miliardari. Il morto giace e il vivo si dà pace. E il mio coniuge che pare sempre fuori copione invece ruba la scena a tutti. Il più bel De Kooning che abbia mai visto, splendido, di altissimo livello... Adesso entrerà in orgasmo davanti a Twombly che è uno dei suoi sogni irraggiungibili, insieme alla voce intonata e alla faccia impassibile quando gioca a poker. Ho anche finito il Puntemes, porcamiseria. L'intesa maschile scatta sempre, anche nelle situazioni meno canoniche e prevedibili, innescata dai goal di Inzaghi, dalle gambe della Parietti, dalle prestazioni dell'ultima Ferrari o dal livello di un De Kooning. E noi povere donnette ne siamo fuori, da sempre. Però di quadri ne capisce più lui, che è davvero capace di passare un'ora a osservare un dettaglio e intere serate a contemplare una linea o una spatolata. Dategli un buon risotto alla certosina da mangiare e un Twombly da guardare e, per un bel po', non chiederà altro, felice come un sorcio in un caseificio. Io ho meno risorse. Però se non ci fossi io a svegliarlo la mattina, se non ci fossi io a dare una regolata alle finanze, se non ci fossi io a rinnovare – quasi sempre in ritardo – bolli abbonamenti assicurazioni... se non ci fossi io ce ne sarebbe un'altra, magari più alta più magra più bionda più tutto. Adesso mi verso un altro Puntemes, fottendomene della creanza e degli invisibili occhi della Asburgo e ci annego dentro il mio umore malmostoso e la mia sindrome da abbandono.

Prima che avesse il tempo di mettere in atto il proposito screanzato i mariti rientrarono: non erano ancora arrivati alle pacche sulle spalle ma sfoggiavano già una tranquilla complicità da compagni di ginnasio che non si sono mai persi di vista. Chiacchierarono amabilmente di quotazioni di mercato, duecentocinquanta trecento milioni mezzo miliardo come fossero i prezzi dei carciofi, lei si bevve un secondo Puntemes regolarmente servito, e la strangolata nella sua cella frigorifera era lontana anni luce.

Più tardi, in macchina, l'urgenza di condividere battute e valutazioni urtò contro la diga del risentimento da esclusione e lei (ostinatamente muta) guardò sfilare villine e villone tra le chiazze di buio che l'avara illuminazione municipale non riusciva a dissipare.

«Tipo curioso, il vedovo. Com'è che non ti scateni in una sarabanda di commenti?»

«Sul tuo comportamento o su cosa?»

«Sul mio comportamento c'è poco da commentare. Volevi che mi stracciassi le vesti per la disperazione e che ululassi per il cordoglio?»

«Volevo, anzi avrei voluto, che non ti considerassi in visita al Castello di Rivoli o a un Guggenheim.»

«E dagliela! Tu commetti le peggiori indiscrezioni, leggi un'agenda non tua, la fotocopi, ti introduci subdolamente in casa d'altri e poi quello che si comporta male sono io.»

Pausa. Qualche secondo per valutare la fondatezza dell'osservazione. Poi la diga cedette di colpo.

«Curioso, dici? Imprevedibile. Io lo immaginavo alto abbronzato atletico o almeno con la mascella da dominatore. Invece è un paparino. Fisicamente voglio dire. Non ha l'aria da uccello rapace o da pirata che di solito hanno i fabbricanti di miliardi: niente arroganza, niente tono tagliente, niente sguardo d'acciaio. Completamente fuori dagli stereotipi.»

«Dai tuoi stereotipi. Che sono, se mi permetti la tautologia, stereotipati. Come te lo costruisci il tuo immaginario, con i fondi di magazzino dei telefilm?»

«Me lo costruisco come mi pare. Comunque, se non ti disturba l'evidenza, gli Agnelli i Falk il fu Gardini i Marchini vengono fuori da stampi diversi. Un po' più di glamour, santiddio.»

«Come no. Figura elegante sguardo deciso barche a vela e regate. Il cavaliere azzurro però, i miliardi se li è fatti senza tutti questi orpelli, con una faccia da barista e modi da commesso viaggiatore. Questo qui anche, evidentemente. Oppure li ha ereditati.»

«E lei l'ha sposato per i soldi. Perché io avrò anche un immaginario stereotipato, come sostieni tu, però da uno così non mi farei scopare per diletto.»

«Probabilmente neanche lui ci terrebbe, non sei il tipo della femmina da miliardario. Le vogliono, come dire, più rappresentative: coscia lunga, chioma selvaggia, tette di marmo, attrici o top model, o quantomeno principesse.»

«Insomma, io sarei merce di scarto.»

«Non proprio. Sei un prodotto di nicchia, un articolo per amatori, per chi ha un immaginario non condizionato dai media, per uno come me insomma.»

«Non so se è proprio un complimento. Della chioma selvaggia me ne infischio, però la coscia lunga e la tetta di marmo vorrei averla.»

«Per farne cosa? Hai appena detto che con il Bagnasacco non ci scoperesti.»

«Non per diletto. Per soldi forse sì.»

«Non ti conoscevo il côté puttanesco. Quando ti è nato?»

«Ho detto forse. Le mani non le ha sudate e questo è già un fatto positivo, ha un odore non sgradevole modi civili e soprattutto ha l'aria di sbrigarsi in fretta. Chiudendo gli occhi e pensando a Jeff Bridges potrei farcela.»

«Come sarebbe? Pensi a Jeff Bridges quando scopi?»

«Non distorcere tutto quello che dico. Primo: io tengo gli occhi aperti, come dovresti ben sapere; secondo: sono una brava moglie fedele; terzo: periodo ipotetico dell'impossibilità, protasi e apodosi al congiuntivo tempi storici, se scopassi con il Bagnasacco terrei gli occhi chiusi eccetera. Tu piuttosto, non è che in questi giorni hai razzolato in altri pollai?»

«No, sono un bravo marito fedele.»

«Perché hai trovato il tuo prodotto di nicchia?»

«Certo, e anche per pigrizia.»

«Sempre più lusinghiero. Lasciamo perdere, che se no finisce a botte. Com'è il Twombly?»

«Bellissimo. Da rubare subito, sapendo evitare antifurti da Fort Knox e dobermann nazi.»

«I dobermann non ci sono. Lei odiava i cani, non ricordi? Però con tutti quei miliardi appesi alle pareti io non dormirei sonni tranquilli. Gli Asburgo hanno l'aria feroce, ma una squadretta d'assalto li metterebbe fuori gioco senza troppa difficoltà.»

«Che ne sai? Magari lui è campione di tiro con la pistola ed esperto d'arti marziali.»

«E lei ha lame avvelenate che le escono dalle scarpe e punte di ombrello bulgare nascoste nei polsini.»

«Però c'è una stranezza, una stranezza che non riesco a capire.»

«Quale?»

«In mezzo ai pezzi da novanta, De Kooning Dubuffet Klein eccetera, tengono appesi due bidoni: il Manzoni e il Capogrossi.»

«Falsi, vuoi dire?»

«Come Giuda. Fatti bene, ma neanche benissimo, non da un Hebborn tanto per intenderci. Che senso ha tenere appeso tutto quel bendidio rigorosamente buono, e lasciarci in mezzo due copie? O tutto nel caveau di una banca per dormire sonni tranquilli o tutto appeso e vada come deve andare.»

«Sicuro che siano falsi?»

«Sicurissimo. Non sono un fabbricante di miliardi, non ho il profilo da rapace, ma so distinguere un falso. Di certi autori, si capisce.»

«Allora si sono fatti fregare da un gallerista.»

«Lo escluderei. Quando scuci centinaia di milioni e non sei nato ieri pretendi delle garanzie, delle autentiche a prova di bomba. E non compri da galleristi pataccari.»

«Magari quelli buoni sono in mostra. C'è la mostra di Capogrossi alla GAM.»

«L'ho vista e quel Capogrossi non c'era. E poi quando mai uno appende una copia al posto di un quadro che ha mandato in mostra?»

«Che ne so? La gente è imprevedibile. Il Bagnasacco è imprevedibile. Sembra un veterinario di provincia e invece è un industriale miliardario, ha l'aspetto di chi compra i naïf di Bali e invece colleziona il meglio d'Europa e d'America. Sua moglie sembrava una stronza altezzosa e blasé e poi leggeva John Donne e aveva un tatuaggio.»

«Uno non può essere stronzo e leggere Donne?»

«No, non può. Gli stronzi leggono altro, soprattutto non poesia. Oppure non leggono affatto.»

«E uno che ha un tatuaggio non può essere stronzo?»

«Sì che può. Però chi si fa tatuare e magari inanellare capezzoli naso ombelico eccetera di solito non veste cachemire.»

«E allora?»

«Allora anche lei era imprevedibile.»

«E non stronza. Ma così, mia cara, crolla tutto il tuo universo mentale, la tua bella Gotham City da scuola materna. E devi ricominciare da capo.»

Capitolo settimo

Vent'anni dopo. Non nel senso di D'Artagnan che cerca di rimettere insieme l'antico quartetto, con la Fronda Anna d'Austria Cromwell eccetera. Vent'anni dopo in senso strettamente privato. I tempi della seconda, terza liceo nella gloriosa sezione A del D'Azeglio con il moroso che alla fine delle lezioni aspetta sul marciapiede di fronte al portone. Federico faceva legge, era ironico gentile e distratto, e adesso quando l'incontro ha l'aria di chiedersi se io sono proprio io. Passano vent'anni e c'è di nuovo uno che mi aspetta davanti al portone della scuola, non è un moroso o il marito, ma – ahimè – il commissario Gaetano. Che si rifacesse vivo, che tornasse all'assalto era ipotizzabile, ma non in questo modo.

«Non mi ha portato un mazzo di violette?»

«Prego?»

«È dai tempi del liceo che nessuno mi aspetta più all'uscita di scuola. Mi ha fatto fare un bel salto all'indietro.»

«Lui le portava le violette?»

«Qualche volta. E non se ne vergognava. Mi piaceva soprattutto per questo. Ma suppongo che lei non sia qui per farmi la corte.»

Lui ridacchiò, forse con un po' di imbarazzo. Bene, l'ho preso in contropiede, anche i poliziotti ogni tanto si fanno spiazzare. Chissà che fine ha fatto la sua spalla.

«Che ne dice di un aperitivo al posto delle violette?»

«Mi commuove un po' meno, ma dico grazie sì.»

«Sceglie lei il bar?»

«No, mi piace essere pilotata. Del resto c'è poco da scegliere: negli immediati paraggi uno vale l'altro.»

«Facciamo quattro passi e andiamo da Mulassano.»

«Splendida idea. Dimostra che anche i poliziotti hanno un'anima.»

«Pensava di no?»

«Non pensavo niente. Non ho mai frequentato poliziotti. Un paio di volte i carabinieri, quando mi hanno rubato la macchina e scippato la borsetta.»

«E loro ce l'hanno l'anima?»

«Quello che ha battuto la denuncia dello scippo no. Ha scritto che mi identificava mediante assenza di documenti. Testuale. Tengo la copia nel mio personale gabinetto degli orrori.»

«Che altro ci tiene?»

«Articoli di giornale, manuali di istruzioni redatti da costruttori dementi, un sacco di roba. Il gioiello della corona è un libretto stampato a cura del ministero della pubblica istruzione. Si intitola, giuro, *Didattica antiinfortunistica del latino* e insegna come si fa a insegnare ai ragazzi a non mettere le dita nelle prese di corrente o a chiudere bene i rubinetti del gas attraverso passi opportunamente scelti di Lucrezio Virgilio Ovidio eccetera. Roba da tenere in cassaforte. Stampata a suo tempo a spese dei contribuenti.»

«Ma lei non insegna latino.»

«Non più, ho cambiato tipo di scuola.»

«Perché?»

«Le interessa davvero? Possiamo anche parlare del tempo.»

«Ne ho già parlato in ascensore col mio vicino di casa e in ufficio con un paio di colleghi. Perché ha cambiato scuola?»

«Perché pensavo di essere più utile qui. I ragazzi che fanno il liceo qualche opportunità in più ce l'hanno. Quelli degli istituti tecnici e professionali imparano, se le imparano, nozioni tecniche e abilità pratiche: calcolare un ammortamento, eseguire un rilievo planimetrico, riparare un televisore. Tutte cose utilissime, ovviamente, ma cose che le macchine, i computer sanno o sapranno fare meglio di loro. Mi sembra che ci voglia qualcos'altro: cerco di insegnarglielo.»

«Ci riesce?»

«Qualche volta. A lungo andare qualche frutto si ottiene. Anche se la disperazione è sempre in agguato, insieme alla voglia di mollare.»

«Mollare come?»

«Chiedendo di tornare a un liceo, uno di quelli con un po' di tradizione alle spalle, o andando a insegnare dalle monache.»

«Lei non sembra un tipo da monache.»

«Non lo sono infatti. Ma ho delle tentazioni di imbozzolamento. Certe volte la buona volontà e l'ironia non bastano più.»

E inoltre ho quasi quarant'anni, pensò. Ma non lo disse. Del resto, se lui non è scemo – e non lo è – il calcolo dell'età l'ha già fatto: riferimenti autobiografici a parte, le zampe di gallina intorno agli occhi sono più che eloquenti. Anzi, saprà tutto dal suo computer: età luogo di nascita stato di famiglia indirizzo e non avrà bisogno di calcolare niente. Magari sa anche se mi piacciono i crauti, l'era del Grande Fratello è già arrivata. Se non telefono a casa mi danno per dispersa un'altra volta. Pipì del cane, brontolii della madre, pasto del marito: se la vedano un po' loro, si arrangino senza di me. La bambina mangia alla mensa scolastica e se non incappa nel periodico avvelenamento collettivo non me ne devo preoccupare. Lui, invece, quanti anni avrà? Qualcuno meno di me, sui trentacinque, l'età migliore per un uomo. Non so niente di lui, a parte nome cognome e professione; so che non è piemontese, questo sì, perché non ha la cadenza gianduiesca che stuzzica sempre l'originalità dei filmettari quando c'infilano un personaggio subalpino. Oppure è andato a scuola di dizione. Non porta la fede ma non vuol dire niente, anch'io la porto solo nelle circostanze ufficiali, cioè quasi mai. Non mi ha aggredita, mi offre un aperitivo, si fa una passeggiata con me: perché? Non certo per tampinarmi.

«Qualche volta non basta neppure l'indignazione.»

Lei si fermò, girandosi di scatto a guardarlo in faccia. O mi sta offrendo una bella prova di recitazione, o mi sta aprendo la sua anima. Nel secondo caso si spiegano l'aperitivo la passeggiata la pazienza. La situazione promette sviluppi interessanti: due sconosciuti si incontrano casualmente in seguito a un delitto, si rivedono passeggiano insieme si confessano turbamenti e convinzioni. Meryl Streep e Robert De Niro, Clelia Johnson e Trevor Howard.

«L'indignazione è una buona arma. Nel suo lavoro però rischia di essere un boomerang.»

«Infatti. Sarebbe meglio una divina indifferenza.»

«Le piace Montale?»

«Perché?»

«Lo ha appena citato. Scusi, è deformazione professionale. Mi sto calcificando nel mio ruolo, come dice amabilmente mio marito.»

Erano quasi arrivati. Piazza Castello, verso mezzogiorno,

emanava ancora un residuo di antica piacevolezza urbana, prima di trasformarsi in affollato suk afro-orientale immerso nella puzza di hamburger. Nel kitsch sublime di Mulassano – marmi da macelleria snaturati sino alla svenevolezza, indulgenti specchi molati, stucchi sobriamente eccessivi – lui esibì un comportamento di ineccepibile cavalleria nei confronti di indumenti da togliere, sedie da spostare, ordinazioni da fare. Mentre lei telefonava laconicamente al marito (un imprevisto dopo le lezioni, se non mangi a casa avvisa mia madre che porti giù il cane, ciao ci vediamo) il cameriere aveva servito gli aperitivi accompagnati da un assortimento di microscopiche "buonezze" – leccornie – a cui non avrebbe resistito neanche sant'Antonio.

Dopo il secondo sorso di Campari si venne finalmente al dunque e lui le chiese dell'agenda.

«L'ho trovata venerdì mattina nell'armadio del corridoio. Non ci avevate guardato, evidentemente. Sono andata a prendere un libro e l'agenda era lì sul terzo ripiano. In quel momento preciso mi sono ricordata che lunedì scorso, dopo l'intervallo, avevo visto la De Lenchantin che ci rimetteva dei libri.»

Che sollievo dire la verità. Il bello però deve ancora venire.

«L'ha dimenticata o lasciata lì di proposito, secondo lei?»

«Adesso penso che l'abbia dimenticata. Doveva essere sovrappensiero o inquieta per qualcosa.»

«Lo sa o lo immagina?»

«Lo immagino. Non ci scambiavamo confidenze, gliel'ho già detto.»

«Perché non mi ha telefonato subito?»

«Vuole la verità o la versione di comodo?»

«Tutt'e due, magari.»

«Versione di comodo: mi sembrava giusto consegnare al vedovo un oggetto strettamente personale appartenuto alla moglie. Lo so che non regge, non stia a rinfacciarmelo. Verità: avevo una gran voglia di conoscere il vedovo e di vedere la casa. L'agenda rappresentava un ottimo pretesto.»

«Ovviamente nella versione di comodo lei non ha aperto l'agenda.»

«Ovviamente. Per discrezione, per civiltà, per rispetto: faccia lei. La verità è più cialtronesca: l'ho aperta, non subito, per darmi il tempo di ingaggiare un combattimento truccato tra curiosità e virtù, e quando ho visto che le ultime pagine non contenevano rivelazioni determinanti sono stata confortata nella decisione di consegnarla al Bagnasacco.»

Lui la fissava con aria neutra giocherellando col bicchiere di Campari e lei aveva contemporaneamente voglia di andarsene, di accendersi una sigaretta, di bere un altro Campari e di essere assolta. Riuscì a dominare tutte le voglie, voltò la testa e a sua volta lo fissò con decisione. Se mi deve sgridare, se deve esprimere la sua riprovazione, che lo faccia subito e che sia finita. Non mi piace la situazione, non mi piaccio io, anche se non sono un'assassina. Lui però mi piace. E forse anche la situazione – che pure mi mette a disagio – perché è un tantino ambigua ed erotica. Per me, ovviamente. Lui pensa a tutt'altro e adesso c'è di mezzo anche questa insensata battaglia di sguardi con l'implicita sfida a chi resiste di più. Ci vorrebbe un intervento esterno, un miracoluccio minimo, il cameriere che porta o prende qualcosa dal tavolo, un bicchiere che cade, una scossa di terremoto per pattare la contesa. Invece non succede niente, ogni secondo dura un'ora e io vorrei essere ovunque ma non qui.

«Andiamo avanti così o passiamo a far braccio di ferro?» propose finalmente lui con un'ombra di sorriso negli occhi, ma senza smettere di fissarla.

«Non è una proposta leale, perderei subito. Però mi si stanno consumando gli occhi e sarò cieca prima dell'una.»

Sorrisero tutt'e due e tutt'e due guardarono altrove: la partita si era risolta con una x. Lui lasciò passare qualche secondo poi estrasse dalla tasca della giacca un foglio ripiegato e glielo porse. Era la fotocopia di una pagina dell'agenda, quella dell'11 ottobre, l'ultima scritta da Bianca.

«Dato che l'ha già vista, può dirmi cosa ne ha dedotto.»

«Che sabato 11 ottobre è stata una giornata massacrante per la De Lenchantin. Chiedo scusa, il termine è inopportuno, diciamo una giornata densa di impegni.»

«Tutto qui?»

«Che cosa vuole da me? Che decritti le annotazioni? Non mi dirà che non ci siete arrivati da soli.»

«Ci siamo arrivati, certo. Ma le sarei grato, gentile signora...» sento che lui mi sta irridendo anzi sfottendo anzi prendendo per i fondelli con la voce con il sorriso e con gli occhi «... se lei mi fornisse la sua versione.»

«Cw corr. uguale *classworks correction*, cioè restituzione dei compiti in classe corretti in seconda; tr. uguale *translation* o anche traduzione in quarta; civ. uguale *civilisation*, che comprende anche *The flea*.»

«La pulce, non capisco.»

«È una poesia di John Donne. Che mi ha lasciata assai perplessa.»

«Perché?»

«Perché la Dielle non aveva l'aria di chi ama Donne al punto tale da leggerlo e spiegarlo a un branco di adolescenti intronati.»

«E che aria ha chi ama, legge e spiega Donne?»

«La mia, ad esempio. Guardi che non mi sto elogiando. Chi ama Cavalcanti Donne Baudelaire eccetera è quasi sempre inadeguato rispetto al rude stream del presente. La Dielle invece ci sguazzava, in quella corrente, e non solo alle Chagos. Palestra tennis sarte famose mondanità e, *dulcis in fundo*, un tatuaggio, anche se non oltraggioso o anarchico come quelli dei camionisti inglesi. Però leggeva Donne: un bell'enigma.»

«E del vedovo che mi dice?»

«Commissario, che facciamo? Si gioca alla portineria?»

«No. Le ho chiesto solo le sue impressioni. E non dimentichi che è stata lei a truschinare per conoscerlo.»

«Ho capito: il pettegolezzo come tipo di pena alternativa. Ma perché le interessa tanto la mia opinione?»

«Perché lei è inadeguata.»

Oddio, forse mi sta facendo la corte. O forse mi sfotte, come prima. Di sicuro invece io sto civettando. Senza esibire tette e culo (che non sono un granché), senza protendere labbroni siliconati da sesso presidenziale, senza sbattere ciglia da giraffa (sono più lunghe di quelle da cerbiatta, se ci si arrampica abbastanza per vederle), ma con le parole, che è il modo che più mi piace, anzi l'unico che mi piace veramente. La semplice arte del delitto come anticipazione di un eccitante marivaudage.

«Il vedovo mi ha ispirato simpatia. Ha l'aria inoffensiva, anche se per raggranellare i suoi miliardi qualche spintone deve averlo dato. Innamorato della moglie e affranto per la sua morte. Non me lo vedo come mandante del delitto. E per giocare alla portineria fino in fondo, non me lo vedo neanche come marito della Dielle.»

«È qui che la volevo. Ci prendiamo un altro Campari e approfondiamo la questione, le va?»

Mi va, certo che mi va. Mi piace bermi un altro Campari inconfessabile, mi piace questa pausa dai doveri quotidiani, questa sosta clandestina al bar mentre i parenti mi credono impegolata in qualche bega scolastica. E senza aver mentito: basta un minimo di competenza linguistica (un imprevisto dopo le lezioni) per far prendere ai pensieri degli altri le rotaie volute. E poi – lo ammetto – ogni tanto mi piace spettegolare, meglio ancora se con il consenso o la esplicita richiesta delle autorità. E – per finire – mi piace soprattutto lui.

Con l'aiuto di un secondo Campari e di un paio di tramezzini squisiti sì, ma poco più voluminosi delle pillole offerte dalla casa (e sufficienti comunque a scongiurare una indecorosa sbronza totale), lei espose con minuziosa acribia le sue perplessità sul matrimonio De Lenchantin-Bagnasacco. Troppo fascinosa lei, nella sua glacialità probabilmente torbida, troppo ordinario lui, più credibile come organizzatore di attività parrocchiali, promotore di colonie per bambini tisici, socio benemerito della Famija Turineisa che come controparte erotica. Insomma, lei non l'aveva certo sposato per passione, perché Eros è bendato ma non deficiente e le frecce non le scocca alla cazzo di cane. Forse c'erano di mezzo i soldi, come nei romanzoni ottocenteschi (la bella aristocratica spiantata che si sacrifica al don Gesualdo di turno) o forse era stato semplicemente un errore, commesso per noia o per ripicca. Le amiche di Bianca – le Marte Consolate Orsole Angeliche annotate sull'agenda coi rispettivi numeri di telefono – ne erano di sicuro informate. Altrettanto informate, se non di più, sull'andamento del matrimonio e sull'eventuale presenza di altri comprimari. Però, fermo restante il piacere della sua (di lui, del commissario) compagnia e conversazione, unito alla gradevolezza del luogo e dei generi di conforto, com'è che nell'era dei computer di Internet dell'informazione in tempo reale della schedatura globale delle cimici e delle talpe, com'è che la polizia ricorreva ancora alla prassi investigativa di Hercule Poirot? D'accordo che la condizione sociale della vittima e alcuni aspetti non marginali del delitto ben si confacevano al *modus operandi* dell'astuto detective belga, però persino chi – come lei – era fermamente convinto che sia la vita ad imitare la letteratura (in principio c'è sempre il Verbo) non poteva che trovare tale scrupolo – diciamo filologico – francamente eccessivo. E se poi, malauguratamente, fosse risultata vera l'intuizione di Ionesco secondo cui la filologia conduce al crimine, l'intera faccenda si sarebbe avvitata su se stessa, come un cane che si morde la coda, e l'indagine così condotta avrebbe partorito un altro delitto.

Lui sembrava abbastanza divertito, oppure era il Campari che eseguiva diligentemente il suo compito. Effettivamente, disse, avevano già seguito in via preventiva il suo consiglio di interrogare le Marte Consolate eccetera e adesso le indagini procedevano in diverse direzioni senza escludere nessuna ipotesi. Le andava bene così? Preferiva la prosa da telegiornale agli scrupoli filologici?

No, non la preferiva e cominciava a sentirsi insicura perché lui era troppo pronto nell'orientarsi nei suoi labirinti mentali. Non possiamo continuare a cazzeggiare così, tra un po' sbanderemo un tantino – io o lui o tutt'e due – e ne saremo alquanto imbarazzati. Meglio troncare. Guardò l'orologio, fece presente che teneva famiglia, ringraziò per Campari e tramezzini, si alzò e aggiunse pleonasticamente che doveva proprio andare. Lui si alzò a sua volta, la aiutò a infilare l'impermeabile, le tese la mano.

«Spero di rivederla, signora. E se scopre o trova qualcosa, la prego, mi telefoni. Subito, questa volta.»

«Sì commissario, lo farò.»

Uscì, incerta su dove dirigersi. A casa no, dove allora? Torino non è New York e neanche Roma, con il loro spettacolo ininterrotto per chi è ingordo di volti e di storie dietro quei volti, Torino è più segreta e monotona e se conosci a memoria le glorie barocche e neoclassiche, se non sbavi davanti alle vetrine che ti propongono tutta la gamma del superfluo, da quello firmato e miliardario a quello volere e non potere giù giù sino alla paccottiglia immonda di similpelle similplastica similmerda, se non puoi più fare un'altra sosta al bar, verso le due del pomeriggio non sai davvero che fare. Le gambe la portarono autonomamente verso via Garibaldi e al primo telefono chiamò Elisa, sperando che fosse in giornata buona e che non stesse facendo il pisolino. Le andò bene: aveva finito di mangiare e l'avrebbe aspettata per il caffè.

Elisa aveva ottantasei anni e pur potendo essere tranquillamente sua nonna l'aveva sempre trattata come una coetanea. Lei non se ne risentiva né protestava, anche se qualche volta veniva presa da un lieve sgomento all'idea che un'amica – perché di un'amica si trattava – potesse considerarla così. Elisa era lucidissima generosa salda come il K2 e allegramente imperiosa e dogmatica. E, soprattutto, era la memoria storica di una certa Torino, di quella che aveva contato e conta per cultura impegno politico arte bizzarria e mondanità. Una miniera per frotte di studentesse garbate con taccuino e/o registratore in cerca di notizie per improbabili tesi di laurea: le gite di Croce in vacanza a Meana, i tè sparagnini con quattro torcetti quattro offerti da Luigi Einaudi e donna Ida in ferie a Gressoney, i magoni sessuali di Pavese, le regie teatrali del grande latinista – maestro di Raf Vallone – alla cui dizione difettavano sei o sette consonanti, oppure gli aneddoti sul catino pieno di dentiere tra cui scegliere la propria dopo gli interventi chirurgici al San Giovanni vecchio...

«Ti ho preparato un buon caffè. Io non ho resistito e l'ho già preso.»

Per la verità, il caffè di Elisa era il peggiore che si potesse bere in Torino e provincia e forse nell'intera penisola, fosse fatto con la napoletana con la moka o con la macchina casalinga per l'espresso. Come facesse a risultare così acquoso e autarchico nonostante la buona qualità della materia prima, macinata per di più al momento, era un mistero irrisolto, comunque Elisa lo dichiarava buono e nessun ospite l'aveva mai contraddetta.

«Ne vuoi una tazza grande o piccola?»

«Piccola grazie, due dita soltanto. Hai voglia di far due chiacchiere?»

«Certo, se no non ti avrei detto di venire.»

«Che mi racconti della famiglia De Lenchantin?»

«Ti interessa per via del delitto?»

«Sì, la morta era una mia collega.»

«Io conoscevo bene suo padre, il conte Bernardo, e anche sua madre Natalia. Il padre era un bellissimo uomo, spiritoso, abbastanza colto e piuttosto ricco. Faceva la vita del rentier e correva dietro alle donne, soprattutto a quelle sposate, ma con molto tatto e discrezione. Poi, un po' dopo i quarant'anni, il colpo di fulmine: a Londra, credo, conosce Natalia, di vent'anni più giovane, bella anche lei ma assolutamente pazza e imprevedibile.»

«Pazza come?»

«Persa in un mondo suo. Veniva da una grande famiglia russa scappata dopo il '17, scappata, credo, con bauli zeppi di diamanti smeraldi e rubini, perché quarant'anni dopo girava ancora per l'Europa tra stazioni termali e ippodromi come se Nicola II avesse appena abdicato. Natalia era gentile e irrequieta e ogni tanto scompariva per qualche mese, a trovar parenti si diceva. In comune col marito aveva la passione per il gioco d'azzardo.»

«Non ci vedo ancora la pazzia.»

«Sta' a sentire: un giorno la incontro, parlo di quasi quarant'anni fa, sul ponte della Gran Madre. Ci salutiamo, scambiamo quattro parole poi lei mi toglie delicatamente gli occhiali, mi sorride e mi dice: sei più bella senza, e li getta nel Po. Sorride di nuovo e se ne va. Con il De Lenchantin ha fatto una figlia, Bianca, poi quando la bambina aveva pochi mesi è partita per uno dei suoi viaggi e non è più tornata. Di chiacchiere ce ne sono state tante ma il marito non ha mai detto una parola, come se la cosa fosse toccata a un altro. La bimba è stata allevata dalle tate e il padre è morto tre o quattro anni fa, non più tanto ricco per via dei poker e della roulette.»

«Fine della storia?»

«Sì ma se vuoi te ne racconto un'altra. Il conte aveva una sorella, Cecilia, bella anche lei, erano tutti di razza bella i De Lenchantin, ma noiosa come la pioggia.»

«A me la pioggia piace.»

«Ma è noiosa lo stesso. Cecilia aveva sposato un importatore di legname dal Brasile che era quasi sempre in viaggio per affari e anche per non morire asfissiato da lei e dalle sue lagne. Lei non faceva che squittire sulle sue disgrazie: che era delicata di salute, poverina, che i medici le avevano sconsigliato la gravidanza e proibito di seguire il marito nei suoi viaggi, che si sentiva tanto sola, che s'era messa a studiare il portoghese perché prima o poi... Fatto sta che un bel giorno parte finalmente per il Brasile ma dopo due settimane o poco più torna sigillata nello zinco. Il vedovo non è particolarmente desolato, sbaracca la casa, avevano un bell'alloggio in corso Re Umberto, e da allora fa puntate sempre più rare a Torino, in albergo oppure ospite da sua sorella. Finché una volta a questa sorella nubile porta un regalo inatteso, un bambinello di pochi mesi, e glielo lascia lì da allevare. Tutti a pensare che la madre fosse una creola o mulatta o una di quelle colorate bellezze tropicali, ma il bambinello, quando lo si è visto, aveva un bel facciotto europeo senza niente di esotico. Portava il cognome del padre, e della madre nessuno ha mai saputo nulla. Vuoi un altro caffè?»

«No grazie.»

«Ma sì che lo vuoi. Ce n'è ancora una tazza, te lo scaldo in un attimo.»

«Lascia stare, va bene anche tiepido.»

«Il caffè si beve caldo o non si beve.»

«Allora non lo bevo.»

«Figurati, tu vai pazza per il caffè. E poi mi fa bene muovermi e non sopporto le amiche cerimoniose.»

Pausa per il caffè. Che – non soffrendo lei di ageusia – fu trangugiato quasi in apnea, per mitigarne l'impatto sugli organi del gusto.

«Ti ho detto che della madre non si è saputo nulla, ma io una mia idea ce l'ho, anche se non ne ho mai parlato con nessuno. Un'estate di trent'anni fa, più o meno, sono a Parigi ospite di mia cugina Virginia, che aveva sposato in seconde nozze un matematico francese. Parliamo di conoscenze comuni e salta fuori che qualche mese prima aveva incontrato Natalia, all'epoca già in fuga dal marito, all'aeroporto di Orly. Sto partendo per il Brasile, adesso vivo là, le aveva detto sorridendo e Virginia non aveva fatto domande indiscrete, anche perché Natalia le era sembrata inequivocabilmente incinta. Riesci a mettere insieme i pezzi?»

«Il bambinello col facciotto europeo. Figlio di Natalia la russa e del cognato semibrasiliano.»

«Il bambinello, che adesso veleggia sui trent'anni circa, è il fratellastro di Bianca. Ma se ci pensi bene è anche suo cugino.»

«Oddio mio... E adesso mi dirai che l'importatore semibrasiliano di cognome fa Vaglietti e suo figlio si chiama Marco...»

«Proprio così. Una bella storia no? C'è dentro Sofocle Tolstoj e Ken Follett. Avrei dovuto farti pagare il biglietto, come al cinema.»

Capitolo ottavo

Nostra Signora delle Catastrofi non era in agguato per esternare lamentazioni o istillare sensi di colpa, ma ne aveva affidato il compito a un biglietto lasciato sul tavolo di cucina:

"Il cane ha fatto la cacca molle. Ricordati che sei senza pane e senza frutta. La lavatrice è piena di roba sporca. Vado da Mariuccia. Baci. Mamma."

Potti aveva effettivamente l'aria depressa del cane che ha mal di pancia o si vergogna delle proprie deiezioni e l'aveva accolta con una fiacca sventagliata di coda senza muoversi dalla cuccia. Lei si accovacciò per carezzarlo e consolarlo: guarda che a tutti gli scappa molle qualche volta, non devi mica vergognarti povero bassottino mio che sei bello bellissimo anzi molto bellissimo come tutti i cani, meno quelli di Ginotta che non lo sono per niente, i cani sono creature amabili, riuscite proprio bene nel pasticciaccio della creazione. Perché devi sapere Pottolino mio che Lui – Dio Javeh Allah Prajapati o Comesichiama – non aveva mica in mente un disegno preciso o un bel progetto strutturato quando si è messo in moto a giocare con materia ed energia a mescolare manciate di questo e di quello, così, per vedere l'effetto che fa. Perché se no, se ci avesse studiato prima, mica avrebbe creato la zanzara che ti passa la filariosi, le pulci e le zecche che ti danno la grattarola e le infezioni e poi le cimici gli acari i pidocchi... Anche i coccodrilli e i cobra e i boa ce li avrebbe risparmiati, se solo ci avesse studiato su. Coi dinosauri ha rimediato dopo, tirandoci un bel frego sopra, ma non ha avuto la coerenza di fare altrettanto con quasi tutto il resto. Che poi anche coi mammiferi è stato abbastanza sbadato o se preferisci imprevidente o forse ha sbagliato perché era la prima volta, forse è stato proprio il lapsus del demiurgo maldestro degli gnostici, ma dimmi tu che senso ha regalare un bel musetto al leprotto per poi farlo maciullare dalla volpe che è bellissima anche lei, o sfinirsi per disegnare la muscolatura del cervo e poi precipitarlo nelle ganasce del leone. O dell'uomo. Salcicciotto mio, è tutta un'assurda insensatezza, anche se naturalisti ecologi e teologi sbrodolano elogi all'economia del sistema o alla perfezione del creato e ti contrabbandano l'infame catena alimentare come una mirabile strategia della natura. Mirabile un cazzo, credi a me.

Il bassotto le credeva, forse con qualche riserva data la sospettosa indole bassottesca, e per dimostrarglielo cominciò a leccarle mani collo e faccia, mentre lei lo lasciava fare senza preoccupazioni igieniche, perché contro la toxoplasmosi doveva essersi autovaccinata da un bel pezzo.

Si districò dall'abbraccio del cane rimettendosi faticosamente in piedi per rispondere al telefono, ma i suoi pronto pronto non ottennero risposta e sentì solo il rumore della cornetta riagganciata. Pazienza, mi occuperò della lavatrice e più tardi andrò al supermercato: pane frutta detersivi e una bella provvista di beni non deperibili, così non sono sempre qui, come si suol dire, senza scarpa o senza zoccolo. Meglio preparare una bella lista: pasta – spaghetti linguine conchiglie pipe rigate e mezze penne – pelati farina burro zucchero caffè... Ma il pensiero continuava a sbandare.

Capace che non ce l'hanno, nei loro computer, la bella storia che Elisa mi ha raccontato, questo mélo alla Fassbinder e Almodovar, con la russa inquieta e fedifraga le parentele oblique il figlio del peccato allevato dalla zia nubile il Sudamerica le latitudini sensuali il samba e la macumba... e se non ce l'hanno non sarò certo io a passarglielo, primo perché non mi sembra abbia una grande attinenza col delitto, secondo perché di chi sia figlio il Vaglietti riguarda solo lui e pochi intimi, terzo perché il mestiere di confidente della polizia non è il massimo delle mie aspirazioni, anche se la polizia si incarna in un bel commissario con gli occhi ironici e un odore che risveglia la parte rettiliana del mio cervello. Peduncolo di pomodoro acerbo, timo, cera d'api e neppure una traccia di quei deodoranti infami e bugiardi come le dentiere abbaglianti dei settantenni, il suo è un odore di corpo e di sapone, sapone d'Aleppo forse, essiccato al sole per catturare le fragranze d'Oriente...

Certo però che la faccenda della cuginanza-fratellanza con Bianca apre scenari suggestivi suscita valanghe di quesiti e diluvi di ipotesi. Diamo per scontato che il figlio del peccato sappia perfettamente di chi è figlio: le zie nubili possono essere educatrici affettuose e sollecite, ma nella lunga consuetudine col pupillo qualche accenno, qualche reticente allusione, qualche sospiro di troppo con gli occhi rivolti all'insù se lo lasciano di sicuro scappare, inoltre uno non arriva ai trent'anni o giù di lì senza aver legittimamente indagato sull'utero da cui è venuto fuori. Marco Vaglietti sa chi è sua madre, sa che Bianca è la sua sorellastra, la frequenta in qualità di cugino e consigliere d'arredamento, ma in realtà come sono – come erano – i loro veri rapporti? Stretti e frequenti direi, dal momento che sulla famosa agenda non c'è traccia dei numeri di telefono di Marco – casa eventuale ufficio cellulare – segno che Bianca li sapeva a memoria e non aveva bisogno di annotarli. Gli telefonava e lo vedeva di frequente dunque, per quali motivi? Per comprar tappeti, d'accordo, magari anche per cambiar le tende o rifoderare un divano, ma a meno che – improbabile – l'arredamento di casa fosse oggetto di continue trasformazioni, a meno che gli interni domestici fossero il terreno privilegiato ove Bianca sfogava le sue gelide nevrosi, i rapporti col fratello-cugino dovevano dipendere anche da altre molle.

Quali? La più ovvia e prevedibile – da Sofocle sino a Ken Follett – è il sesso: col marito che si ritrovava, arrapante come una statua del presepe, lei avrà desiderato qualche brivido clandestino, qualche scopata da film – sulla pelle d'orso davanti alle fiamme del camino, sulla scrivania liberata da carte e accessori con una bracciata furiosa, in piedi contro il muro di una casa incuranti del diluvio, in un palco del Carignano mentre qualcuno tromboneggia nel miliardesimo Pirandello. E se lui non è un lui qualsiasi, ancorché aitante atletico abbronzato eccetera, ma è anche il fratellastro, il brivido clandestino da pruriginoso diventa peccaminoso, perché all'adulterio si aggiunge l'incesto, alla malizia della commedia borghese si sovrappone l'hybris della tragedia.

Però Marco Vaglietti un alibi ce l'ha, il marito anche e siccome non credo che esistano giustizieri della notte che eliminano di propria iniziativa le adultere incestuose, l'omicidio deve avere un altro movente. Un ricatto forse, con la vittima che si ribella e affronta il suo persecutore?

Suonarono al citofono: la solita pubblicità in buca o i soliti testimoni di Geova o il moccioso rompiballe del quarto piano che piglia a manate i campanelli, meglio lasciar perdere e fingere di non esserci. Ma il suono ricominciò e lei cedette alla curiosità: era Ginotta. Che salì i gradini a due a due ed entrò in casa come se l'inseguissero.

«Sapevo che eri in casa, ti ho chiamata da una cabina poco fa.»

«Perché hai riagganciato?»

«Non mi va di parlare al telefono. Lo sai che cosa mi è capitato?»

«No.»

«La polizia, di nuovo: convocata per chiarimenti urgenti. Così ho dovuto telefonare a scuola perché mi sostituissero e fiondarmi in questura.»

«Cosa volevano?»

«Il solito. Perché sono andata a casa della De Lenchantin lunedì pomeriggio. Che cosa ho fatto dopo, chi lo può confermare. Ho ripetuto le stesse cose dell'altra volta, compresa la telefonata che tu mi avresti fatto e loro avevano l'aria di non crederci per niente. Una mattinata d'inferno. Che cosa pensi che mi capiterà?»

«Non ne ho la minima idea. Con chi hai parlato?»

«Chi mi ha interrogato, vorrai dire. È stato un vero e proprio interrogatorio e l'hanno anche messo a verbale. Il commissario Berardi.»

«O mioddio. E che ora era?»

«È finito alle undici, lo so perché ho guardato l'orologio. Ma che ti frega dell'ora?»

«Alle undici finisce con te e alla mezza comincia con me.»

«Cosa? Chi?»

«Il commissario. Alla mezza ha sentito me.»

«Ti ha chiesto della telefonata?»

«No. Neanche un accenno.»

«Come lo spieghi?»

«In un unico modo: lui sa che non ti ho telefonato. Dev'essere convinto che tu nasconda qualcosa e si sarà preso la briga di scomodare la Telecom per un controllo. Detto fra noi, e senza offesa, anch'io credo che tu nasconda qualcosa, non un omicidio per carità, ma qualcosa. Vuoi un caffè?»

«Sì no lascia perdere. Diomio in che pasticcio mi sono cacciata... Ma cosa voleva da te?»

«Voleva sapere perché ho consegnato al marito e non a lui l'agenda di Bianca che avevo trovato a scuola.»

«Hai trovato l'agenda? Quando?»

«Venerdì. L'ho trovata sfogliata letta fotocopiata e poi portata al Bagnasacco.»

«Perché?»

«Non fare domande idiote. Per curiosità, ovvio. Volevo sapere

di non esserci. Il bello della vita familiare, pensò lei: ognuno che riversa sugli altri le proprie grane e frustrazioni in modo che la somma risulti per tutti di una certa entità. A meno che non funzioni proprio come quando ti insegnano le addizioni, che non puoi aggiungere cavoli a ciliegie e i mucchietti restano separati.

In questo clima lei si ritenne esonerata dal raccontare gli avvenimenti della giornata, incontro aperitivi tramezzini rivelazioni di Elisa confessione di Gina e – soprattutto – la telefonata piena d'imbarazzo che aveva poi fatto al commissario.

Si erano dati appuntamento per le due e mezzo del giorno dopo, martedì, sempre da Mulassano. Lui veramente aveva proposto di incontrarsi alla mezza per l'aperitivo ormai quasi rituale, ma lei si era scusata, non poteva aspettava il marito a pranzo aveva delle faccende da sbrigare... In realtà non voleva contar balle o quasi balle in famiglia, non voleva delegare di nuovo alla madre le incombenze escrementizie del cane, non voleva soprattutto esporsi alle insidie di Campari e Puntemes, dato che la richiesta di grazia per Gina era una faccenda piuttosto delicata. Le due e mezzo erano un'ora infame ma Parigi val bene una messa.

Il martedì, a pranzo mangiò senza appetito un'insalata mista e una mela, con il pensiero fisso all'imminente colloquio e un occhio all'orologio, ignorando le osservazioni di Renzo sulle sue diete lunatiche ed estemporanee e augurandosi che si sbrigasse. Non appena lui fu uscito tirò un sospiro di sollievo, controllò dalla finestra – come un'apprendista adultera – l'allontanarsi della macchina e si accordò dieci minuti per un frettoloso restauro, la tavola ancora apparecchiata e i piatti a incrostarsi di untume. Li dovrò lavare a mano, considerò infilandosi le scarpe, quell'inetta di lavastoglie è stata di sicuro progettata da un ingegnere maschio che non ha mai lavato un piatto in vita sua e pretende, la schifosa, che il lavoro lo faccia io per tre quarti mentre lei si limita a una rumorosa leccatina, lei e la sua sberluccicante targhetta DE LUXE-MADE IN GERMANY che chissà perché dev'essere un titolo d'onore, anche il nazismo era made in Germany.

Alle due e mezzo in punto arrivò da Mulassano e lui era già lì, seduto al secondo tavolino di destra. Sul tavolino, ben visibile, un mazzolino di violette fuori stagione, e lei sentì una vampata di calore salirle dal collo e dalla nuca, manifestazione di turbamento o sentinella di una precoce menopausa. Riuscì a inciampare nella sedia a lasciar cadere la borsa e a urtare contemporaneamente il tavolino, mentre lui controllava i muscoli intorno alla bocca ma non quelli della parte superiore del viso.

«Non rida. Se voleva sconvolgere il mio apparato motorio c'è perfettamente riuscito. Sempre che le viole siano per me.»

«Certo che sono per lei. Speravo che la commuovessero, non che provocassero terremoti.»

«Infatti mi hanno commossa. Però lei fa un gioco pesante.»

«Chi le dice che sia un gioco?»

Altra vampata di calore, che non produsse nefaste conseguenze cinetiche solo perché lei era saldamente ancorata alla sedia. E un cameriere – la c'è la Provvidenza – si materializzò accanto al tavolo, giusto in tempo per darle un po' di respiro, per lasciarle imbastire una reazione decente e anche per prendere l'ordinazione. Si concesse – per varie ragioni – un caffè doppio non zuccherato con l'aggiunta di panna montata: le piaceva il connubio di quelle due diverse opulenze, lo scontro tra la densità amara e tropicale del caffè e l'untuosa leggerezza nordica della panna, il contrasto tra il bruno fumante dell'espresso e il candore fresco della crema che subito si intorbidisce e frana. Inoltre il meticoloso lavoro di cucchiaino per raccogliere i componenti senza mescolarli, l'attenzione con cui portarli alla bocca senza sbrodolare, l'atto finale di bere dalla tazza l'ultimo dito di liquido incontaminato e meravigliosamente amaro l'avrebbero tenuta occupata e le avrebbero dato una parvenza di signorile dignità dopo la sgangherata entrée. Infine, last but not least, perché non regalarsi un piacere che è uno schiaffo alla dietetic correctness e una trasgressione di tutte le norme di sana alimentazione strombazzate da quotidiani riviste e tivù?

Però, in attesa del caffè, c'era una pausa da riempire. Annusò le violette che – come previsto – non avevano nessun odore: forzate in serra con tutti gli ormoni integratori e ricostituenti del caso riuscivano a imitare perfettamente l'idea platonica di violetta, purché però si fosse sprovvisti dell'olfatto. Non dice niente, se ne sta lì sereno sulla sedia senza agitarsi senza fumare senza finir di bere la sua spremuta di pompelmo, imperturbabile come un coccodrillo nel Nilo. No, il paragone non va bene: i coccodrilli sono orridi e non mi piacciono neanche sotto forma di borsette, meritavano di essere scancellati insieme ai dinosauri. Probabilmente è una tecnica poliziottesca per mettere in imbarazzo gli indagati, sempre che non sia un raro modo di corteggiare. Nel qual caso le violette più la frase sul gioco che forse non è un gioco sarebbero da intendersi come schermaglie di conquista. In tempi di brutale erotismo d'assalto di ammiccamenti e palpeggiamenti pecorecci, che delizia incontrare uno stratega del corteggiamento, uno che alterna galanteria a indolenza mediterranea, che sa sfruttare i silenzi a suo vantaggio, che riesce a essere gentile senza rinunciare all'ironia...

Arrivò il caffè: lei se ne occupò con la prevista concentrazione e con visibile compiacimento.

«Golosa?»

«Si vede tanto?»

«Abbastanza.»

«Lo trova riprovevole?»

«No, non riprovevole. Divertente piuttosto.»

«Trova divertenti i peccati di gola?»

«Trovo divertente lei.»

«Grazie. Spero che sia un complimento.»

«Certo che lo è. Lei ha il potere di spiazzarmi e di divertirmi contemporaneamente. Lo fa apposta?»

«Non sempre. Spesso vado a tentoni perché anche lei non è prevedibile.»

«È un complimento?»

«Certo che lo è. In più è gentile ironico e perspicace. E adesso sta aspettando pazientemente che io venga al sodo e le spieghi il perché di questo appuntamento-adescamento.»

«Adescamento è troppo. Presuppone dabbenaggine o ingenuità dalla controparte.»

«Chiedo scusa. Comunque, lei sa perché l'ho chiamata?»

«Non si aspetti che le risponda. Anche se ho fatto le mie brave congetture e supposizioni.»

Si era voltato a osservarla, come il giorno prima, ma lei non aveva voglia di un'altra battaglia di sguardi. Il rito del caffè con panna aveva soltanto differito di qualche minuto il momento cruciale. Si era cacciata in una situazione spinosa per una pluralità di ragioni, tra cui l'amicizia e la sollecitudine verso Gina non erano neppure le più importanti. Accidenti a me imprecò mentalmente, poi inspirò a fondo, come un'atleta prima della gara, e affrontò la sua personale discesa sul chilometro lanciato.

«Voglio parlarle di due cani avvelenati, uno mortalmente, di una telefonata mai fatta e di quattro gomme squarciate. Voglio anche chiederle clemenza, perché tutti e tre i fatti non hanno niente a che vedere con l'omicidio di Bianca.»

Lui non l'incoraggiò in alcun modo, né con un cenno né con un sorriso né con un ehm o un ah interlocutorio. Era lì e basta, la guardava con educato interesse professionale senza sbilanciarsi con parole o con gesti. Lei raccontò tutto con ordine e chiarezza, facilitata dall'abitudine più che decennale a spiegare come e perché la guerra dei Trent'anni avesse modificato l'assetto politico europeo e dato avvio all'egemonia della Francia.

«La clemenza, ovviamente, è per la mia amica Gina Florio. Che è, sì, colpevole di danneggiamento, ma per ritorsione e quindi ha diritto a un mucchio di attenuanti. È stata provocata, ferita nei suoi affetti canini, snobbata quando chiedeva spiegazioni e probabilmente ha agito sotto la spinta di un impulso irrefrenabile o in stato di temporanea infermità mentale. E poi non ha arrecato una vera e propria offesa alla De Lenchantin, che non ha avuto il tempo di venire a conoscenza dell'oltraggio prima di defungere, e in quanto al Bagnasacco è meglio che paghi un gommista e resti all'oscuro dei venefici della moglie.»

Si voltò finalmente a guardarlo: se mi fa la morale se sdottoreggia se si ingessa nel mestiere vuol dire che è un *homo burocraticus*, io l'ho sopravvalutato e ho sprofondato in un casino me stessa e soprattutto la Ginotta, che però nel casino si era già intampata *motu proprio*. Invece lui cominciò lentamente a sorridere, prima dalle parti degli occhi, poi con le labbra e infine con tutta l'attrezzatura muscolare necessaria. A lei venne voglia di abbracciarlo, non solo per il sollievo.

«Siete davvero sorprendenti, voi professoresse: mentite alla polizia sforacchiate pneumatici avvelenate cani differite la consegna di oggetti inerenti a un crimine...»

Il tono però, insieme col sorriso, smentiva ogni ipotesi di burocratica disapprovazione.

«Ma diamo anche contributi spontanei alle indagini facendo risparmiare tempo e fatica alle forze dell'ordine.»

«Per puro senso civico immagino.»

«Non solo. Anche per amicizia per gusto dell'intrigo e per qualcos'altro. A proposito, perché non mi ha mai chiesto conferma di quella famosa telefonata?»

«Perché sapevo che non l'aveva fatta perché non volevo metterla in imbarazzo e per qualcos'altro. Perché non passiamo a darci del tu?»

«No la prego. Il pronome di cortesia permette una maggior eleganza di rapporti.»

«Ma impedisce ogni forma di confidenza.»

«E quando mai? *De Gaulle n'a jamais tutoyé avec sa femme*, eppure lui e madame Yvonne hanno sfornato la loro brava quota di eredi.»

«Sempre dandosi del voi?»

«Così dicono le cronache. Anche con il lei gli spazi di manovra sono piuttosto ampi. Tanto per cominciare partiamo con la sua biografia: nato a ... il ... professione del padre e della madre fratelli e/o sorelle, studi, stato civile eccetera. Se confidenza ci deve essere, non mi va di essere in svantaggio con lei che sa tutto di me e io niente di lei.»

Marchigiano di Urbino, trentasei anni. Un fratello quarantenne – Tommaso – medico coniugato con prole, in servizio presso l'ospedale civile dell'Aquila, una sorella minore di ventiquattro anni, studi piantati a metà, in giro per il mondo, ultimamente a Strasburgo. Il padre – Gerardo – avvocato civilista ancora sulla breccia, la madre – Letizia – architetto ex funzionaria alla Sovrintendenza. In quanto a lui, laurea in legge, praticantato col padre, esame da procuratore e concorso in polizia. Sceglie la polizia. Latina Bologna Torino come ispettore e poi commissario di polizia giudiziaria.

Sposato a ventisette anni, divorziato a trentadue. Il matrimonio non aveva funzionato senza una ragione precisa. Niente figli. Laura, l'ex moglie, figlia di un imprenditore edile di Urbino, si era felicemente risposata e aveva avuto una coppia di gemelli.

Fine delle confidenze. Lui le aveva sciorinate come se leggesse la scheda segnaletica di un evaso: nessuna partecipazione emotiva, tono leggermente annoiato. Lei aveva evitato richieste delucidazioni e commenti: sono stata indiscreta o meglio troppo brutalmente diretta, agli uomini non piace l'attacco frontale, anche i più evoluti, quelli che non usano la clava, preferiscono le moine circonlocutorie e i balletti seduttivi, se li tratti alla pari si sentono minacciati nella loro virilità, poveri maschietti infragiliti dal femminismo e dal ribaltamento troppo rapido dei loro piedistalli... Poi, tornando a casa, con tappe e deviazioni per le ineliminabili faccende domestiche – farmacia alimentari bancomat prelievo di Livietta misteriosamente ilare e affettuosa a differenza del giorno prima – aveva sottoposto quel grumo di informazioni a un giro di centrifuga e aveva romanzato gli spazi interstiziali.

Urbino, Urbino ventosa: uno dei posti più civili e incantevoli d'Italia, dove il paesaggio l'architettura le persone non ostentano la volgarità come un merito, dove passeggiare è farsi un regalo e i legami col passato non puzzano di cadavere o noia polverosa. Facile che da Urbino germogli un uomo così, ironico cortese paziente, più facile che non da Sesto San Giovanni o da Secondigliano. Famiglia di buona borghesia colta, magari con qualche innocua mania provinciale: la fissazione sui toponimi del circondario la ricerca sulle confraternite la biografia di un oscuro botanico seicentesco scopritore di una varietà rara di prezzemolo, il *Petroselinum Urbinas*. Matrimonio solido, due figli a poca distanza l'uno dall'altro e una terza sedici anni dopo il primogenito: una disattenzione un incidente oppure una rinnovata voglia di tenerezza, un desiderio di complicità coniugale da opporre al distacco spinoso dell'adolescenza. Adesso l'avvocato Gerardo naviga verso la settantina e l'architetto Letizia lo tallona, la casa è troppo grande e i figli vivono lontano. Ordinaria malinconia. Preceduta da qualche ordinaria delusione: Gaetano che studia legge si laurea fa pratica col padre ma poi pianta tutto ed entra nella polizia, scelta non infame ma di sicuro non caldeggiata dalla famiglia. Si guadagna di meno si rischia di più si fa vita randagia: chi te lo fa fare? Qui c'è uno studio ben avviato non devi sgomitare per entrarci tuo padre è pronto a svelarti tutte le astuzie trucchi e inghippi... Ma magari il padre è un po' troppo autoritario e accentratore magari ha idee politiche che non coincidono con le tue magari – semplicemente – hai voglia di fare da solo. E poi il matrimonio sfasciato, che non è un dramma si capisce, soprattutto in assenza di figli, ma resta comunque un fallimento, un naufragio di aspettative. Infine – e qui la delusione vira in qualcosa di peggio e diventa collettiva – c'è l'innominata. Padre madre fratello ex moglie tutti diligentemente indicati col nome di battesimo, ma la sorella, la ventiquattrenne raminga, no. Nonostante la familiarità col delitto la rapina lo stupro la trasgressione di ogni genere di norma, nonostante la quotidiana immersione nelle bolge dello smarrimento e del dolore, questa sorella sbandata, signor commissario, lei non è proprio riuscito a chiamarla per nome. Herr Doktor Freud aveva la vista lunga, non è stata un'omissione casuale. Che cosa avrà mai combinato questa stordita di buona famiglia per essere impresentabile? Promiscuità sessuale furtarelli droga pessime compagnie? E che farà mai a Strasburgo? L'interprete parlamentare, improbabile; forse si esibisce come mimo nella piazza della cattedrale, vende orrende cianfrusaglie nella Petite Venise, spaccia ecstasy nelle discoteche al di qua e al di là del Reno, oppure – se è bella come lei, commissario, e la bellezza non sempre è una fortuna – si guadagna da vivere esponendola e smerciandola. Per questo non l'ha nominata, commissario, perché una sorella mignotta è più inconfessabile di una ladra o di una spacciatrice? Perché la Weltanschauung ufficiale fa di ogni tossico una vittima del sistema e di ogni puttana una

104

innocente sventurata ma solo a patto che sia extracomunitaria? Ma lei mi sembra troppo intelligente, questa melassa sinistro-parrocchiale non dovrebbe contagiarla e inibirle una lucida autonomia di giudizio. Oppure la spina è davvero così profonda che la lucidità risulta disarmata?

Veniamo al suo matrimonio. Su cui lei non è stato reticente ma ipocrita: nessun matrimonio si sfascia senza cause precise, le cause ci sono sempre, basta aver voglia di cercarle. Sposato a ventisette anni divorziato a trentadue, matrimonio e convivenza devono essere durati ben poco, considerando la pausa che impone la legge e i tempi biblici della giustizia e burocrazia italiane. Laura è una sua concittadina, commissario, e siccome Urbino non è Tokyo i rampolli della buona borghesia si conoscono tutti tra di loro, stesse scuole stessi svaghi stesse frequentazioni. Non una sconosciuta quindi, non un'aliena piombata per caso nella sua vita portando con sé abitudini imprevedibili e passato misterioso. Un fidanzamento troppo lungo allora, con la noia che si insinua nei gesti e nei discorsi prima ancora di dire sì davanti al prete o al sindaco? Un'unione che le rispettive famiglie davano per scontata e che voi non avete saputo troncare prima di ufficializzarla? Ma a ventisette anni, dopo la laurea il servizio militare o civile e l'esame di Stato, si è ancora tanto immaturi da cadere nella trappola dell'inerzia, dell'ossequio alle aspettative altrui?

Non parliamo poi di incompatibilità sessuale né di dissensi insanabili sui massimi sistemi perché sapevate tutto l'uno dell'altra, in ogni campo, già da prima. Allora? Lui che tradisce lei – o viceversa – in modo oltraggioso, lei che si innamora di botto di un altro – o viceversa – e subito rinnega il passato spezza i legami molla tutto e via dietro al suo Vronskij o alla sua Manon?

Non mi convince tanto. Lui non ha affatto l'aria di chi ha ricevuto una ferita insanabile, da Laura o dalla susseguente Manon, troppo ironico troppo pronto al sorriso e alla galanteria divertita senza rigurgiti di cupezza. Però quando gli ho chiesto di parlarmi dei fatti suoi è sembrato seccato, come se io avessi commesso un'indiscrezione fastidiosa. Peccato che Elisa non possa fornirmi ragguagli, Urbino non rientra nella sua giurisdizione e l'intera storia rischia di restare avvolta nel mistero.

Il mistero dell'insolita allegria di Livietta fu invece svelato quasi subito, quando lei, districatasi dai suoi plot, si impegnò a partecipare alla conversazione con qualcosa di più articolato che non monosillabi pronunciati a sproposito. Kevin, il compagno di classe di Livietta grosso e manesco che picchiava chiunque gli capitasse a tiro e aveva già spedito quattro o cinque malcapitati – Livietta compresa – all'infermeria o al pronto soccorso, Kevin che le maestre, non potendolo incatenare, non riuscivano a tenere a bada ma che secondo la psicologa comunale era un bambino quieto e inoffensivo con un gran desiderio di socializzare e nessuna turba caratteriale, Kevin aveva di nuovo preso di mira Livietta, si era alzato all'improvviso mentre la maestra spiegava peso lordo peso netto tara, le era andato vicino e le aveva tirato un pugno sul fianco – poi a casa ti faccio vedere il livido – ma lei Livietta questa volta non aveva pianto né chiamato in soccorso la maestra. Si era invece sfilata un mocassino – capisci adesso perché lo volevo chiodato, col ferretto sul tacco? – e aveva mollato una scarpata bella forte sulla tempia destra di Kevin. Che gli era venuto subito un livido rosso e poi viola ed era rimasto tanto stupito che non riusciva a piangere, che era lì come tutto inebetito.

E la maestra? Cosa ha detto la maestra? Ha detto quando ci vuole ci vuole e ha continuato a spiegare.

Capitolo decimo

Che sganghero di mattinata. La scuola – nel suo piccolo – sembrava l'atrio partenze di Malpensa 2000 in un ordinario giorno di sciopero: corridoi e scale intasati di zaini e studenti, porte spalancate su aule in disordine, bidelli e bidelle inutilmente starnazzanti qua e là, professori che entravano uscivano rientravano nella sala insegnanti come in una pièce di Feydeau, preside che imprecava contro i santi minori partenopei perché tutto il suo apparato organizzativo era finito in vacca. Tre eventi – uno previsto, uno no e uno così così – erano all'origine di quel caos: la visita del medico scolastico, l'annuncio telefonico della presenza di una bomba nella scuola, i funerali della De Lenchantin.

Accadeva ogni tanto, con una periodicità arcana e lunatica, che il ministero della pubblica istruzione e gli organi istituzionali a esso collegati – provveditorato, assessorati regionali provinciali comunali variamente denominati – decidessero di occuparsi della salute del personale docente e intimassero con arcigne circolari di sottoporsi a controlli radiologici e visite mediche, minacciando sfraceli a chi avesse osato sottrarvisi. I controlli radiologici non li faceva nessuno, perché nessuno aveva voglia di farsi appestare inutilmente e nessuno era così stupido o ingenuo da credere alle minacciate sanzioni, ma alla visita del medico scolastico si sottoponevano tutti volentieri, per due buone ragioni. La prima era che tale visita veniva effettuata quasi a domicilio, cioè nell'infermeria della scuola durante l'orario delle lezioni e quindi, calcolando i piani da scendere e risalire e la sosta al bar per un caffè prima o dopo l'esecuzione della visita stessa, se ne partivano venti minuti buoni buoni dell'orario di lezione. La seconda era che di quei venti minuti dieci erano in puro stile Helzapoppin o fratelli Marx.

Il medico scolastico era sempre lo stesso, una donna sulla cinquantina, bassetta miope e indecifrabile. Sedeva dietro la scrivania ingombra di moduli cartelline agende timbri biro multicolori stetoscopio e sfigmomanometro. Lo stetoscopio non l'usava mai e non si capiva se lo portasse con sé perché le piaceva il luccichio del metallo o perché era uno status symbol. Appena entravi, ti invitava a sedere dall'altra parte della scrivania e ti chiedeva nome e cognome: fin qui tutto regolare. Poi cominciavano le gag: sfogliava l'agenda, apriva due o tre cartelline e le richiudeva, tirava su dal naso, sceglieva un modulo e ci apponeva una sfilza di timbri, lo riconsiderava e lo spostava su una pila diversa, acciuffava un altro stampato, lo studiava a memoria, sospirava, lo firmava e lo risistemava dove l'aveva preso. Si toglieva gli occhiali, si strofinava l'attaccatura del naso, carpiva un terzo modulo strizzando gli occhi e boccheggiando, si rimetteva gli occhiali e diceva dunque. Bisognava ripetere nome e cognome anzi cognome e nome, lei bofonchiava sì sì protendendosi a destra e a sinistra arraffava disperata uno stampato dalla pila più lontana e cominciava a riempirlo con uno stampatello sghembo. I cognomi le riuscivano quasi sempre sbagliati, con omissioni o intrusioni di indebite doppie, b al posto di p o viceversa, ma non glielo facevi notare perché eri già troppo occupata a tenere sotto controllo la mimica facciale. Precedendola, dichiaravi spontaneamente data e luogo di nascita, lei li annotava, tirava ancora su dal naso poi alzava la testa e ti chiedeva:

«Sesso?»

Apposta la crocetta sulla casella M o F (il modulo non ne prevedeva altre), incominciava un'anamnesi surreale, probabilmente di sua ideazione: orecchioni scarlattina rosolia pertosse lussazioni polio tubercolosi malaria diabete epatite colera febbre gialla... Mancava il ginocchio della lavandaia, ma tanto anche a quello avresti risposto di no, come a tutto il resto. Lei crocettava in affanno le sue caselle senza alzare la testa e alla fine ti diceva: misuriamo la pressione. Che invariabilmente, per tutti e da sempre, risultava essere ottanta su centotrenta, a sfida di ogni legge statistica e di ogni ragionevole aspettativa. Tu ti tiravi giù la manica, lei tambureggiava coi suoi timbri, firmava, imbucava lo stampato in una cartellina e sentenziava: molto bene, le faremo sapere. Che cosa ci fosse da sapere non lo aveva mai appurato nessuno.

Questo insensato rito periodico non germogliava spontaneamente, ma richiedeva – come molte italiche insensatezze – un'accurata gestazione, con ordini di servizio circolari fax telefonate di chiarimento giù giù sino al capillare lavoro organizzativo della preside. Che, una settimana prima dell'evento, si barricava nel suo ufficio con la puzzola – una segretaria olezzante di mestruo venticinque giorni al mese – e preparava una rigorosa scaletta delle visite: alle nove entra la Rendina e Misoglio la sostituisce, alle nove e un quarto Antoniutti scende la Rendina rientra e Misoglio passa nella classe di Antoniutti, alle nove e mezzo Misoglio va nella sua classe, Antoniutti – che ha l'ora buca – sostituisce prima Canterino, poi Tosi e la Gerlotto, alle dieci e un quarto Antoniutti riprende servizio, scende la Torchio che fa compresenza con Schifoni e non deve essere sostituita, poi Schifoni quando la Torchio è risalita...

Di solito il balletto, pur non rispettando i tempi, offriva una accettabile simulazione di ordine, ma quella mattina il ritmo era stato prima scosso e poi scardinato dalla telefonata bombarola. Che non era certo una novità, anzi, ma che non si poteva comunque ignorare, perché se poi malauguratamente diononvoglia chi se la prende la responsabilità di...

Così, telefonata al 112, sgombero della scuola, i ragazzi ammassati in cortile che tanto per movimentare la scena mimavano evasioni di massa, arrivo dei carabinieri non particolarmente allarmati perché abituati alle bufale, sopralluoghi nel locale caldaia in palestra spogliatoi cessi ripostigli aule corridoi, cessato allarme, lento rientro a scuola, appello per controllare che le evasioni non fossero avvenute: ma intanto i primi sei turni di visita erano saltati, e i secondi sei erano andati a farsi fottere ancora prima, perché alle undici e mezzo c'erano i funerali della De Lenchantin scandalosamente rinviati per intralci legali-medico-burocratici e la scuola aveva avuto eccezionalmente il permesso di chiudere alle undici in segno di lutto per permettere a preside insegnanti eccetera di participare alle esequie.

Lei detestava i funerali. Non tanto perché la cerimonia fosse diventata – in città almeno – una faccenda meccanica e affannata da sbrigare con distaccata routine, ma perché i suoi rapporti con la morte erano irrisolti e intricati. Superata la trentina aveva sentito sfaldarsi la presunzione di eternità e adesso, avvicinandosi ai quaranta, capiva che bisognava cominciare a fare i conti con la prospettiva sia pure lontana della morte, la propria e quella degli altri, che comunque rimanda sempre alla propria.

Non la morte improvvisa – incidente d'auto schianto di aereo crollo di ponte – ma quella che si avvicina lentamente col passo felpato dei gatti, che guadagna terreno stagione dopo stagione, mese dopo mese, che si annuncia col dolorino fastidioso ma sopportabile, coi primi capelli bianchi, che poi ti incalza con l'arrivo della menopausa e i suoi momenti di depressione e smarrimento, quando il tuo corpo diventa una macchina estranea con ritmi e fragilità sconosciute. Quella morte che comincia a far sparire personaggi noti, i cui libri dischi film hanno accompagnato i tuoi anni, che sfoltisce i tuoi amici, che avvia verso lacrimevoli case di riposo conoscenti poco più vecchi di te... Con quella idea di morte lei non aveva ancora veramente provato a confrontarsi, evitando ogni occasione che la inducesse o costringesse a farlo.

A questo funerale però non voleva mancare. Per Bianca non aveva provato né affetto né simpatia, la sua morte l'aveva stupita ma non addolorata: era inutile fingere buoni sentimenti, spremere dal fondo dell'anima qualche goccia di tiepida afflizione; andava al funerale non per attestare il suo cordoglio ma per schietta e consapevole curiosità. Accettò un passaggio in auto da Emanuela, dato che, come al solito, era arrivata a scuola a piedi e la cerimonia religiosa si teneva nella chiesa dell'Addolorata – di cui Bianca pareva fosse stata frequentatrice – che era da tutt'altra parte della città. Emanuela, alta bionda elegante ma non per questo antipatica, guidava con la prontezza di riflessi e la determinazione di una rapinatrice in fuga, non proprio Ryan O'Neal in *Driver* ma quasi, e lei si gustò il brivido di svolte proibite sorpassi da destra e salti di corsia senza sensi di colpa e ansia per possibili multe. Inoltre la macchina era di quelle da signori, con carrozzeria solida barre di protezione airbag multipli e un eventuale cozzo avrebbe prodotto pochi danni.

Arrivarono in anticipo, ma il sagrato era già ingombro di persone e di corone floreali di dimensioni e qualità milionarie, tra le quali il cuscino di Preside e Colleghi dell'istituto Fibonacci spiccava per risparmiosa modestia e schifosa fattura: la fioraia artefice di quell'obbrobrio andava radiata dall'albo e sottoposta al test di Rorschach visto che aveva osato accostare strelitzie di rigidezza surgelata a spampanati garofani riciclati dal pattume. Si era occupata di tutto la Gerlotto, sul cui senso estetico non si poteva contare – simpatizzava con le uncinetterie delle bidelle e ne produceva di simili in proprio – ma che in questo frangente poteva essere perdonata grazie alle scarpinate e agli appostamenti che aveva dovuto mettere in atto per scucire un deca agli evasivi e sfuggenti colleghi. Con quei deca era anche riuscita a pagare il necrologio pubblicato su «La Stampa», e chissà quanti sforzi solitari per eliminare articoli congiunzioni e aggettivi, in modo da stare dentro al budget produrre un testo comprensibile e non dover ricominciare la questua. Emanuela si avvicinò a un gruppetto di colleghe sopraggiungenti, lei si armò di un paio di occhiali più potenti, quelli che usava raramente perché troppo impietosi, spense mentalmente l'audio della rappresentazione e si concentrò sul video. Di Marte Consolate Angeliche ce n'era un profluvio e altre stavano arrivando, scortate da mariti compagni fratelli momentaneamente evasi da consigli di amministrazione meeting planetari e stanze dei bottoni, tutti e tutte, pur nella varietà dei tipi, con qualche tratto in comune: l'eleganza, ovviamente, la scioltezza di gesti e movimenti, la consapevolezza del proprio stato sociale, che in qualche profilo sconfinava in quieta arroganza. Nel bene e nel male ad anni luce di distanza dal popolo televisivo, quello che piange urla vomita insulti si fidanza e sfidanza esibisce coratella e interiora in osceni programmi di intrattenimento. Più nel bene che nel male, tutto sommato. Mescolata all'upper class, ma in minoranza, una fauna eterogenea: professionisti di vario livello, bottegai di articoli di lusso, colleghe ed ex colleghe della defunta, maestranze delle Industrie Bagnasacco, conoscenti più o meno occasionali. Dopo la panoramica, si concentrò su inquadrature più strette: gli Asburgo, impietriti nell'incredulità, di fianco alla porta della chiesa, un paio di galleristi importanti in movimento tra i capannelli dell'aristocrazia, un assessore comunale e un politico ormeggiato alla Regione impegnati in strette di mano e propaganda occulta, due vedove di intellettuali famosi – rompiballe vestali di memorie – con i loro vassalli... E finalmente lo stanò, l'oggetto precipuo della sua curiosità, il cugino forse fratellastro, quel Marco Vaglietti che aveva scarrozzato Bianca nel giorno fatale, accompagnandola dal tappetaro e mollandola poi al suo destino. Bisognava convenire, per amore di obiettività, che era un bell'esemplare di maschio adulto a cui le foto pubblicate sui giornali non rendevano piena giustizia: alto spalle larghe scheletro di razza atteggiamento composto senza superflue esibizioni di cordoglio e soprattutto un viso così alla moda così da film – un Banderas con quindici anni e venti chili di meno – che catturava subito gli sguardi. Con uno così – se è solo un cugino – io al posto del Bagnasacco avrei preso qualche precauzione, non dico spedirlo al Château d'If, ma alzare almeno qualche steccato a frequentazioni troppo assidue comprandogli una sinecura a Singapore o nominandolo rappresentante della ditta a Tokyo. Sempre che il Vaglietti, dietro quel suo aspetto da sciupafemmine, non sia così stupido e inerte da risultare inoffensivo, ipotesi poco probabile dal momento che anche nell'attesa di un funerale riesce a calamitare attenzione e sguardi dell'universo femminile presente. E la madre, la russa imprevedibile, sarà presente? Saranno riusciti a rintracciarla nelle sue lontananze australi o ha fatto perdere le tracce da decenni o è addirittura morta?

Arrivò il carro funebre, seguito da un paio di macchine. Il primo, oltre alla bara e all'autista, conteneva il solo Bagnasacco, le seconde scaricarono una mezza dozzina di congiunti o amici e proseguirono in cerca di un problematico parcheggio. Mentre i necrofori si affaccendavano con le corone e la bara, il vedovo fu circondato tastato commiserato da tutti i corpi mani e facce che riuscirono ad avvicinarlo nel suo faticoso procedere verso il portone della chiesa. Il Vaglietti, proprio al portone, lo placcò con una virile stretta di mano seguita da un abbraccio prolungato e corrisposto. In chiesa, messa da grandi occasioni con addobbi paramenti ceri sgocciolanti organo coro e predica interminabile. Dalla quale – a parte gli edificanti e non sempre congrui richiami a Sara sposa di Abramo, Ruth nuora di Naomi, Abigail moglie di Nabal e poi di Davide, a vignaioli e seminatori – emerse ben poco di utile: la compianta sorella Bianca aveva brillato per modestia e amor del prossimo, sempre pronta a donare un sorriso a profondere i tesori della sua carità verso coloro i quali non per scelta deliberata ma per i disegni imperscrutabili della Provvidenza si trovano eccetera eccetera. Una madre Teresa insomma, meno rinsecchita e nel fior dell'età, o una replica – sia pure a diffusione minore – di santa Diana d'Inghilterra. Non solo lei, ma anche qualche Consolata sembrava perplessa nei riguardi di quella disinvolta agiografia e si svagava frugando nella borsetta, bisbigliando coi vicini o tossicchiando.

Più interessante risultava la collocazione dei presenti: nel primo banco a sinistra il vedovo, una coppia anzianotta e una più giovane entrambe con stigmate bagnasacchesche – suoceri e cognati della defunta? – in quello di destra il cugino, una settantenne segaligna – la madre-zia nubile? – e un paio di compunte quarantenni difficilmente inquadrabili nella parentela.

Decise che poteva bastare, che non sarebbe andata al cimitero perché era altamente improbabile che davanti alla tomba di famiglia si svolgessero scenate rivelatrici e neppure poteva sperare di dare un'annusata al cugino o addirittura di slacciargli il polsino sinistro della camicia per scoprire se aveva un tatuaggio gemello o complementare a quello di Bianca. Il tatuaggio: secondo lei una delle chiavi del mistero e quindi dell'omicidio stava proprio lì. Non nel senso che il tatuatore fosse anche lo strangolatore, ma in quanto quel complicato cartiglio inciso sulla pelle era una breccia attraverso cui raggiungere il livello sommerso della vita di Bianca.

Poiché non aveva incombenze familiari – l'annunciata partecipazione al funerale l'aveva esentata da ogni obbligo – prestò orecchio a una proposta di Emanuela: andare a Canale d'Alba, farsi un piatto di tajarin con tartufo e assistere a una gara di tango tra le squadre delle Langhe e del Roero. Provò ad accampare qualche perplessità – è tardi è lontano chissà quando finisce – ma la fretta e l'entusiasmo di Emanuela e di Maria la travolsero. Maria non era la prof più stimata dell'istituto Fibonacci (secondo i suoi allievi aveva preso la laurea coi punti Kinder) ma era di sicuro la più grassa e la più contagiosamente allegra e tutti le perdonavano volentieri l'abissale ignoranza nella materia che tentava di insegnare. Così eccole in macchina, Maria dietro perché stava più comoda, Emanuela che persisteva nella sua guida spericolata e intanto annaspava nella borsetta in cerca del cellulare, lo trovava, riusciva a digitare un numero durante un sorpasso oltre la mezzeria, contava balle alla domestica, faceva un altro numero, prenotava un tavolo al ristorante della Posta, passava il telefono alle colleghe perché prima l'una poi l'altra si esibissero a loro volta in complicate fandonie: il tutto con un'incontenibile allegria postfuneraria. Siete davvero sorprendenti, voi professoresse, avrebbe ripetuto il commissario Gaetano.

Sorprendente fu anche la gara cui assistettero, dopo i tajarin il fritto misto e il bunet, perché Maria aveva sentenziato che i peccati di gola non vanno commessi a metà. Alle tre di un pomeriggio feriale, in un paese fuori mano non servito da superstrade tangentare, tra vigneti da gioielleria e cascine produttrici di prelibatezze da esportazione, un sotterraneo tam tam aveva fatto accorrere una folla di aficionados: non soltanto amici e parenti dei ballerini in gara, ma distinti signori in abito grigio, madamine in ghingheri fresche di parrucchiere, ragazzi e ragazze in jeans tuta sportiva pantaloni da torero microgonne borchiate tuniche da concubine imperiali. Tutti riuniti nel salone della cantina comunale parato a festa con festoni di carta lampadine colorate e profumo di vino nuovo. Tastiera chitarra bandoneon cantante imbrillantinato giuria pubblico eccitato televisioni locali e dodici coppie, sei per le Langhe sei per il Roero, in abiti fantasiosamente tanghéri: Caminito Cumparsita El Choclo hesitation promenade casqué movimenti della testa sempre miracolosamente al di qua del ridicolo; mancava il ritratto di Gardel, ma si sprofondava ugualmente tra le pagine di Puig e di Soriano; non si era a Buenos Aires ma dall'altra parte del globo, alle tre e mezzo di un pomeriggio feriale.

Emanuela la scodellò davanti a casa alle sette e mezzo. Il cane rifiutò di salutarla, la bambina – invitata alla festa di noncompleanno di Alice – era assente giustificata e il marito aveva l'aria di Cerbero a guardia del terzo cerchio. Lei, che lo aveva previsto, lo blandì con l'offerta di un tartufo frettolosamente comprato – svenandosi – alla fine della gara, mentre le colleghe improvvisamente rinsavite smaniavano per tornare.

«Un tartufo? Da dove arriva, dal cimitero?»

«Da Canale d'Alba. Annusalo invece di brontolare. E pregustati il risotto che mangerai tra poco.»

«Il risotto lo rimandiamo a domani. Ho combinato di andare a cena fuori con Sandro Floriana Mauro e Teresa. Ma si può sapere dove sei stata?»

«A Canale d'Alba, te l'ho appena detto, a comprarti un tartufo.»

«Comodo. E ci hai messo un pomeriggio intero?»

«No, ci ho messo cinque minuti. Prima però mi sono vista una gara di tango e prima ancora mi sono concessa un pasto sibaritico, ragion per cui stasera sarò inappetente ma ti coprirò di gentilezze.»

Non ce ne fu bisogno perché il tartufo, non appena fu annusato, sprigionò subito il suo miracolo.

Capitolo undicesimo

Ai fini della sua privata investigazione la cena fu più proficua del funerale.

Ristorante di media tacca, scelto chissà da chi. Lei seduta accanto a Floriana, che non ostenta un umore conviviale, gli altri quattro che tra una forchettata e l'altra si infognano in una discussione sull'operato del sindaco e anche se hanno le stesse opinioni riescono a battibeccare ferocemente. A lei vengono in mente i due galleristi visti la mattina e decide di sondare l'amica sull'argomento.

Nelle mani di Floriana e nelle sale della sua galleria è passata negli ultimi vent'anni una buona metà dei quadri poi finiti nelle case dell'alta borghesia torinese, e dei grossi e medi collezionisti cittadini lei sa tutto o quasi. E anche del pittoresco sottobosco di intermediari a vario titolo, architetti corniciai dentisti avvocati primari, che in margine al loro lavoro o come lavoro nero trafficano in quadri. Floriana però sembra in una delle sue serate ondivaghe, quelle in cui basta sfiorarle un nervo scoperto per scatenare reazioni indignate e furibonde, e il nervo scoperto può riguardare qualunque argomento: l'ultima sconfitta del Toro, il revisionismo storico o il calendario Pirelli. Decide di tentare comunque, se va male gli altri quattro – che si stanno riappacificando – possono entrare nella rissa.

Conosceva la De Lenchantin?

La conosceva, ma non aveva mai venduto direttamente né a lei né al marito. Aveva però passato un Klein del suo magazzino a un collega gallerista che lo cercava per conto del Bagnasacco, folgorato dal blu dopo una visita al museo di Nizza. E aveva anche piazzato tre pezzi importanti – un Melotti un Licini e un

Tancredi – a un industriale di Carmagnola grazie alla mediazione del cugino, che gli aveva arredato la villa e fatto da consulente nell'acquisto.

Allora conosceva il Vaglietti.

Certo che lo conosceva, da cinque sei anni o più, da quando aveva cominciato ad arredare appartamenti, a proporre tappeti vetri ceramiche e quadri, dietro regolare percentuale si capisce.

E che tipo era?

Che tipo in che senso?

In tutti i sensi, la smettesse di fare la reticente e le sfogliasse un po' di «Novella 2000».

Perché le interessava tanto il Vaglietti?

Perché la De Lenchantin era stata sua collega e lei giocava a scoprire l'assassino.

Il Vaglietti non era l'assassino, aveva un alibi più corazzato di un tank.

D'accordo, però aveva la faccia tenebrosa e chissà in che rapporti era con la cugina.

Non sapeva che fosse una fanatica di Lombroso, comunque l'avrebbe accontentata. Vaglietti e la De Lenchantin si facevano vedere spesso insieme, con o senza il marito di lei, e qualche battuta era stata fatta, qualche allusione a possibili corna, ma i due, almeno in presenza di testimoni, non si erano mai lasciati andare a occhiate complici o effusioni sospette. Un rapporto di parentela insomma, giustificato anche dal comune interesse per l'arte contemporanea e la connessa mondanità. Inoltre il Vaglietti non difettava certo di legami erotico sentimentali in proprio: signorine di buona famiglia modelle e attricette di passaggio pittrici rampanti in cerca di appoggi e anche qualche bellone intellettualoide del giro teatro-televisione-pubblicità. Un disinvolto bisessuale, ma senza sbandieramenti, uno che giostrava bene le proprie relazioni e avventure. Di soldi ne tirava su abbastanza, ma ogni tanto annaspava, sia perché non si faceva mancare niente sia perché aveva un debole per il tavolo verde, non solo Saint Vincent o Montecarlo, ma anche micidiali partite in salette private dove si staccano assegni con molti zeri. Poteva bastare o serviva altro?

Serviva altro: voleva sapere se era abitudine diffusa tra i clienti di Floriana seppellire in banca i pezzi da novanta delle loro collezioni e appendere delle copie per non lasciar sguarnite le pareti.

Era una roba da cafoni, però sì effettivamente negli ultimi

anni con le razzie che c'erano state nelle case di collina, nonostante i rottweiler le porte corazzate e gli antifurti collegati con
la Mondialpol, qualcuno aveva deciso di non correre rischi. I
Fontana per esempio erano finiti quasi tutti in banca, insieme
con le autentiche e i documenti d'acquisto, sostituiti da copie
perfette, la tela ben gessata e i tagli netti e senza slabbrature. Li
faceva Oreste Bosco, un maestro in quel campo. E certi Sironi e
Balla che troneggiavano in splendide cornici erano invece opera
di Manlio Bognier, commissionati dai proprietari. Per Capogrossi e Morlotti andava bene Lino Calauzzi, poi c'era Gianni
Gerevini detto Johnny che copiava di tutto anche se non benissimo e aveva una discreta fortuna perché era un gran bel ragazzo. Ma che c'entravano le copie con l'assassinio?

Non sapeva se e quanto c'entrassero, ma le era venuto in
mente che in casa Bagnasacco erano appese due copie, almeno
a detta di suo marito.

Da quando lei e il marito frequentavano casa Bagnasacco?

Non la frequentavano affatto, c'erano stati una sola volta,
perché lei aveva trovato a scuola l'agenda di Bianca e l'aveva
portata al vedovo che era curiosa di conoscere. Era curiosa di
conoscere anche il cugino e per questo era andata al funerale,
ma non le era sembrata l'occasione adatta per presentarsi e
scambiare quattro chiacchiere.

Se riusciva a resistere due giorni l'occasione buona poteva arrivare: venerdì nella sua galleria c'era l'inaugurazione della mostra di Mainolfi e il Vaglietti anche se in gramaglie per la recente perdita era probabile che si facesse vedere – le inaugurazioni
servono a trovare i contatti – bastava aver la pazienza di aspettare e lei avrebbe fatto in modo di avvicinarli e presentarli. Anche se non le riusciva chiaro a cosa potesse servire uno scambio
di strette di mano e commenti sulla mostra.

Di questo non doveva preoccuparsi, da cosa nasce cosa, la
conversazione poteva sempre slittare su piste imprevedibili.

Dopo cena finirono ai Docks Dora per tirare in lungo la serata ascoltando un quartetto jazz. Lei fu sommersa da ondate di
sensi di colpa – appena un saluto alla madre, solo una telefonata alla figlia che non vedeva dal mattino, nessuna coccola al cane e in più una dozzina di compiti da correggere e una lezione
di storia da preparare – e i quattro sderenati sulla pedana non
riuscivano a distrarla. Suonavano un jazz scoordinato con
un'approssimazione da dopolavoro ma con tutti i tic gestuali e
comportamentali dei grandi professionisti. Aveva voglia di sfru-

culiare ancora Floriana con qualche domanda, ma alcuni segnali appena percettibili – il modo di accendersi la sigaretta il dondolare di un piede l'accentuarsi di una ruga sulla fronte – indicavano che il punto di rottura dell'amica stava per essere raggiunto e non voleva essere lei ad azionare la leva. E anche se i musicanti non erano degni di benevola attenzione, si trattenne per rispetto verso le illusioni e i progetti di vita che stavano dietro la loro esibizione: quattro ragazzi che invece di sniffare e impasticcarsi, o anche sniffando e impasticcandosi, cercavano la loro strada attraverso batteria basso sax e tromba. Mi sto rammollendo pensò, dieci anni fa questi qui li avrei sbeffeggiati e delle esplosioni vulcaniche di Floriana me ne sarei allegramente infischiata. Ma dieci anni fa avevo dieci anni di meno e le *lacrimae rerum* non mi avevano ancora troppo scalfita. Dieci anni fa non avrei rimuginato ostinatamente su un delitto che non mi riguarda, mi sarei buttata su qualcosa di più entusiasmante e vitale. Ma dieci anni fa erano dieci anni fa e adesso è adesso: sono la regina della tautologia, direbbe il mio amabile marito.

Il quale poi, forse, ha anche ragione riguardo al Manzoni e al Capogrossi. Uno che fa i falsi, Fontana Sironi Balla Morlotti eccetera, che altro fa nella vita? Oppure riesce a mantenersi con una specializzazione così spinta, come le maniste, i docenti di addobbo natalizio, di pirobazia e di rebalancing? Il tavolo verde. In questa storia il tavolo verde ritorna come un legame sotterraneo. Natalia la russa, madre certa di Bianca e probabile del Vaglietti, se ne lasciava tentare e il conte Bernardo suo marito pure. E l'importatore di legname, anche lui un drogato di roulette e black jack? Lui però non c'entra, è scomparso dalla scena insieme con la sua femme capiteuse, che ai funerali della figlia è risultata assente. Bianca, piuttosto: in che rapporti era col tavolo verde e le smazzate? Il feuilleton si arricchisce di appropriate suggestioni letterarie – Dostoevskij Tolstoj Puškin – ma la dama di picche forse è apparsa alla persona sbagliata. Chissà a che punto sono le indagini. Sui giornali gli articoli si fanno sempre più smilzi e i tiggì hanno poco da far vedere: la villa non ha una sfilza di campanelli da inquadrare con la telecamera, la polizia non ha confezionato tabelloni da asilo infantile, non ci sono grasse madri mediterranee che singhiozzano davanti all'obiettivo, mancano i vicini ansiosi di dichiarare che la morta era una brava signora affabile, e Ginotta, che non sarebbe di sicuro dello stesso avviso, ha saggiamente scansato ogni esibizione. E sì che gli ingredienti per un tormentone nazionalpopolare ci sarebbero tutti: la vittima bella bionda ricca aristocratica, il marito industriale, il mistero delle ultime ore, lo strangolamento che è più d'effetto di un colpo di pistola...

Siccome le vie della provvidenza sono infinite e indecifrabili, un frastornante assolo delle percussioni sollevò miracolosamente l'umore di Floriana, che ilare come una scolara in ricreazione propose di lasciar perdere il jazz e di finire la serata a casa sua, con un torneo di calciobalilla o di flipper, a scelta della compagnia. «Mah, veramente è mezzanotte passata, domani si lavora...» azzardò qualcuno, prima zittito dagli altri e poi travolto dall'indignazione di Floriana: «Ma come, il nostro sindaco ingaggia a caro prezzo un esperto per trasformare Torino in Barcellona, per animare le nostre tristi serate subalpine, per resuscitare la dolce vita un po' più a nord, piazza Maria Teresa al posto di via Veneto, il quadrilatero romano invece della Rambla, e voi a mezzanotte volete andare a dormire, a imbucarvi nelle vostre tane col pretesto che domani si lavora! Domani è un altro giorno ragazzi, non solo a Tara ma anche a Torino». Così, via tutti a casa di Floriana e Sandro. Si decise per il calciobalilla che, giocato a coppie mobili, offre il vantaggio supplementare di imprecazioni e rinfacci tra i partner, oltre agli insulti più o meno amichevoli agli avversari. Posta, un deca a testa; il vincitore o vincitrice avrebbe guadagnato un cinquantone netto, all'incirca il costo della cena. Il torneo – organizzato da Sandro con precisione ingegneresca e regole inappellabili – produsse subito un baccano da oratorio, ma Floriana spiegò che quelli di sotto erano in viaggio e l'alloggio di sopra era sfitto, perciò chi se ne frega del baccano.

«Io me ne frego!» comparve, stralunato, il figlio Carlo, svegliato dal fracasso di quei rincoglioniti ultraquarantenni. «Io domani ho il compito di greco...»

«Domani è un altro giorno» lo sbalordì e zittì la madre, che della filosofia di Rossella O'Hara aveva fatto quella sera la sua bandiera.

Domani però è già oggi, pensò lei mentre infilava una pallina micidiale nella porta avversaria e subito dopo bloccava a centrocampo una rimessa fregona di Mauro. E io ho quattro ore filate di lezione – ore di cinquanta minuti ovviamente – di cui due in quella terza da incubo metropolitano. Già nel fare l'appello vengono i brividi – ci sono Bavuso Romina Caccavaro Yuri Contacessi Ylenia Crivellato Manuel Fichicchia Morgana Galeotti Jessica Lo Bue Nancy Malacarne Allegra Pisciuneri Norman

Sparato Santino e per finire Zoccola Celeste – e ti chiedi se è stato il destino cinico e baro a ficcarli tutti insieme o se invece c'entra lo zampino della preside, che la mia amica e collega Graziella sospetta sia responsabile di tutto: del suo orario schifoso, del funzionamento a singhiozzo del riscaldamento, del tanfo asfissiante dei cessi, delle piogge acide, degli incidenti ferroviari e del crollo dello yen. Altra pallina sgnaccata in porta, questa volta con un passaggio da manuale tra centravanti e ala destra, mentre gli altri emettono degli ah e oh di stupore. Gli altri non sanno che non è fortuna, che ho passato l'estate dei miei tredici anni in montagna a struggermi d'amore per un Guido che manco mi vedeva e a dilapidare i miei risparmi al calciobalilla, mentre ogni giorno veniva giù un universo d'acqua e non c'era granché da divertirsi. E il calciobalilla è come la bicicletta, se lo impari non lo dimentichi più. Alle due e mezzo il torneo finì, lei risultò prima con un notevole scarto, intascò la posta e capì che nella stima degli amici era salita di parecchi gradini. In quella del marito no: lui considerava la sua bravura nel gioco come una bizzaria del caso, un accidente fortuito come un neo o l'erre moscia. E comunque, essendo arrivato penultimo, non l'avrebbe complimentata mai.

A casa – ed erano ormai le tre di notte – Renzo consumò la sua piccola vendetta infilandosi subito a letto dopo una sbrigativa sosta in bagno e annunciando che l'indomani sarebbe stato occupatissimo col lavoro, non sarebbe venuto a pranzo e non sarebbe andato a prendere la bimba a scuola. Lei doveva solo ricordarsi del risotto e buonanotte. La vendetta dell'altro maschio di casa, trascurato anche lui, fu più vigliacca: quattro pozze di piscia e un cuscino sventrato. Sei uno schifoso bastardo nonostante i tuoi antenati dai nomi altisonanti, sei la feccia della bassotteria, sei un mangiacarne a tradimento, sei un figlio di cagna... Ma era stanca e gli insulti le venivano fiacchi. Però occhio per occhio dente per dente: io pulisco la tua piscia ma lavo il pavimento con un miscuglio di detersivi velenosi per il tuo naso – Aiax lisoformio e candeggina – e poi ti lascio lì in cucina ad annusarli per tutta la notte. Quel che resta della notte, almeno.

E così fece. A quel punto non valeva la pena di mettersi a letto, si rintanò nello studio corresse compiti preparò la lezione di storia e già che c'era buttò giù la sua brava relazione obbligatoria sul programma svolto dall'inizio dell'anno la batté al computer e la stampò. Non l'avrebbe letta nessuno, ovviamente, e se avesse copiato un inno del *Rigveda* sarebbe stato proprio lo stesso. Alle sette meno un quarto era pronta per cominciare (o continuare) la giornata, con una grigia faccia postoperatoria e un promettente inizio di mal di testa. Solita routine: caffè passeggiata col cane (preceduta da rappacificazione, lui tutto uno sventagliare di coda e innocenti occhi di bottone: guarda che non volevo o volevo solo poco poco, anche i bassotti nel loro piccolo s'incazzano e poi gli dispiace, lei che gli gratta la testa e il collo: passi il cuscino, ma la piscia no, quella non va bene, potevi srotolare la carta igienica, non impari proprio niente dalla tele?) capatina dalla madre (Ma a che ora siete tornati stanotte? All'una ho guardato giù e non c'era ancora la macchina in cortile, tu hai una faccia da far spavento, sei sicura di star bene?) sveglia al marito (va' via va' via lasciami in pace: l'inconscio ancora in libera uscita). A scuola il match con gli Yuri Norman Manuel Morgana Romina che non hanno tutte le colpe se non gliene frega niente dello Stil Novo: che ci azzecca il gentil core o la piagenza con il desolato paesaggio in cui trascinano i loro giorni? Gel gommina felpe firmate motorini grugniti invece di parole, come modelli la valletta che scemeggia e il calciatore che scaracchia, come aspirazione i soldi facili e la macchina potente, come prospettiva niente lavoro fino a trent'anni convivenza incarognita coi genitori e dipendenza economica.

«Professoressa...»

Allegra Malacarne si era avvicinata alla cattedra trascinandosi dietro una riluttante Nancy Lo Bue, mentre intorno infuriava la buriana dell'intervallo.

«Dimmi.»

«Quel poeta, Cavaliere...»

«Cavalcanti.»

«Sì insomma quel poeta lì era molto innamorato della sua ragazza, vero?»

«Ti è piaciuto il sonetto?»

«Mi è piaciuto quando dice che l'aria diventa più chiara vicino a lei.»

«È un verso molto bello. Piace tantissimo anche a me.»

«Allora l'amava molto.»

«No, non necessariamente.»

«Ma allora... allora la poesia è falsa.»

«Ti piacevano le fiabe, da bambina?»

«Sì, perché?»

«Quale in particolare?»

«Mm... ecco, *Cappuccetto Rosso*.»

«Perché ti piaceva?»

«Mah... mi immaginavo la bambina tutta vestita di rosso col suo cestino nel bosco... mi piaceva anche il lupo nel letto della nonna, con la cuffia e la camicia da notte.»

«Ma Cappuccetto Rosso non è mai esistita, neanche il lupo travestito da nonna. Eppure la favola, la finzione, è bella lo stesso.»

«Sì ma...»

«Ma?»

«Non so...»

«Non sei convinta. Senti, facciamo così: oggi pensi a una canzone che ti piaccia e scrivi le parole, non tutte, bastano pochi versi, e scrivi anche il nome dell'autore se lo sai e del cantante. Poi domani ne parliamo.»

«Domani non abbiamo lezione.»

«Non importa. Nell'intervallo sono in quinta, due porte più in là.»

«Va bene, grazie.»

No, non sono stata davvero brava, potevo di sicuro far meglio. L'idea della favola... Ma ti pigliano alla sprovvista, soprattutto dopo una notte insonne e il mal di testa che sgomita per arrivare al traguardo delle fitte alle tempie. Devi improvvisare, quel che viene viene e chi ci rimette è la povera Malacarne che cerca di smentire il suo cognome.

«Professoressa.»

Si bloccò di colpo si voltò e lo vide. Lui, il commissario. E anche lui non aveva la sua faccia migliore.

«Commissario, che ci fa qui?»

«Un controllo. Qualche domanda ai ragazzi della quinta C. Sono gli ultimi ad aver avuto lezione con la De Lenchantin. Ha un momento di tempo?»

«Ho lezione in quarta, mi stanno aspettando.»

«La faccio sostituire.»

Chiamò una bidella, le diede rapide istruzioni (vada dica faccia), quella rispose sissignore e si affrettò a eseguire. Folgorata da un'autorità vera.

Si rifugiarono nell'aula audiovisivi malamente oscurata da cartoni neri alle finestre. Lei cercò l'interruttore ma lui le bloccò la mano.

Sarebbe potuto entrare chiunque, un collega una bidella la preside un allievo un suo allievo e lei lì che invece di far lezione se ne sta nella semioscurità di fronte a un poliziotto che invece di marcare stretto un assassino le chiede incongruamente se le è tornato in mente qualcosa se al funerale le è parso che... e poi allunga la destra e con delicatezza le accarezza una guancia, quattro dita a sfiorarle lo zigomo appena sotto gli occhiali.

«Volevo vederti, non ho smesso di pensare a te» dice, trasgredendo l'impegno di mantenere la convenzione del lei, e lei è stranita dallo stupore o meglio dall'accelerazione improvvisa degli eventi e dal mal di testa che ha travolto tutti gli ostacoli.

«Ti chiamo nel pomeriggio» dice ancora lui ritirando la mano e lei non risponde si infratta nella sua quarta e ricorre agli esercizi di comprensione del testo tra l'allegra sorpresa della scolaresca che si aspettava un giro di interrogazioni.

Appena a casa un Aulin o due Optalidon, un giro veloce col cane e poi mi ficco a letto, al buio. La bambina fa un'ora di attività integrativa e fino alle sei non è da recuperare. Voglio dormire e non pensarci fino a domani. E domani è un altro giorno.

Capitolo dodicesimo

C'era una gran folla all'inaugurazione della mostra di Mainolfi, una folla come da tempo non si vedeva. Oltre alle solite facce di imprenditori professionisti cattedratici dai quaranta in su, oltre alle solite rinfichiseccolite settantenni – perlopiù profie in pensione strizzate in paltoncini di vent'anni prima, cavallettesche sbafatrici di pizzette e canapè – e oltre agli aspiranti artisti scarpati vestiti e borchiati con stravaganza funeraria, c'era anche un pubblico giovane ed eterogeneo, quello delle rassegne e festival del cinema, degli incontri con gli autori in libreria, un pubblico che dalle sale della galleria, grazie all'insolita clemenza del clima, tracimava nel cortile, un bicchiere di prosecco in una mano e un salatino unticcio nell'altra o in bocca, un pubblico in vena di ritrovarsi e di chiacchierare, prima di abbandonarsi alla febbre del venerdì sera smentendo la fama dei torinesi *bogia-nen*, pantofolai dalla culla alla tomba. Strette di mano, accenni di abbracci, pacche sulle spalle, che piacere vederti, anche voi qui?, ci sentiamo in settimana, e i gruppetti si sfaldavano e ricomponevano sotto l'attenta regia di Floriana, che aveva più orecchie e occhi di Briareo e Argo.

Lei era arrivata un po' dopo le sette, reduce da ore accidentate e faticose, parzialmente riscattate dal successo didattico conseguito in mattinata con Allegra Malacarne che nell'intervallo l'aveva raggiunta in quinta, aveva estratto dalla tasca dei jeans un foglietto stropicciato e gliel'aveva sciorinato sul piano della cattedra. E sul foglietto – *incredibile dictu* – erano vergati i versi di una canzone di Paolo Conte:

Via via
vieni via con me
entra in questo amore buio
pieno di uomini.
Via via
entra e fatti un bagno caldo
c'è un accappatoio azzurro
fuori piove un mondo freddo...

E, cosa ancora più incredibile, lei non aveva dovuto spiegare niente perché la ragazza aveva capito tutto da sola, capito che non importava affatto che ci fosse una donna reale in carne e ossa, adesso o settecento anni fa, che l'aere tremante di chiaritate e l'amore buio pieno di uomini erano belli lo stesso. Grazie Allegra, che il destino ti sia propizio e ti affranchi dal tuo sciagurato cognome. (Nancy Lo Bue, come sempre al seguito, si arricciava invece i capelli con le dita, ruminava una merendina transgenica e le guardava con aria appropriatamente bovina.)

Il giorno prima era arrivata a casa stremata per la notte insonne, per le troppe sigarette, per la carezza e le parole non del tutto inaspettate, per il mal di testa che s'era fatto feroce. Trangugiati due Optalidon si era ficcata a letto sperando nell'ottundimento farmacologico, che non era arrivato, perlomeno non subito. Occupata com'era a controllare il respiro per tenere a bada le fitte alle tempie e le ondate di nausea non aveva avuto né tempo né modo di pensare ai fatti suoi e quando Gaetano telefonò, verso le quattro, lei aveva una voce così impastata – aveva preso anche un Aulin e alla nausea si accompagnava il bruciore di stomaco – che la sua dichiarazione di malessere fu subito creduta. Alle cinque e mezzo, quando forse si sarebbe assopita, si costrinse ad alzarsi per andare a prendere Livietta: aveva pensato di chiamare la madre, pregarla di andare al posto suo, ma sapeva che il prezzo da pagare sarebbe stato salato e lei non era sicura dei propri nervi. (Di nuovo mal di testa? La verità è che fai una vita sregolata, stanotte chissà a che ora sei andata a dormire, credi di avere sempre vent'anni e invece ne hai belleché quaranta, anche se non ci pensi mai. E poi se uno ha mal di testa tutti i momenti, va dal dottore che gli faccia fare le sue brave analisi, perché potrebbe anche essere qualcosa di serio, speriamo di no, ma Luciana, la nipote di Mariuccia Tibaldo – ti ricordi la Tibaldo? era mia compagna alle elementari – Luciana ti dicevo, ha cominciato col mal di testa e adesso è su una sedia a rotelle: a quarant'anni, figurati, con un marito e una figlia pic-

cola, proprio come te.) Livietta per fortuna non ce l'aveva con
nessuno, a scuola aveva imparato una canzoncina fuori stagione innocentemente oscena ("Bianca neve lieve lieve vienmi in
mano piano piano...") e la canticchiava con fantasiose variazio-
ni di ritmo. Appena a casa si piazzò davanti alla sua tastierina
elettronica, azzeccò quasi subito le note – aveva orecchio, non
come il padre – la eseguì con tutte le basi possibili e ricominciò
da capo. Lei si occupò del cane del risotto al tartufo delle sca-
loppine al marsala di apparecchiare e sparecchiare la tavola di
sgrassare i piatti di lavare le pentole che non trovavano posto
nella lavastoviglie, sempre senza pensare, ma con una disponi-
bilità così remissiva e paziente (lascia, faccio io, non importa,
non alzarti) che avrebbe dovuto insospettire i presenti. Invece
Livietta le schioccò due baci spontanei e Renzo le chiese titu-
bante se non le dispiaceva che si assentasse per il suo pokerino
mensile. Non le dispiaceva e alle dieci era già a letto. A smaltire
Aulin e Optalidon in un sonno senza sogni.

Il mattino dopo puzzava miserevolmente di analgesici e neanche una doccia prolungata le restituì il suo odore naturale. Si annusò e riannusò schifata, cambiò biancheria e abiti – biancheria
riposta in un cassetto con fiori di achillea essiccati da cui assor-
bire l'amara fragranza – poi si arrese al fatto che doveva comunque convivere con le sue secrezioni e i suoi sensi di colpa. La
scuola, una volta tanto, fu quasi un sollievo. In quinta lesse e
commentò i sonetti maggiori del Foscolo, loro avevano un'aria
abbastanza attenta – a fine anno c'era l'esame – e lei si augurò
che in futuro, durante le ferie agostane in terra di Grecia, anche
se in un villaggio vacanze o in uno sgangherato campeggio, gli
tornasse in mente il sorriso di Venere che rende le isole feconde.
Ma coi traghetti presi d'assalto, le spiagge invase dal pattume dal
vociare umano e dallo strepito dei motori, la cosa era altamente
improbabile. In quarta le proposero di lasciar perdere l'Ariosto e
di parlare di un film che la tele aveva riproposto: il film era *Blade
Runner* e lei accettò. Durante l'intervallo si era fatta viva Allegra
Malacarne: non si poteva desiderare di più.

Nel pomeriggio si dedicò alla casa con efficiente attivismo
ma non poté più evitare di fare i conti con se stessa. Riuscì a resistere a una telefonata, lasciando che la segreteria registrasse
un laconico appello di Gaetano, ma un'ora dopo, quando lui ri-
chiamò, rispose. Sì, il mal di testa le era passato, era soggetta a
emicranie ricorrenti ma per fortuna non erano sempre così vio-
lente. Adesso stava riordinando la casa, più tardi sarebbe uscita

col marito per andare a un'inaugurazione. E lui (lui cioè tu, le sembrava ridicolo continuare a chiamarlo commissario) che stava facendo? Stava lavorando al caso De Lenchantin: particolari da verificare dettagli da far quadrare, la parte grigia dell'indagine prima di imboccare – se tutto andava bene – la strada giusta. Nel weekend sarebbe stato via, no non per lavoro, per una questione familiare, ma contava di tornare nel pomeriggio di domenica e ricominciare. L'avrebbe richiamata lunedì, aveva voglia di vederla, andava bene un caffè o un tè da Mulassano o da Baratti? Lei non disse né sì né no ma forse, gli augurò buon viaggio e chiuse con un ambiguo arrivederci.

Sto proprio imbastendo una tresca, sto cacciandomi in una storia che ha come sbocco prevedibile l'adulterio. Dopo più di dieci anni di matrimonio come brava sposa fedele. Non che mi sia costato molto per la verità, è facile essere fedeli se non si hanno tentazioni, se gli altri uomini non interessano come maschi. "Non ci indurre in tentazione" recita il Padrenostro ed è una richiesta assennata: non metterci alla prova, lasciaci nel nostro bozzolo o nella nostra valva, al riparo da forme voci colori odori idee che potrebbero farci desiderare ciò che non abbiamo o essere ciò che non siamo. Ma la tentazione è anche uno stimolo per uscire da torpori paralizzanti e abitudini sclerotizzate, è una spinta a guardare oltre, a mettersi in discussione. Sto facendo la metafisica della tentazione e intanto mi comporto come le squinzie dei romanzi rosa, quelle che dicono forse per tenere il moroso sulla corda, per fare le difficili, per farla cadere dall'alto. Io non voglio farla cadere dall'alto, ho detto forse perché non so davvero cosa farò lunedì. Non so se cederò alla tentazione di vederlo o se mi rintanerò nella mia rassicurante routine. Rassicurante mica tanto: ci andavo giù di brutto con Puntemes e Campari, avevo solo voglia di dormire cioè di non esserci... Sta' a vedere che la crisi dei quarant'anni si cura con l'adulterio invece che con la psicanalisi o la fede. Un bell'adulterio borghese con le classiche giustificazioni per le assenze: vado a spasso con un'amica, vado a sentire una conferenza, ho una riunione a scuola... Poi torni a casa, non hai bisogno dell'aperitivo, sei appagata e gentile, civetti un po' col marito, non lo scocci col tuo femminismo e le tue rivendicazioni e lui è stupito e contento e anche se ha letto i libri giusti, visto i film e le commedie giuste non sospetta niente, si compiace e basta perché non ricorda che la vita imita sempre la letteratura. E sei anche meno rompiballe con la figlia, meno greve e oppressiva, non la soffochi con le tue pretese e aspettative, insomma l'adulterio ti rende più allegra e disponibile. Se la teoria è giusta, mia madre deve essere addirittura vergine.

Però la tresca potrebbe non fermarsi lì, non esaurirsi dopo una dozzina di avvinghiamenti clandestini, potrebbe diventare passione inoccultabile, e allora che fai? Una sera ti siedi in soggiorno e ti confessi al marito: mi è capitato così e così e non riesci a eludere le frasi fatte e le orribili parole di circostanza – ho bisogno di una pausa di riflessione, non è una cosa che ho voluto – e intanto lui sta male da bestia e non sa se pigliarti a schiaffi o fingere una civile comprensione. Una vigliaccata da evitare, la vecchia ipocrisia borghese è meno spietata e cinica. A meno che non si voglia arrivare alle conseguenze estreme, rimettere tutto in discussione e dare un taglio: mi è capitato così e così scusa tanto prendo le mie cose e me ne vado. Sai il casino di complicazioni, l'alloggio cointestato, la comunione dei beni, l'affido della figlia, chi si tiene il bassotto, la madre che si strappa i capelli: alla mia età, ancora questo mi doveva capitare, mi farai morire di crepacuore... E Livietta, sempre polemica con me, come giudicherebbe una madre che sfascia la famiglia rompe le abitudini e la trascina a vivere con un estraneo?

Continuava ad arrivare gente, la galleria era piena e il cortile anche e le sculture non si vedevano più. Del resto alle inaugurazioni – se le cose vanno bene per artista e gallerista – le opere si vedono poco male o per niente, ma è importante esserci, non solo per il piacere un poco fatuo di farsi vedere – *esse est percipi* – e di vedere gli altri, ma anche per quello più genuino di sentirsi circondati da persone che condividono gli stessi interessi e si appassionano ed entusiasmano per le stesse cose. Come gli ultrà alla curva Maratona.

Lei si era allontanata dal marito, ingruppato con Beppe Anna e Paolo, e girovagava a caso con un'aria che sperava non troppo stolida, salutando qua e là, bevendo piccoli sorsi di prosecco e soprattutto scrutando facce note seminote e ignote augurandosi che arrivasse quella che aspettava. Dopo più di mezz'ora, quando ormai aveva finito il prosecco da un pezzo e non voleva berne un altro per essere lucida, quando i piedi cominciavano a gonfiarsi nelle scarpe dal tacco troppo alto, quando si era beccata la sua giusta dose di involontari pestoni e gomitate e Renzo da lontano la sollecitava a venir via con cenni della testa e spazientita mimica facciale, quando non ne poteva più di quella attesa lì impalata, lui finalmente comparve, in compagnia di una coppia stagionata che le sembrava di aver già visto da qualche parte ma non ricordava dove. E Floriana riconfermò le sue doti di onniveggenza: si materializzò accanto al Vaglietti e coppia di contorno strinse mani distribuì sorrisi e pilotò il terzetto come per caso verso l'amica, finse di vederla solo allora la abbracciò e la presentò alla compagnia. Lo stagionato risultò essere un oculista di grido a cui lei un anno prima, in un momento di sfiducia verso il servizio sanitario nazionale, aveva scucito tre inutili centoni, mentre la moglie era quella che, in funzione di amministratrice, aveva staccato la ricevuta fiscale – espressamente richiesta – con la faccia dolorante di chi si fa togliere un molare senza anestesia. Il Vaglietti risultò essere quello che era: un bell'uomo attirasguardi, un perfetto animale mondano. Dopo le presentazioni e qualche educato scambio di banalità lei capì che era arrivata a un punto morto, non poteva tirare in ballo la colleganza con la cugina defunta perché non era il luogo adatto per condoglianze tardive e non poteva slacciargli il polsino sinistro della camicia perché sarebbe stato un gesto screanzato. Ma Floriana, molto più scafata di lei nelle relazioni mondane, la soccorse con una estemporanea panzana: se era sempre interessata a trovare uno specchio di Sottsass degli anni Sessanta e l'attaccapanni-cactus della Gufram, ecco il Vaglietti era la persona giusta per scovarglieli a prezzi non proibitivi. Lei stette al gioco, sia pure con un attimo di ritardo, e nel Vaglietti, prima educatamente distratto, si risvegliò l'habitus professionale: certo, il modernariato ora si trattava perlopiù on line e le quotazioni erano abbastanza rigide, però c'era ancora modo di reperire qualche pezzo al di fuori del mercato ufficiale, soprattutto se si aveva la pazienza di aspettare qualche settimana. Voleva che se ne occupasse lui? Lei si sentì avvampare la nuca (quanto poteva costare uno specchio di Sottsass che le sarebbe piaciuto avere ma che non aveva mai avuto intenzione di comprare?) ma disse che sì certo, ne sarebbe stata ben lieta e poi, buttandosi a capofitto nell'azzardo e nell'improvvisazione, aggiunse che intendeva fare qualche cambiamento negli arredi del soggiorno, no non aveva ancora deciso come e che cosa perché il marito non intendeva rinunciare a un cassettone Carlo X che finiva per condizionare tutta la stanza... La vampata era passata, la stanchezza alle gambe anche e le stava montando dentro un'irresponsabile ridarella da scolara. Lui sfilò dal portafogli un biglietto da visita e glielo passò, lei armeggiò un momento nella borsa e poi disse credo di non averne dietro (non se li era mai fatti fare, non le servivano: una profia non rifila biglietti da visita ai sospettosi genitori dei propri allievi) e gli dettò nome cognome indirizzo numero di telefono e telefonino – sempre spento – e lui li annotò in un'agenda elettronica superpiatta e high tech. Nuove strette di mano e fine del colloquio: aveva conosciuto di persona il fascinoso arredatore, si era prodotta in una spericolata insensatezza e ne sapeva quanto prima. No, non proprio quanto prima: aveva scoperto che lui sapeva di Snuff, un profumo di Schiaparelli con un sottofondo denso e deciso di incenso, il profumo che usava suo padre prima di schiantarsi contro un Tir fuori carreggiata, un profumo per lei indimenticabile. Un profumo che da quasi vent'anni non era più in commercio.

Si allontanò dal Vaglietti e dalla coppia oculistica e si fece strada verso il marito che presumeva ormai esasperato. Lo vide invece conversare amabilmente con Mauro e con una sconosciuta bellona leopardata di stazza vichinga: altro che prodotto di nicchia, farabutto, stai tampinando una preda da sceicco arabo, una femmina appena staccata da un foglio di calendario... Ma si ricordò subito delle sue private nefandezze e lo lasciò occhieggiare la valkiria ancora un po'.

Erano le otto e mezzo, la gente cominciava ad andarsene, ci si muoveva più liberamente. Lei si avvicinò al tavolo delle bevande per versarsi altre due dita di prosecco, sempre tenendo d'occhio il Vaglietti che nella sala accanto sfarfallava tra coppie e gruppetti. E mentre armeggiava con bottiglia e bicchiere fu nuovamente colpita da una folata di Snuff. Che non poteva emanare dal Vaglietti, lontano una dozzina di metri. Inspirò forte come un cane in cerca dell'usta e individuò la propria preda a due passi di distanza. Anche questo qui sembrava evaso da un calendario o da una réclame di sarti famosi, la bellezza sta diventando un prodotto industriale, li clonano come le pecore questi belloni e bellone con la muscolatura lunga e il culo alto. Per i maschi lo stampo comprende anche barba mal rasata orecchie piccole e fossetta sul mento. L'orecchino è un optional.

Il bellone era solo soletto e non sembrava molto popolare, ché nessuno lo gratificava di saluti o cenni del capo: una new entry nel giro dei vernissage o un forestiero di passaggio che tirava l'ora di cena. Ma a un tratto lei colse uno scambio di sguardi fulmineo come una scossa, reticente e clandestino ma anche sicuramente intenzionale, e subito dopo il bellone si mosse, si avvicinò prima a una scultura e poi, dopo una serie di gavotte e minuetti apparentemente casuali, al Vaglietti. I due si salutarono ma non si strinsero la mano, come se si conoscessero appena, il Vaglietti articolò qualche parola per lei inudibile e l'altro si allontanò per riprendere il suo giro.

Mi serve Floriana, mi serve subito. Ho appena assistito a una scena vista cento volte nei film di spionaggio con Michael Caine, la spia che incontra il suo contatto o il suo supervisore in un luogo affollato e insospettabile, solo che qui non c'è stato scambio di giornali o valigette. Però un messaggio è stato dato e ricevuto.

Rintracciò Floriana e la aggredì con chi è quello lì lo conosci come si chiama cosa fa nella vita, respinse i suoi non so non lo conosco ma che t'importa, l'incalzò con avvicinalo presentati sei la gallerista no? chiedigli tutto poi ti spiego e finalmente Floriana si mise in moto, non senza aver sbuffato ma che rompiballe stai diventando, guarda che voglio una torta di zucchero in cambio.

Non una torta di zucchero ma un'intera pasticceria di Sacher bavaresi pastiere e millefoglie avrebbe meritato il maneggio di Floriana, condotto con determinazione svagata e noncurante, come se avesse il patrimonio dell'intelligence nei cromosomi o fosse stata la prima della classe ai corsi del Mossad. Senza essere Mata Hari, senza bisogno di danze orientali o carnalità allusive, gli si avvicinò gli offrì un aperitivo lo condusse nel suo ufficio ne riuscì lo presentò a cinque o sei visitatori e lo abbandonò al suo destino. Dopo un altro balletto di depistaggio tornò dall'amica con le informazioni richieste: si chiamava Ugo Arnuffi, viveva a Roma ma era spesso a Torino per lavoro, si occupava di programmi radiofonici. Gli aveva chiesto se desiderava essere informato sulle mostre della galleria, lui aveva detto di sì e le aveva dato il suo indirizzo, quello di Roma. Le serviva? Lei non sapeva se le serviva o no, ci doveva pensare.

Ci pensò nel resto della serata, non all'indirizzo, ma alla stranezza di due persone adulte che fingono di conoscersi appena ma si scambiano sguardi e messaggi, che usano lo stesso profumo introvabile da vent'anni. Andiamo per ordine. Un disinvolto bisessuale, ha detto l'altra sera Floriana a proposito del Vaglietti, uno che frequenta il giro pubblicità-teatro-televisione e probabilmente anche radio. Allora se questo Ugo è un suo amico o il suo amico – bisessuale anche lui oppure omo – che bisogno c'è di nasconderlo? Siamo nel terzo millennio, l'Inquisizione non c'è più, l'omosessualità non è proibita né scandalosa, è socialmente accettata da tutti, perlomeno negli ambienti che questi due hanno l'aria di frequentare. Il Vaglietti non ha un legame fisso – sempre a detta di Floriana – e l'Arnuffi non ha una ragazza o un ragazzo appeso al braccio: perché quel saluto frettoloso dopo lo sguardo così intenso? Perché hanno qualcosa da nascondere, perché non vogliono farsi notare insieme, ecco perché. E non usano il telefono perché non è un mezzo sicuro: il Vaglietti, nonostante il suo alibi d'acciaio, teme di essere controllato e se deve incontrare l'amico lo fa in un luogo neutro, come le spie. Lo so lo so che sembra azzardato, ma a dare plausibilità a questo castello in aria, a garantirgli le fondamenta c'è l'ultimo dettaglio, che in verità è il primo e più importante, il profumo. Due uomini che usano lo stesso profumo non inducono a nessun sospetto, è una coincidenza del gusto e nient'altro, a patto che il profumo sia di quelli in voga – Drakkar Kouros Giorgio Egoïste eccetera – che trovi ovunque, anche nei supermercati e nelle botteghe di aeroporti e stazioni. Ma se il profumo non è più reperibile da vent'anni, se è un feticcio del passato, se bisogna andare a Parigi o a Grasse per farselo confezionare apposta secondo la vecchia formula di Elsa Schiaparelli, pagandolo a peso d'oro e aspettandolo mesi, allora la cosa cambia. Allora diventa il segno inequivocabile di una complicità, di un legame che non saprei definire in altro modo se non amoroso, come i cuoricini spezzati che le coppie di adolescenti ostentano per indicare reciproca appartenenza. La scelta del profumo – di un profumo costoso raffinato e introvabile – è sicuramente più originale, ma rientra nel medesimo sistema di segni.

«Ce ne andiamo o tiriamo notte qui?» aveva chiesto a un certo punto Renzo. «Ti ricordo che ci aspetta una serata da sballo: un boccone a una tavola calda perché non c'è più tempo neppure per una pizza e poi via a prendere la figlia dai Vaudetti, che ci offriranno caffè e whisky e in cambio ci faranno vedere le diapo degli scavi che hanno fatto quest'estate. Se mi dai un coltello quasi quasi mi ammazzo qui.»

«Col coltello? Mi sembra un modo un po' primitivo. E se te lo passassi io ci resterebbero sopra le mie impronte.»

«Sta mania dei gialli! Hai bisogno di un diversivo, di qualcosa che ti distragga se no mi finisci alla neuro, tu.»

A casa, dopo che si erano slogati le mascelle a sbadigli dai Vaudetti – per fortuna il soggiorno era al buio per apprezzare al meglio le diapo con gli scacazzilli di coccetti rinvenuti in Tunisia – Renzo cercò di distrarla dirigendola subito in camera da letto con intenzioni non equivoche. E facendo l'amore a occhi aperti lei non pensò a Jeff Bridges ma a Gaetano.

Capitolo tredicesimo

Via via
vieni via con me...

Fare l'amore, anche col proprio marito e dopo dodici anni di repliche, dispone sempre all'allegria. La mattina dopo lei canticchiava Paolo Conte e intanto impastava col robot zucchero burro e farina per la torta promessa a Floriana, Renzo e Livietta dormivano, il cane anche, dopo aver liberato intestino e vescica in una precoce passeggiata mattutina.

Si era svegliata e alzata prestissimo, per sorprendere Sara prima che uscisse, come ogni giorno, a provocare il fato al Valentino insieme alla sua bastardina. Sara l'aveva conosciuta all'università, una prediletta della iella, una che aveva scampato il lager solo per ragioni anagrafiche ma aveva ugualmente incontrato sulla sua strada un'indecifrabile divinità antisemita, una che, come Giobbe, tra una disgrazia e l'altra non aveva neppure il tempo di inghiottire la saliva. Una che non era riuscita a laurearsi a Lettere – dove si laureano cani porci equini e bovini – non perché fosse eccezionalmente stupida, ma perché aveva avuto la sventura di imbattersi in un professore tignoso e malevolo, che l'aveva costretta a rifare la tesi cinque o sei volte, per il puro gusto di esercitare il proprio potere e di infierire su un'inerme. Alla sesta volta lei aveva mollato, contro il consiglio di tutti, amici e parenti, che avrebbero visto volentieri il cattedratico sfracellato in un incidente automobilistico e quasi altrettanto volentieri avrebbero manomesso di persona freni e circuiti elettrici per favorire l'evento. Il cattedratico, purtroppo, era ancora vivo e vegeto e Sara senza laurea. Aveva trovato un impieguccio al centro di produzione della RAI, inquadrata al più basso livello possibile, appena sopra ai lavacessi, e destinata a un lavoro di noia assassina: redigere gli elenchi delle canzonette e delle musiche di ogni tipo utilizzate nei vari programmi – nome del o degli autori titolo estremi del disco o della cassetta durata – e trasmetterli alla SIAE. Altri e altre facevano la loro carrierina o erano spostati a mansioni meno mortificanti, lei languiva nel suo ufficetto surriscaldato e siccome faceva bene il suo lavoro a nessuno veniva in mente di cambiarglielo. Aveva inanellato in rapida successione due mariti e un compagno che l'avevano umiliata maltrattata e depredata prima di sparire con un'altra senza salutarla. Il compagno, in particolare, un altoatesino scolpito con l'accetta, aveva approfittato di una sua breve assenza – due giorni in gita aziendale a Berna, lei non voleva andarci ma lui aveva insistito – per portarle via tutto ma proprio tutto (tavolo sedie armadio letto poltrone televisore lenzuola pentole frigo lampadari) con un trasloco organizzato scientificamente ed eseguito con efficienza teutonica. Al ritorno lei aveva trovato le sue due camere e angolo cottura desolatamente vuote, i soli oggetti superstiti erano una stampina appesa sghemba, la lavatrice che perdeva acqua e una palla di vetro con la neve e la torre di Pisa, comprata in una gita precedente. Si era seduta per terra e aveva pianto per ore, poi era scesa a telefonarle – lo schifoso si era portato via anche il telefono – perché non aveva abbastanza soldi per l'albergo (col Bancomat sapeva per esperienza che era inutile provare) e dormire per terra o nella vasca da bagno senza una coperta e un cuscino era troppo anche per lei. Gli amici e i colleghi avevano sloggiato da cantine e solai dei vecchi mobili accantonati dopo traslochi e ristrutturazioni, le avevano comprato lenzuola coperte un cuscino (uno solo) pentole piatti bicchieri e posate, ma era rimasta senza frigo per mesi, il burro in una scodella sotto il filo dell'acqua nel lavandino e i generi deperibili sul davanzale della finestra come negli ospedali. L'altoatesino, oltre a ripulirle totalmente il conto in banca, le aveva anche fregato la macchina e a lei non era rimasto – come si dice – neanche il nero sotto le unghie che aveva sempre pulitissime. Qualche mese dopo, comprati frigo e tele, indebitatasi sino alla vecchiaia per la macchina, era scivolata sulle scale di casa – l'ascensore era momentaneamente fuori servizio – si era fracassata in malo modo tibia e perone e naturalmente al pronto soccorso chi era in servizio? L'ortopedico più cane tra i cani, uno che aveva preso la laurea con i punti Kinder come Maria o non l'aveva presa affatto ed esercitava abusivamente, oppure era ciucco o strafatto di droga, uno che l'aveva rabberciata come neanche nei campi profughi del Ruanda. Risultato: una gamba più corta dell'altra, una discreta zoppìa e dolori sfibranti a ogni cambiamento del tempo. Le avevano consigliato – non l'ortopedico infame e impunito ma qualcun altro – di camminare molto per ridurre la rigidità dei legamenti e lei si era presa un cane, anzi una cagna (coi maschi aveva chiuso definitivamente, a qualunque specie appartenessero) derelitta e dickensiana come lei, di pelo scarso e sempre tremante, e tutte le mattine, a ore antelucane d'autunno e d'inverno, la portava a correre al Valentino. Gilda (mai nome fu più antifrastico) avrebbe preferito una pisciatina veloce sotto casa e poi subito su a raggomitolarsi davanti al termosifone e invece ogni mattina oltre alla polmonite rischiava la pelle tra scatenati pastori tedeschi boxer dobermann e schnauzer giganti. La sua padrona invece rischiava la rapina con siringa del solito tossico in crisi d'astinenza o lo stupro sbrigativo del solito allupato vittima di un'infanzia infelice e della crudeltà del sistema.

Sara stava giusto uscendo per il suo giro di roulette russa, ma sentì lo squillo del telefono e tornò in casa.

«Sara, che mi racconti di un certo Ugo Arnuffi? Mi hanno detto che si occupa di programmi radio, forse lo conosci.»

Lavorando sempre infrattata nel suo cubicolo, lo conosceva solo di nome. Ma siccome le era riconoscente, avrebbe fatto di tutto per rendersi utile: invece di portare la cagnetta al Valentino avrebbe arrancato fino alla RAI, anche al sabato c'era qualcuno e i tecnici avrebbero spettegolato volentieri. Sbranamento del cane rapina e stupro rinviati.

Nell'attesa che le notizie arrivassero e l'impasto della torta riposasse, approfittando del letargo generale lei andò a fare la spesa, un biglietto in bella vista sul tavolo di cucina a giustificazione dell'assenza. Supermercato o Porta Palazzo? Ciascuna opzione presentava dei pro e dei contro. Supermercato significava automobile, quattro chilometri all'andata e quattro al ritorno di strade intasate, tentazioni consumistiche di offerte speciali e tre per due, frutta verdura formaggi carne cellofanati invassoiati e plastificati. Ma significava anche parcheggio garantito, carrello maneggevole, passaggio facile tra le corsie, nessuna fregatura sul peso dei cibi e trasporto comodo fino a casa. Porta Palazzo comportava ressa da stadio, mani di velluto in cerca di portafogli, caviglie scorticate dalle maledette borse carrello, peso aleato-

135

rio (otto etti a tutti, nove a qualcuno, un chilo a nessuno, secondo il vecchio detto popolare). In compenso – a prezzi stracciati – una festa dei sensi, una dovizia di forme colori odori da far scattare il desiderio medievale e infantile dell'enumerazione: piramidi di mele pere kiwi, ghirlande d'uva, muri compatti di pomodori e patate d'ogni tipo, trecce d'aglio e cipolle, verzieri d'insalata, il sole di cachi carote e zucche, l'allegro tricolore di peperoni gialli rossi e verdi, e finocchi cavoli broccoli lampascioni cime di rapa melanzane zucchine spinaci sedani ravanelli di tutte le varietà primaticce stagionali o tardive. E poi funghi radici e tuberi cino-africani di dimensioni spropositate e dai nomi impronunciabili, frutta selvaggia con aculei terrificanti accanto agli ormai domestici manghi papaie avocadi chirimoye e litchi coltivati in collina. Nel padiglione del pesce, un universo di vite guizzanti e palpitanti ma prossime alla fine, cadaveri squamosi dall'occhio più o meno vitreo sbattuti sul marmo funerario, cumuli di conchiglie valve e chiocciole, grovigli di tentacoli e chele in cieco movimento tra urla richiami confusione e un tanfo compatto e invasivo. Sotto la tettoia dell'orologio (dove vegetariani e anime delicate stramazzavano subito) un'ostensione sfrontata di rognoni granelli fegati e trippe, quarti di bue o di vitello in sezioni anatomiche, capponi polli faraone fagiani appesi ai ganci a testa in giù, maialini cinghiali e agnelli su letti di alloro e di mirto e poi anche formaggi di ogni tipo, da quelli asettici a quelli crostosi e muffosi che franano e si squagliano, in barba a tutte le norme CEE e alle direttive igieniche nazionali. Come i cani, inguinzagliati o no, che fanno la spesa coi padroni malgrado i cartelli proibitivi, e i venditori senza camici cuffie pinze e guanti di plastica che tagliano lo spezzatino o affettano il gorgonzola tremulo con le stesse mani con cui contano i soldi e ti danno il resto. Pozza di Mediterraneo sotto le Alpi, capperi di Ginostra nel bagnet verd, aglio delle Murge nella bagna cauda, metà delle etnie del mondo unite dal cibo, passato che si squaglia nel presente e arraffa il futuro, negazione di ogni scarto tra il prima e il dopo tra l'afrore di baccalà e l'aroma intenso della menta magrebina.

Lei aveva scelto Porta Palazzo e davanti all'antico e polveroso negozio chiamato Banc Gianduja incappò nella visione di un gigantesco nero postmoderno che con la sinistra si premeva il cellulare all'orecchio e con la destra si reggeva l'uccello allegramente spisciazzante giù dal marciapiede. I vigili all'incrocio – un maschio e una femmina – chiacchieravano tra loro e guardavano altrove.

A casa padre e figlia stavano mangiando una colazione fuori misura, un'americanata da all inclusive tour e Potti guaiolava e raspava cercando di carpire bocconi proibiti.

«È un brunch» l'informò Livietta che aveva aggiunto un lemma al suo scarso inglese.

«Bene» acconsentì lei mentre svuotava le borse «così mi risparmio di preparare il pranzo.»

«È che ha telefonato Stefano» spiegò Renzo «che va a Cavallermaggiore a fotografare la più vecchia fornace del Piemonte. Mi ha proposto di accompagnarlo e viene anche Livietta così gioca con Stella che oggi è affidata a lui.»

«Porta anche Potti, un po' di moto gli farebbe bene.»

«D'accordo, via tutti e tu ti prendi la tua mezza giornata di libera uscita.»

Che stia imbastendo anche lui una tresca? Si spupazza la figlia, si porta dietro il cane, si è preparato una colazione elaborata senza lamentarsi di padelle e pentolini fuori posto o della bottiglia del latte mal tappata... oppure è la cattiva coscienza che induce al sospetto e fa immaginare colpe inesistenti, chi mal fa mal pensa?

Sara telefonò dopo le undici, lei si piazzò subito col cordless in poltrona perché sapeva che l'amica non aveva il dono della sintesi e neanche – lo scoprì in quell'occasione – quello dell'ordine e della chiarezza espositiva (che il perfido cattedratico meritasse delle attenuanti?). Aveva comunque fatto un buon lavoro, prima di tutto perché era andata a stuzzicare i tecnici, che tengono sempre affilata una lama di avversione verso tutti quelli che tecnici non sono, che campano grazie alla voce alle parole e all'aspetto, ma che non conoscono le macchine e gli infiniti accorgimenti per farle ubbidire e che si coprono di sudore solo per cambiare le pile al walkman. In secondo luogo perché – non sapendo quali fossero le informazioni utili e quali no – aveva raschiato il barile fino in fondo e aveva raccattato l'argenteria col pattume. Del resoconto affannoso e caotico l'argenteria era costituita dall'informazione che Ugo Arnuffi aveva trentadue anni e gli piacevano gli uomini. Non che lo ululasse alla luna e alle stelle, ma gli sguardi un po' troppo prolungati rivolti al ragazzo del bar o a Walter Giordanino – il Mister Universo dei tecnici – bastavano a chiarire il suo orientamento sessuale. Era autore e regista di un programma radiofonico a puntate – sessanta per l'esattezza – ciascuna delle quali comprendeva una parte registrata e una parte in diretta con le telefonate degli ascoltatori.

Sarebbe andato in onda nei primi mesi dell'anno nuovo, una puntata al giorno per cinque giorni la settimana, in totale dodici settimane, prolungabili in caso di successo. Il programma si chiamava *Il giallo e il nero* e proponeva delitti ricostruiti su fatti di cronaca, gli ascoltatori dovevano indovinare assassini e moventi, in premio c'erano videocassette gialle e nere, libri e inviti al Mystfest di Cattolica. Il programma – sempre a detta dei tecnici – pur essendo una minestra riscaldata non era tanto male, i casi abbastanza ben sceneggiati, ma la regia era debolúccia e se loro – i tecnici – non gli avessero dato una mano con gli effetti speciali e col montaggio, sarebbe risultato proprio piatto e senza ritmo. Ma questo lo dicevano sempre e di tutti, fatta eccezione per tre mitici nomi depositari di riverente ammirazione. Di puntate ne erano già state registrate una quarantina, le altre erano previste da novembre in poi, perché adesso la sala C era impegnata con una serie di radiodrammi inglesi e irlandesi. L'Arnuffi aveva finito di lavorare il 10 di ottobre (orario: sette di sera-mezzanotte), poi era ricomparso proprio nei due giorni precedenti per questioni amministrative. Sara aveva anche una serie di numeri di telefono: quello di casa a Roma, quelli dei due cellulari e quelli del residence dove abitava quand'era a Torino, il solito degli artisti, quello in via San Domenico dietro Porta Palazzo. Aveva già lavorato a Torino in maggio e giugno per un programma di Radiotre sulla storia del giallo nazione per nazione, il giallo inglese americano francese eccetera, una roba pizzosa da maniaci che aveva però fatto un discreto ascolto. Lui, Ugo, si dava la solita blaghetta da regista ma non poi troppa, offriva volentieri al bar senza metterci un'ora per trovare il portafogli nella tasca e anzi a giugno, finita la registrazione, aveva invitato a cena tecnici attori assistente alla regia consulente musicale e funzionaria responsabile del programma. E non aveva scelto una bettolicchia ma erano andati ai Tre Galli che è un posto in e trendy dove va la crema progressista della città e non aveva lesinato sui vini. Le spiaceva di non averne saputo di più, ma alle dieci era saltato un nastro e c'era stato un pasticcio con le bobine, così non aveva potuto insistere perché s'era scatenato un po' di caos.

Grazie Sara, sei stata proprio brava. Lo pensò e glielo disse, anzi glielo ripeté tre o quattro volte perché l'ego dell'amica aveva sempre bisogno di ricostituenti. Adesso non ti spiego a che mi serve sto mucchio di informazioni, ma la settimana prossima vieni una sera a cena – puoi portare anche Gilda – e ti racconto tutto. Va bene giovedì o hai impegni? Non aveva impegni, non ne aveva mai, Renzo avrebbe come al solito sghignazzato sul fatto che le sue amiche single erano sempre contro i vermi, ma Potti avrebbe gradito di sicuro perché le femmine gli piacevano tutte, anche se preferiva le irraggiungibili lupe di coscia lunga.

Come fanno la CIA e l'FBI a essere colti alla sprovvista da sette fanatiche bombaroli visionari e serial killer paranoici con tutti gli infiltrati e gli spioni e i satelliti e i computer che hanno? Basterebbero poche persone sistemate negli ambienti giusti – meglio se donne: sono più attente e ricettive e riescono a farsi passare segreti nucleari come se fossero ricette di cucina – e si verrebbe a sapere tutto di tutti. Gaetano – pause galanti e affari di famiglia a parte – si scervella a verificare particolari e a far quadrare dettagli e io, nel mio piccolo, affardello valigiate di notizie, perché i miei informatori, Elisa Floriana Sara, sono elementi di prim'ordine, non spacciatori al dettaglio e ricettatori di autoradio. Questo è delirio di onnipotenza mia cara, tipico dei ciclotimici, e poi che ne sai di quanto valgano e a quanto servano le tue valigiate di notizie?

Infornò la torta di zucchero, si sfamò con gli avanzi del brunch, fece visita alla madre – ma come funziona il riscaldamento in questa casa? al mattino si crepa di freddo e al pomeriggio bisogna spalancare le finestre, se non telefoni tu all'amministratore lo faccio io, non si può mica andare avanti così... – diede una scorsa veloce a «La Stampa» e «la Repubblica», necrologi compresi, e si concesse un lungo pisolino in risarcimento del precoce risveglio.

Alle quattro era di nuovo in pista, con la torta impacchettata a dovere. Floriana scoppiò a ridere:

«Guarda che dicevo per scherzo, non eri mica tenuta a...».

«Certo che ero tenuta, soprattutto perché non è finita. Da' un'occhiata qui (estrasse un cartoncino dalla borsa): Capogrossi, Superficie 112, anno 1953, 150 per 200, Renzo ha fatto uno schizzetto a memoria dei pettini o forchette o comesichiamano, sono rossi e neri su sfondo bianco. Questo è il quadro del Bagnasacco che secondo lui è falso, l'altro è un Manzoni del '59, un caolino grinzato 60 per 80, ma lo schizzetto non era facile da fare. Se non arrivano subito comitive di compratori a liberarti dei Mainolfi, prestami un po' d'attenzione prima di attaccare con la torta. Quando siamo andati a riportargli l'agenda della moglie, il Bagnasacco ha fatto fare a Renzo una visita guidata della sua collezione e oltre al Twombly gli ha magnificato il Ca-

139

pogrossi e son rimasti lì a guardarlo per un'eternità. Ora nessuno, a meno che sia scemo o creda scemo l'altro, spaccia per buona una crosta appesa in mezzo a roba miliardaria, ergo: se il Bagnasacco non è scemo e non pensa che lo sia Renzo, gli fa ammirare il Capogrossi perché crede che sia autentico. Mi segui o ti stai solo ingozzando? E se crede che sia autentico, quello buono è stato imboscato a sua insaputa. Dalla moglie dal Vaglietti dal maggiordomo o da chi vuoi tu. Prima copiato e poi fatto sparire. Cosa voglio da te? Che ti informi sulla questione e non dirmi che non è possibile perché ti ho vista all'opera ieri sera ed eri meglio di James Bond. E se vuoi continuo a pagarti in natura, un'altra torta di zucchero o una bavarese arlecchino o un crumble di mele e uva.»

Floriana spazzò via le briciole dalla scrivania e sollevò la cornetta del telefono.

Capitolo quattordicesimo

Alla fine non era stato né no né forse e alle quattro di lunedì pomeriggio stavano seduti da Baratti nell'ovattata sala interna, intorno a loro il cicaleccio quieto e discreto di signore e signori di mezz'età ed età intera, sul tavolino un piatto di pasticcini della casa un tè e una cioccolata calda.

«Stavolta offro io» aveva esordito lei. Non sapeva quanto guadagnassero i commissari, ma sospettava che lo Stato fosse avaro coi poliziotti come lo era coi professori e non voleva continuare a scroccare.

«Rivendicazione femminista o tentativo di ristabilire le distanze?»

«Né una cosa né l'altra, solo desiderio di equità. E poi mi fa piacere offrirti un tè.»

«In questo caso...» acconsentì lui, ma aveva l'aria ingrigita e vagamente distratta di chi ha lavorato troppo o ha dormito male o è preoccupato e lei sentì un'improvvisa fitta di tenerezza che non sapeva come definire (materna fraterna amorosa?) e insieme il desiderio di confortarlo e di vederlo sorridere.

«C'è qualcosa che non va?»

«Si vede?»

«Si vede. Scusami, sono stata indiscreta. Non sempre riesco a frenare il mio lato canino.»

«Canino in che senso?»

«Nel senso che la tristezza del prossimo, non di tutto il prossimo, sia chiaro, mi mette in apprensione e ho subito voglia di scodinzolare o dare la zampa o fare qualche numero da circo per tirare su il morale.»

«Fammelo, allora, un bel numero da circo.»

141

«Qui? Adesso?»

«Sì.»

«Sei proprio sicuro di volerlo?»

«Sicurissimo.»

«D'accordo. Ma se non riesce sarà un autentico disastro, preferisco avvertirti prima. E avremo addosso gli occhi di tutti.»

«Accetto il rischio. Forza!»

Così, nel tempio della torinesità beneducata dove nessuno alza la voce nessuno si gratta scompostamente nessuno sbadiglia senza la mano davanti alla bocca nessuno – diociscampi – emette rutti o flatulenze nessuno fa quello che non si deve fare, lì proprio lì, in mezzo a bisbiglianti prostate e menopause lei decise temerariamente di esibirsi nell'unico gioco di destrezza che aveva imparato, destrezza però di alta scuola, roba da maestri, anche se il più delle volte non le riusciva. Glielo aveva insegnato da bambina il nonno Pietro, che lei avrebbe voluto come padre e aveva amato più del padre, un nonno dal passato avventuroso e dal presente precario, tollerato in famiglia come un mobile ingombrante che non si butta perché è un lascito inalienabile. Gli altri erano rigore ed efficienza: devi fare questo e non fare quello prepara la tavola mastica bene lavati i denti; lui non aveva l'orologio, faceva mille mestieri e nessuno, le comprava i dolcetti proibiti – girelle di pseudoliquirizia sabbiosa con la pallina colorata al centro ginevrine sucai gemme di pino e anche meringhe con panna come schiuma da barba e bomboloni con l'ombelico di crema gialla – la portava sulla canna della bici in errabonde gite periferiche, le insegnava a giocare a tarocchi a fare a botte e a riconoscere gli alberi. (Con gli alberi era sorta più tardi qualche difficoltà, perché l'insegnamento era stato impartito in dialetto stretto e tradurre *fo* e *rol* in faggio e rovere era stato relativamente agevole, ma per scoprire che *malesu* e *arbra* corrispondono a larice e pioppo c'era stato bisogno del dizionario.) E di sera, in cucina – il padre in volontaria reclusione a leggere in camera da letto, la madre e la nonna in sala a trepidare con gli sceneggiati – l'aveva pazientemente istruita in quel famoso gioco, che consisteva nello sfilare la tovaglia dal tavolo senza provocare il rovinio delle soprastanti suppellettili. Che, per l'apprendistato, non erano piatti di Limoges o bicchieri di cristallo, ma pentole e pentolini che cadendo frastornavano la casa. Il padre, nel suo nascondiglio, scuoteva presumibilmente la testa, la nonna e la madre prorompevano all'unisono nell'immancabile *"ma 't las propi gnente d'aut da fè?"*.

E adesso, alla vigilia dei quarant'anni, lei era lì a tentare nel luogo meno adatto il gioco che era stato l'orgoglio della sua infanzia. Lo spirito del nonno e il dio degli ubriachi e degli incoscienti vegliarono sulla sua prova e le infusero l'indispensabile secchezza del movimento: la tovaglia si sfilò e a terra cadde soltanto un cucchiaino, il suo. Con un gesto di magniloquenza circense – da domatore o trapezista – lei completò l'esibizione sistemando la tovaglia su una sedia libera: intorno il bisbigliare era cessato e venti paia di occhi e un occhio scompagnato la fissarono allibiti. Gaetano scoppiò in una risata rumorosa e a un trio di opime settantenni sfuggì un divertito sghignazzino.

«Ho voglia di baciarti» confessò lui tra i sussulti finali della risata. Ma non era un'affermazione erotica, era l'equivalente di un applauso e lei lo interpretò nel modo giusto.

«Ci è andata bene, pensa lo sfracello di tazze e teiera per terra, lo sciupio delle bignole spiaccicate... Che avresti fatto, di', se il direttore di sala fosse venuto qui a fare le sue rimostranze?»

«Ti avrei difesa. Oppure avrei fatto anch'io un numero da circo tirando fuori il tesserino e dicendo polizia, non s'immischi, è un esperimento richiesto dalle indagini...» poi, dopo una pausa, cambiò tono e continuò: «È per mia sorella che sono preoccupato.»

Altra pausa, più lunga questa volta. Lei preferì non chiedere, non forzare. Se voleva raccontare o sfogarsi lo avrebbe fatto comunque.

«Mi ha telefonato venerdì, voleva vedermi. Sono partito sabato mattina, l'ho raggiunta a Zurigo. Ma come fai ad aiutare chi non vuole veramente essere aiutato? Aveva un occhio blu, un labbro spaccato, lividi dappertutto, ma non ha permesso che facessi niente, era già pentita di avermi chiamato. Era stato Eric, il suo amico o compagno o convivente o come vuoi chiamarlo a ridurla così, non mi ha detto il perché ma posso immaginarlo, lei era scappata da Strasburgo e si era rintanata in una topaia di Zurigo, un posto fetido da quarto mondo, altro che Svizzera. Era scappata ma voleva già tornare, a farsi riempire di botte un'altra volta, a rischiare la pelle in quel bordello di discoteca dove lui lavora spaccia e traffica in quel che c'è di peggio. Inutile parlare, dirle che non può continuare così, che si sta rovinando del tutto, che è ora di piantarla e di tornare a casa o se non a casa qui da me e ricominciare da capo... A casa non ci torno neanche morta, ha risposto, se vengo da te non duro una settimana, cosa vuoi che ricominci, tanto senza lui non ci resisto, lo

143

so ci ho già provato... I miei si rodono l'anima, non sanno tutto ma lo immaginano, pensano al peggio, a quello che non è ancora capitato ma capiterà. Con lui ho parlato tre o quattro volte ma ho le mani legate: tua sorella è maggiorenne, mi dice, non la tengo incatenata, se ne può andare quando e come vuole, di donne come lei o meglio di lei ne trovo cento... È già stato un paio di volte in galera, spaccio rissa e altro, ma ha imparato la lezione e adesso il lavoro sporco e al dettaglio lo fa fare ad altri. Potrei farlo pestare come si deve, un lavoro da professionisti fatto bene, calci e pugni nei punti giusti e qualche osso fracassato, non avrei neppure troppi scrupoli se solo servisse, ma diventerebbe un martire, mia sorella gli farebbe da madre e da infermiera e sarebbe ancora peggio. Così non faccio niente e lei si infogna sempre di più. Dovrei essere abituato a queste storie, ma lei è mia sorella, l'ho vista in culla, le ho insegnato ad allacciarsi le scarpe e a soffiarsi il naso...»

Non c'era niente da dire se non banalità e lei rimase zitta ad aspettare che la pena si attenuasse e intanto pensava a Livietta. Ha solo otto anni ma presto ne avrà quindici e poi venti e chissà come si sbozzerà e chi incontrerà e che scelte farà... È tutto così casuale così imprevedibile negli anni faticosi dell'adolescenza e della prima giovinezza e il vento della dispersione soffia così forte...

Lui si versò un'altra tazza di tè – che doveva ormai essere freddino – e bevendolo riacquistò l'espressione e la compostezza di sempre. Sfogarsi gli ha fatto bene, pensò lei, i poeti, che la sanno lunga, dicono che parlando il duol si disacerba oppure è l'effetto miracoloso della cup of tea: gli inglesi sfidavano impavidi le bombe hitleriane se solo avevano a portata di mano il loro scipito infuso nazionale.

«Anche il lavoro non ingrana. Quel maledetto omicidio della tua collega continua a farci dannare. Ore e ore di interrogatori, controlli di telefonate e conti in banca... mille indizi e nessuno valido, mille ipotesi e nessuna che regga.»

«Posso farti qualche domanda?»

«Puoi, ma io non posso risponderti.»

«Fingiamo che io sia una giornalista rompiballe, di quelle col microfono in mano dei film americani, una che assedia poliziotti e giudici e...»

«E io sono l'ispettore Callaghan tiro dritto e non ti dico niente.»

«L'ispettore Callaghan non mi piace, troppo macho e misogino. Fingiamo che io sia una parente alla lontana e che ti incontri per caso al caffè e che scambiamo quattro chiacchiere.»

«Per caso dopo mezza dozzina di telefonate.»

«Va bene, sono una profia tignosa che s'incaponisce sull'omicidio di una collega. Non perché la collega le fosse simpatica ma per pura sfida intellettuale. Domanda: Marco Vaglietti ha o non ha un tatuaggio sul braccio sinistro, un tatuaggio uguale o simile a quello di Bianca? Non ce l'ho fatta a slacciargli il polsino e a verificare di persona.»

«Hai conosciuto il Vaglietti? Come? Quando?»

«Non vale. Se non rispondi tu non rispondo neanch'io. Non puoi mica obbligarmi, non sono indagata.»

«Perché il Vaglietti dovrebbe avere un tatuaggio sul braccio?»

«E dagliela! Non mi freghi coi tuoi giochetti, ho letto troppi gialli. Sto tatuaggio ce l'ha sì o no?»

«Non lo so, neanche noi gli abbiamo slacciato il polsino. Ha un alibi di ferro, non aveva screzi con la cugina, non risulta nessun movente. Anche se, a fiuto, è uno che non mi piace. Adesso tocca a te, dimmi perché dovrebbe avere un tatuaggio come quello della De Lenchantin.»

«Perché Bianca non era tipo da tatuaggi e lui invece sì. Non me la vedo a dirsi: oggi vado a farmi tatuare e poi infilarsi in uno di quei bugigattoli con candele accese indianerie della mutua e ciarpame new age. La vedo invece se è un gioco, se è con qualcuno che la spinge e quel qualcuno può benissimo essere il cugino visto che stavano spesso insieme.»

«Come sai che stavano spesso insieme?»

«Ho i miei informatori. E poi erano insieme prima del delitto, no? A comprar tappeti.»

«Informatori? E chi sarebbero?»

«Piano, piano, non pretendere troppo.»

«Sei tu che pretendi. E non mi hai ancora detto come e quando hai conosciuto il Vaglietti.»

«L'ho visto al funerale di Bianca e l'ho conosciuto venerdì scorso, all'inaugurazione di una mostra. Me lo sono fatto presentare, abbiamo scambiato quattro parole e gli ho chiesto di procurarmi uno specchio e un attaccapanni. Non che li voglia veramente, era solo un pretesto.»

«Che intrigante! E cos'altro hai fatto?»

«Niente di importante. Mi sono fatta delle domande e ne ho fatte in giro. E sono convinta che se lui ha un tatuaggio come quello di Bianca tra i due c'era dell'altro oltre alla cuginanza.»

«Amici e conoscenti lo escludono. Al marito non lo abbiamo chiesto, per ora.»

«Lo so che lo escludono. Però era girata qualche voce in proposito, anche se adesso tutti stanno abbottonati.»

«Ma come fai a saperne tanto?»

«Informatori, ti ho detto, anzi, per la precisione, informatrici. Bianca era una persona abbastanza in vista in un certo ambiente, non è stato difficile scucire informazioni, anche perché io non sono un poliziotto e con me si può parlare a ruota libera. E poi Torino, come diceva Pavese, è una *portierìa*.»

«Passale a me, le tue informazioni, chissà che non mi servano.»

«Te ne passo una, una che avevo deciso di tenere per me. Però parto da lontano per inquadrare bene la situazione e se sbaglio tu mi correggi. Dunque: il Vaglietti è un bell'uomo fascinoso, lei lo conosce da sempre perché è suo cugino, anche se la cuginanza è traballante perché lui è figlio del cognato vedovo di suo padre, un cugino d'acquisto e sbilenco. Lei lo frequenta ma sposa, chissà perché, il Bagnasacco che è slavato e bruttarello.»

«Il perché si sa: è pieno di soldi, mentre Bianca e suo padre all'epoca del matrimonio erano pieni di debiti.»

«Molto bene, per soldi, come si supponeva. Il Bagnasacco che è slavato ma non credo stupido, come mai non vede nel Vaglietti un pericolo, come mai non si scoccia che la moglie vada sempre in giro con lui, come mai permette che qualche voce di corna circoli tra i conoscenti? Mi puoi dire che i mariti sono sempre gli ultimi a sospettare, ma io non credo che la ragione sia questa.»

«E quale sarebbe?»

«La ragione è che il Bagnasacco non considera il Vaglietti come un possibile rivale in fatto di letto.»

«Perché mai? Il Vaglietti ha storie di letto con uomini e donne, forse più con donne che con uomini.»

«Perché, questa è l'informazione o meglio l'indiscrezione che ti passo e che tu hai i mezzi per verificare, Bianca e Marco oltreché cugini sono probabilmente fratellastri.»

«O diosanto! E come?»

«La madre di lei ha piantato il padre e se ne è scappata in Brasile col cognato, cioè col marito della sorella di suo marito. E insieme pare che abbiano fatto un figlio, il Vaglietti appunto, che risulterebbe fratellastro di Bianca per parte di madre.»

«Non ne sapevamo niente, non risulta da nessuna parte, nessuno ne ha parlato e sì che abbiamo interrogato mezzo mondo...»

«Credo che sia un segreto ben tutelato. Trent'anni fa le faccende di famiglia non si spiattellavano in televisione, si chiudevano negli armadi più nascosti e si buttava via la chiave.»

«E tu come hai fatto a trovare la chiave?»

«Un'amica. Che non è sicura della cosa, nel senso che non ne ha le prove, ma del suo intuito io mi fido perché non ha mai parlato a vanvera.»

«Se è così, torna in ballo la pista del ricatto.»

«Qualcuno che ricatta Bianca perché ha scoperto che lei e Marco sono fratellastri?»

«Qualcuno che ricatta Bianca perché va a letto non col cugino ma col fratellastro. L'incesto non va di moda neanche adesso. Bianca si ribella e il ricattatore la accoppa. Non è male come ipotesi, ma ci sono dei ma.»

«Adesso tocca a te.»

«Cosa mi tocca?»

«Devi fornirmi qualche informazione. Due, piccole piccole, in cambio della mia che piccola non è.»

«Lo sai che non posso.»

«Cercherò di aggirare l'ostacolo. Ti faccio un paio di domande e tu dimmi quello che ti pare opportuno. Non ne farò alcun uso, te lo prometto.»

«Sentiamo.»

«Uscita dal tappetaro, di Bianca si perdono le tracce, così dicevano i giornali. Quindi, presumo, niente taxi e nessuna telefonata. È così?»

«Sì.»

«Allora va a piedi all'incontro con l'assassino. Nessuna sosta intermedia?»

«Una sosta c'è stata.»

«Un prelievo di soldi?»

«No.»

«Un acquisto?»

«Sì.»

«Dove? Che cosa ha comprato?»

«È un altro particolare che non quadra. È andata da Paissa e ha comprato una scatola di dolci, una scatola di cialde Bargilli di Montecatini.»

«Buone! E le ha mangiate?»

«No.»

«Non quadra davvero. Non ha senso che abbia comprato una scatola di dolci per il suo ricattatore, a meno che non intendesse farcirli di veleno come le polpette dei cani. Che fine hanno fatto?»

«I dolci? Non li abbiamo trovati.»

«E la borsetta?»

«Neanche quella: né dolci né borsetta né cellulare. L'assassino si è sbarazzato di tutto.»

«Allora la storia dell'agenda...»

«L'abbiamo montata noi per innervosirlo. Ma non è servita a niente.»

«Perché non c'era scritto niente o perché l'assassino non si è innervosito?»

«Per tutti e due i motivi. Hai detto che volevi due informazioni, te ne ho passate una mezza dozzina.»

«Esagerato! La seconda domanda è questa: ti risulta che Bianca abbia fatto qualcosa di strano o di inconsueto nella giornata di domenica?»

Lui si appoggiò meglio allo schienale della sedia e la guardò divertito: alla sorella non pensava più da un bel pezzo.

«Perché non hai fatto l'investigatrice? E perché mi fai questa domanda?»

«Prima risposta: perché non mi era venuto in mente. Però è un bel lavoro e se rinasco ci faccio un pensierino. Seconda risposta: perché nell'agenda la pagina di domenica è vuota e anche quella di lunedì, un bel contrasto con tutta l'attività dei giorni precedenti. Il marito è a Parigi e lei sola soletta, eppure non segna né un appuntamento né un impegno.»

«La verità è che vuoi sapere se ha passato la domenica col cugino fratello e la prendi alla larga perché speri di fregarmi.»

«Fregare te proprio nel tuo campo? Sarei scema se lo sperassi.»

«Ma hai tentato lo stesso, ammettilo.»

«Lo ammetto. Devo anche pentirmi?»

«Non è necessario. Comunque, soltanto perché mi hai fatto il tuo numero da circo, te lo dico ugualmente. Tanto ormai l'etica professionale è andata a farsi fottere. Non è stata col cugino, se ne è stata tutto il giorno in casa, ha dormito fino a tardi, ha fatto una doccia, uno spuntino leggero; vuoi anche sapere cosa ha mangiato? Una tazza di latte scremato con fiocchi d'avena, due crostini integrali e una mela, uno schifo di pasto, ha cercato al telefono il Vaglietti ma lui non c'era, gli ha lasciato un messaggio in segreteria e ha provato col cellulare che però era spento, ha fatto un giro nel parco, è rientrata, si è chiusa nello studio e lì è rimasta fino all'ora di cena. Testimonianza dei domestici che erano in servizio anche di domenica perché il giardiniere era assente fino a sera e non si lascia la signora da sola e la villa incustodita. A cena ha mangiato riso lesso al pomodoro e una paillard con insalata di radicchio, roba non schifosa ma penitenziale, poi ha ricevuto una lunga telefonata dal marito e due da amiche, ti interessano i nomi? Eva Orlandini e Fabrizia Daviso, ha visto un film in videocassetta, *Molto rumore per nulla* di e con Kenneth Branagh in versione originale inglese ed è andata a letto. Informazione supplementare non richiesta per cui mi merito un altro numero da circo o analoga dimostrazione di riconoscenza: il Vaglietti ha passato il weekend a Montecarlo, partenza in macchina verso le dieci di sabato, arrivo intorno all'una, pranzo relax e poi Casinò, idem più o meno la domenica. Rientro nella tarda mattinata di lunedì. Non ha dormito in albergo perché ha le chiavi dello studio di un amico. Tutto confermato. Siccome il Vaglietti non ci piace, l'abbiamo torchiato a dovere e ci siamo presi la briga di controllare tutto quello che ha detto. Purtroppo, purtroppo per noi, non ha contato balle.»

«Era solo nel weekend monegasco?»

«Pare.»

«Pare?»

«Lui ha detto che era solo. E non siamo riusciti a provare il contrario.»

«Vuoi un altro tè?»

«No grazie, è tardi. Ho marinato il lavoro come un liceale e poi non ho fatto altro che parlare di lavoro. Di lavoro e di mia sorella. Non pensavo che sarebbe andata così. Ti chiamo domani, non dirmi di no.»

«Come si chiama?»

«Chi?»

«Tua sorella.»

«Non te l'ho detto? Francesca.»

«È un nome bellissimo... Con un nome così, sono sicura che se la caverà.»

La casa era in completo sfacelo. Stanze in disordine, letti da rifare, lavastoviglie da svuotare, cena da preparare. Luana aveva telefonato domenica sera per avvertire che doveva accompagnare la zia invalida a una visita di controllo e che sarebbe venuta al pomeriggio anziché al mattino. Andava bene? Sì, andava bene lo stesso, lei si era fidata ma la lazzarona non era comparsa, lasciando però in segreteria un messaggio indecifrabile composto da mugolii raschiamenti di gola e pause con sottofondo di rumore di tram. Renzo e Livietta arrivarono tardi, dopo le sette, ed era ancora tutto da fare.

«Non hai previsto niente per cena?»

«No, scusami, mi sono persa nella lettura.»

«Di che cosa? Elenco telefonico necrologi libri di vudù?»

«Del dizionario.»

«Andiamo già meglio. A quale voce ti sei persa?»

«Cercavo nocchia, non ricordavo cosa vuol dire, ma mi sono persa a nodo, ai nodi di mare che hanno nomi bellissimi: matafione parlato vaccaio a gassa d'amante d'ancorotto di coda d'anguilla a zampa di gatto a gambe di cane a testa d'allodola a sartia d'amore...»

«Ti saranno utilissimi. Hai intenzione di imbarcarti sulla Santa Maria?»

«Dacci un taglio. Se non sopporti me e le mie letture possiamo sempre chiuderla qui. Tu da una parte e io dall'altra, non sarebbe la fine del mondo per nessuno.»

«Ma cosa dici?»

Il tono di lei, insolitamente aspro e assertivo, l'aveva sorpreso e confuso: «Vieni qui, abbracciami, stavo solo scherzando. Lo sai che mi piace mugugnare, come a tutti i genovesi».

«Tu non sei genovese, sei africano.»

«Solo per sbaglio. Sono genovese-afro-piemontese. È passata? Andiamo a cena fuori, così non c'è da cucinare e chi se ne frega della casa in disordine.»

«E Livietta?»

«Con noi, niente nonna questa sera. Giochiamo alla sacra famiglia, madre padre e pargoletta. Lo sai che ti voglio bene e non dire più stupidaggini.»

Affetto, tenerezza. Dopo dieci anni di matrimonio e due di convivenza in prova che cosa pretendi? La febbre dei sensi l'ardore della passione l'ansia di scoprire corpo e anima dell'altro? C'è l'intimità del letto condiviso, lui che ti scalda i piedi infreddoliti, che ti cerca con la mano mentre dorme. E la battuta ironica, il battibecco non sono che la trama del nostro rapporto, il nostro modo di stare insieme e anche di apprezzarci. Tutto questo parlare di sesso sesso sesso. Sesso e soldi, il binomio del presente, ss, un acronimo di infausta memoria. Andiamo a cena fuori e dormiamoci sopra.

Capitolo quindicesimo

Un'altra mattinata persa. Senza telefonata bombarola ma coi carabinieri ugualmente presenti, arrivati in pompa magna per una spettacolare dimostrazione di efficienza.

Già dall'anno prima la preside – madama Buonpeso o più concisamente Bipi – era stata avvertita che nella scuola c'era un discreto giro di droga, hashish marijuana ed ecstasy come in tutte, ma probabilmente anche eroina – e lei non ci aveva creduto. Madama era una geniale filosofa napoletana e in qualità di erede di Spaventa e di Croce aveva elaborato una personale teoria della conoscenza, in base alla quale la realtà non è che la proiezione sensibile dello schema interpretativo dell'osservatore e pertanto se nel suo schema mentale la droga nell'istituto non era contemplata, nell'istituto la droga non c'era punto e basta. Vedi don Ferrante con la peste.

«Io» diceva orgogliosa sporgendo il davanzale delle tette «conosco i miei studenti uno per uno (una balla, erano quasi mille) e passo il mio tempo a osservarli giorno dopo giorno dentro e fuori della scuola (doppia balla: se ne stava perlopiù sprangata nel suo ufficio – la luce rossa fuori della porta a scoraggiare i postulanti – a giocare a campo minato sul computer o a consultare siti di araldica su Internet) e so con certezza ASSOLUTA che nell'istituto Fibonacci la droga non è mai entrata e non entrerà mai, dico MAI.»

Infatti.

I carabinieri erano arrivati poco dopo le nove con tanto di sirena e lampeggianti, avevano dribblato le proteste presidenziali espresse in vibrato stampatello maiuscolo e avevano dato inizio a una perquisizione capillare, con i loro bellissimi cani antidroga dal manto lucido e dall'occhio liquido. Anche i conduttori dei cani erano bellissimi, ragazzoni ben piazzati innamorati delle loro bestie. Aule corridoi ripostigli cessi tutto era stato fiutato a dovere, giacconi bomber piumini e zaini, e poi tutti gli esseri umani presenti, inclusi democraticamente professori bidelli segretarie e tecnici e fors'anche Bipi catafratta nell'orrore a piano terra. I cani si erano impuntati una dozzina di volte, tra sguardi allarmati e facce sbiancate, e la roba era saltata fuori: quello che si pensava e quello che si temeva più qualche dose imprevista di coca. Cocaina addirittura, roba da figli di papà, da fighetti e squinzie collinari, inaspettata nelle tasche di questi smandrappati che piangono miseria e si strappano i capelli ogni volta che gli consigli un libro da diecimila lire.

Come e perché i carabinieri si fossero decisi a quest'azione dimostrativa era un mistero, qualcuno ipotizzava l'insistenza di una madre occhiuta e tenace, oppure si poteva pensare a qualche vanteria sbadata nei bar della zona, o magari all'intervento di Mancuso, il professore di ginnastica del corso B, che a dispetto della teoria di Woody Allen secondo cui chi non sa far niente insegna e chi non sa insegnare insegna ginnastica, era un uomo intelligente e di buon senso, dotato di un sano pragmatismo, e osservando – lui sì – gli allievi nell'ambiente informale di palestra e spogliatoio era stato il primo a dare l'allarme.

In mezzo a tutto quel bailamme di cani carabinieri professori allievi, cattedre sedie banchi spostati, indumenti fiutati, a lei si era avvicinato cautamente con aria cospirativa il bidello Altissimo, uno scansafatiche malinconico, che preso il coraggio a quattro mani le aveva allungato una cartellina zeppa di fogli dattiloscritti: erano le sue poesie e se lei pro-pro-professoressa (tartagliava) se vo-vo-volesse leggerle mi fa-farebbe proprio una co-co-cortesia. Era un evidente pegno di stima, non si poteva dire di no. Di sotto intanto madama s'era attaccata al telefono e tempestava tutti quelli che le capitavano a tiro e avevano la linea libera, provveditorato segreterie di assessori comunali provinciali regionali comando dell'Arma suo marito: non si capacitava dell'onta subita della violazione del diritto di asilo del buon nome della scuola, della SUA scuola, infangato e le sfuggiva la banale constatazione che di roba ne era stata trovata un bel po'.

Il giorno dopo si venne a sapere che i carabinieri si erano mossi a colpo sicuro: sorvegliavano uno spacciatore della zona e l'avevano visto rifornire due spilungoni muniti di zaino scolastico che poi erano entrati nell'istituto (alle otto e mezzo, e la giustificazione graziosamente avallata da madama era che non passava il tram). Rapido arresto dello spacciatore, contatti con la sezione cinofila autorizzazioni varie e successiva irruzione a scuola, per incutere se non altro un po' di fifa ai tentennanti e ricordare a padri e madri che non basta comprare capi Nike e Prada – veri o taroccati – per sentirsi in pace con la coscienza.

Di fare lezione regolare, dopo, neanche pensarci, tanto valeva approfittare della tempesta emotiva per porre qualche domanda quasi escatologica senza moraleggiare troppo, per cercare di arrivare al nocciolo del problema che era poi semplicemente questo: che ne volete fare, miei poveri ragazzi confusi e insicuri, della vostra vita?

Al termine della mattinata, psicodramma in sala professori: la preside che continuava a esternare la propria indignazione simulando mancamenti da soprano, qualche supplente che cercava di ingraziarsela con sbalorditi scuotimenti di testa e, soprattutto, nonostante la logica aristotelica, nonostante Galileo e Newton, un coro di anime belle – anime belle che di professione facevano gli insegnanti – che pasticciavano coi concetti di causa e di effetto, che confondevano il prima e il dopo, che non avevano mai imparato a giocare a guardie e ladri.

«Una vergogna, una vera vergogna!» pigolava la Jannelli, una mammola casa scuola e mondo dei sette nani «pensate agli incubi che avranno stanotte questi poveri ragazzi...»

«Ma piantala» tagliò corto lei «gli incubi non ammazzano, l'eroina sì.»

Si era fatta un'altra nemica, ma Mancuso e qualche altro collega approvarono in silenzio.

In ogni caso, un anno cominciato pericolosamente: una collega accoppata, una dozzina di studenti fermati dai caramba, ci mancava solo lo scoppio della caldaia o qualche caso di epatite per far crollare a zero sia le quotazioni del Fibonacci sia le gratifiche di stipendio a madama legate al numero degli allievi.

Uscita da scuola si affrettò a prendere il tram per andare alla posta a recuperare un pacco che nessuno il giorno prima aveva ritirato: non lei, assente per tutta la mattinata e buona parte del pomeriggio, non Luana che aveva disertato e neppure la portinaia, a suo dire impegnata a lavare le scale e a spazzare il cortile, ma più probabilmente evasa dalla guardiola e imbucata in cucina a leggere tarocchi e fondi di caffè, a consultare i Ching e la sfera di cristallo, a stringere o allentare fatture d'amore sotto lo sguardo garante di Padre Pio, effigiato in un calendario, in una statua di gesso e in due quadri fosforescenti. Sul tram, semivuoto come raramente accade ma puzzolente come sempre di scarpe da ginnastica e di sudore su acrilico, un paio di bambinetti scorrazzavano e un paio di signorette distillavano perle di saggezza:

«Sti bambini sono proprio tremendi.»

«Eh, ma guai se non ci fossero.»

«Però non dovrebbero disturbare.»

«Colpa dei genitori se non imparano.»

La madre, una ricciolona con lattante nel marsupio, le guardava con distaccato interesse entomologico.

Il pacco risultò essere quello che lei temeva: provenienza Harare (Zimbabwe) mittente la cugina Romilda contenuto tre ponderosi romanzi scritti da lei medesima. Dopo aver sfogato la propria esuberanza creativa nei campi più disparati – giardinaggio lombricicoltura manufatti ingegnosamente inutili e/o ingombranti – la cugina, complice il climaterio, era infine approdata alla letteratura e sfornava romanzi al ritmo di mezza dozzina all'anno, facendone gradito omaggio in pacchi semestrali a tutti i membri della famiglia vicini e lontani. Non potendo competere coi leoni e i diamanti di Wilbur Smith si era specializzata in storie di sesso hard (su cui aveva probabilmente un'esperienza imprecisa) che le riuscivano di disarmante goffaggine: "Le loro bocche si incontrarono, prima esitanti ma ben presto trascinate in un vortice di passione. Poi Alan la penetrò con furia selvaggia, come se in lui l'istinto primordiale del maschio si fosse improvvisamente risvegliato e Brenda, gemendo di un piacere mai provato prima, sussurrò: 'Tu sì che sei un vero uomo'". E toccava sempre a lei leggere una pagina sì e quattro no per sostenere l'immancabile esame nelle vacanze di Natale, quando la cugina, carica di orpelli etnici, tornava in patria per le riunioni di famiglia, mentre Renzo dichiarava lapidario che lui non leggeva romanzi.

È la giornata degli inediti, sospirò mettendo da parte i tre tomi (a Natale mancavano quasi due mesi) e attaccando invece subito le poesie di Altissimo che – ne era sicura – l'indomani l'avrebbe braccata già al portone d'ingresso. Albe tramonti cieli di primavera d'estate d'autunno d'inverno di mezze stagioni sole pioggia nebbia e vento, un repertorio da meteorologo declinato in una lingua da Tarzan: ma che gli dico domani a quello lì, come faccio a destreggiarmi senza offenderlo? Anche la riserva di vaghezze ed eufemismi ha i suoi limiti.

Poi, girandola di telefonate.

Di Luana che aveva litigato con sua madre: «Se non sono venuta ieri non era colpa mia, mia zia non l'hanno passata al controllo e ho dovuto fare altre carte per la mutua, gliel'ho telefonato dalla cabina ma sua mamma stamattina mi ha inveita, ce lo dovrebbe dire a sua mamma che non si arrabbi così, io i lavori li ho fatti tutti e la casa è in ordine, l'avrà visto anche lei».

Di sua madre che era andata a giocare a pinnacolo ma non poteva differire la propria versione dei fatti: «Ai miei tempi una così l'avrebbero licenziata subito, non solo non viene ma poi ha anche ragione e alza la voce, io non dovrei immischiarmi ma come fai a sopportarla, a non dire niente e farti mettere i piedi in testa, non capisco proprio in che mondo vivi».

Di Ginotta che li invitava a passare la festa dei Santi a casa sua: «Tu, marito figlia e anche cane, che il cielo ci assista, ma mi raccomando non dire niente di quella faccenda a Diego e grazie ancora per avermi tirata fuori dalle grane».

Di Gaetano che telefonava dalle Basse di Stura e sembrava telefonasse dalla Siberia tra crepitii affievolimenti e interferenze.

«Un altro delitto, due cadaveri sfigurati in un furgone rubato. Roba di mafia di sicuro, nostrana albanese o ucraina, troppo presto per dirlo con precisione. In ufficio hanno tutti l'influenza, sta maledetta cinese quest'anno è in anticipo e così mi sono beccato anche questo caso. Chissà per quanto ne avremo qui, il medico legale non ha ancora finito, la scientifica neanche e il sostituto procuratore la tira per le lunghe. Ho bisogno di vederti, davvero, va bene domani?»

«Non va bene, ho una riunione straordinaria a scuola che finirà di sicuro tardi. Stamattina i carabinieri hanno trovato della droga e domani ne discuteremo sino alla nausea. Però ti invito a cena per giovedì.»

«A cena?»

«Sì a cena, a casa mia. Così mi vedi nell'ambiente domestico, conosci mio marito e mia figlia e mettiamo da parte tutti e due le fantasie che possono esserci venute. No, non interrompermi se no non riesco a finire. Ho quarant'anni, un marito cui voglio bene e che mi vuole bene e non mi piacciono gli inganni. Vieni a cena e diamo una piega diversa alla nostra conoscenza: siamo adulti entrambi e possiamo riuscirci.»

Silenzio imbarazzato o stupito dall'altra parte. O era caduta la linea?

«Gaetano, mi senti? Dimmi di sì e non spendiamoci intorno altre parole.»

«D'accordo. A che ora?»

«La cena? Alle otto e mezzo ti va bene?»

«Benissimo. Niente violette, presumo.»

«Niente violette. Se ce la fai ad arrivare prima, prima che arrivino gli altri ospiti voglio dire, possiamo vedere altri dettagli su quella faccenda.»

«Hai altre rivelazioni-bomba?»

«Non lo so ancora, potrei averle. E tu?»

«Non lo so ancora, potrei averle anch'io.»

«Perché mi rifai il verso?»

«Perché, nonostante tutto, mi metti allegria.»

Anche questa è fatta. Due piccioni con una fava: ho liquidato una faccenda pericolosa e ho imparato a usare il telefono. Grazie – forse – ai disturbi sulla linea.

Infine, la chiamata di Floriana. Sabato, disse, aveva fatto un giro di telefonate improduttive, uno non c'era l'altro non sapeva l'altro ancora era impegnato con un cliente, di domenica non si lavora e al lunedì molte gallerie sono chiuse, ma quella mattina aveva fatto bingo. Aveva rintracciato Lino Calauzzi – infrattato nel weekend nella sua baita in montagna dove il telefonino non ha campo – l'aveva presa alla larga e infine, dopo venti minuti di divagazioni e mezze promesse di lavoro, era venuta a sapere che sì, aveva copiato un Capogrossi del '53, 150 per 200, fondo bianco e forchette rosse e nere, su incarico dei proprietari. Renzo ha davvero l'occhio di falco, aveva commentato Floriana e lei aveva dovuto convenirne. Il lavoro era stato fatto verso la fine di luglio e gli avevano anche messo addosso una certa fretta perché poi partivano in vacanza. Non aveva trattato direttamente con il signor Bagnasacco e neppure con la signora – povera signora, che fine orribile – ma col cugino che era il loro consigliere e factotum in fatto di quadri, lei lo conosceva di sicuro. Certo che lo conosceva, era uno che se ne intendeva e ne capiva, aveva comprato da lei dei bei pezzi per conto dei suoi clienti eccetera. Congedato il Calauzzi, anche lei aveva avuto voglia di saperne di più, una motivata curiosità professionale, perlamiseria: i Bagnasacco fanno fare una copia del loro bel Capogrossi, la appendono e la spacciano (lui perlomeno) come buona, ma l'originale che fine ha fatto? Altro giro di telefonate e finalmente aveva beccato al cellulare Oreste Masera, un faccendiere romano che campava, come tanti, di truschini più o meno limpidi nel giro di quadri critici d'arte professori e gallerie, l'aveva presa alla larga anche con lui – mezz'ora di cellulare, le era costata una fortuna ma ne valeva la pena – e doppio bingo! Il Capogrossi in questione era stato venduto all'inizio di agosto proprio a Roma, l'aveva comprato Alfio Caruana dell'Open Space e anche se gli rimaneva un bel po' in magazzino andava bene lo stesso, perché il prezzo era stato più che conveniente. Il proprietario aveva fretta di realizzare, evidentemente, e non aveva fatto di sicuro un buon affare, ma il gallerista sì. Del Manzoni, invece, nessuna traccia. Se Renzo aveva ragione – e ce l'aveva di sicuro visto che col Capogrossi l'aveva centrata in pieno – anche il Manzoni era stato copiato e poi venduto, ma chissà quando e chissà dove. In ogni caso il comportamento dei Bagnasacco era ben curioso: vendere a spron battuto un quadro da museo, rimettendoci fior di milioni, quando, a giudicare dalle apparenze almeno, non dovevano avere certo dei problemi di liquidità. Peccato non averlo saputo, sarebbe stata più contenta di farlo lei, l'affare, invece di quel tamarro puzzone del Caruana coi suoi braccialetti d'oro e crocifissi al collo.

«Guarda che il Bagnasacco continua a crederlo buono, il suo Capogrossi» le ricordò lei «se no non starebbe lì a magnificarlo e a rimirarlo tutto goduto.»

«E non si accorge che è una copia?» sbottò Floriana «ma allora che cazzo di collezionista è? Non dovrei essere io a dirlo, ma se li meritano proprio i bidoni se comprano quadri solo per coprire le pareti e non distinguono una crosta da un capolavoro.»

«Diamogli qualche attenuante, a quel poveretto. La morte della moglie, tanto per cominciare.»

«Tutte le attenuanti che vuoi, ma la vedovanza non rende mica ciechi! Renzo si è accorto che è un falso al primo sguardo e lui che ce l'ha sotto gli occhi tutti i giorni non lo vede?»

«Forse non lo vede proprio perché ce l'ha sempre sotto gli occhi: lo guarda ma non lo vede.»

«Allora torniamo al punto di partenza: è un collezionista del cazzo.»

E con questa perentoria affermazione aveva chiuso il discorso, anche perché stava arrivando in galleria un potenziale acquirente per Mainolfi, un collezionista – forse – non del cazzo.

Capitolo sedicesimo

Com'è contento Renzo quando gli racconto la vicenda del Capogrossi, non finge l'educato disinteresse e la superiore condiscendenza del connaisseur onnisciente, dice invece contami contami bene, vuol sapere tutto dal principio alla fine per filo e per segno. E quando gli ripeto – per la terza volta – che Floriana si è complimentata per il suo occhio di falco, è raggiante come un bambino che ha finalmente imparato a fare le bolle con il chewing-gum.

«Vuoi un aperitivo? Campari Puntemes dimmi cosa» propone generoso.

«Vino piuttosto, un Arneis bello fresco.»

«E due fette di salame, seduti al tavolo di cucina. Livietta vuol fermarsi a cena dalla nonna, che ne dici, la lasciamo?»

«Se lo vuole lei...»

«Un bel rompicapo. Fa copiare un quadro vende l'originale e spaccia per buono quello falso, non ha senso.»

«Secondo me un senso ce l'ha.»

«Quale?»

«Ha un senso se partiamo da una premessa diversa. Il Bagnasacco non sa che il Capogrossi è stato copiato, non sa che è stato venduto, crede che sia appeso l'originale e lo ammira e fa ammirare tutto compiaciuto. In questo modo quadra tutto, però ha ragione Floriana, di arte ne capisce un cazzo e invece che ai Cremona e ai Da Milano doveva fermarsi ai clown con la lacrima e ai gatti che arruffano un gomitolo.»

«Il quadro venduto a sua insaputa dalla moglie e dal cugino... sì, così quadra. Lui è, mettiamo, in viaggio per affari e loro quatti quatti staccano il quadro lo fanno copiare e ne approfittano per fargli un bel bidone. Un bidone da trecento milioni come minimo.»

«Lui non è in viaggio per affari, loro non staccano il quadro quatti quatti. C'è la servitù, c'è la possibilità di un ritorno anticipato, non bisogna correr rischi.»

«Allora?»

«La cornice, quella comprata dai Palmieri, non ricordi? Il Bagnasacco ha detto che l'aveva fatta cambiare perché quella di prima non gli piaceva. Il momento buono per fregarlo è quello. Alla fine di luglio, prima di partire per le vacanze.»

«Che ne hanno fatto i cugini del malloppo? Come l'hanno diviso, fifty-fifty o a lui solo gli spiccioli?»

«Qui la faccenda si complica. Vuoi che continui o prepariamo la cena?»

«Continua, continua, ci ho preso gusto. Due quadri copiati e venduti di soppiatto: c'è da scriverci su un bel giallo. Per la cena c'è tempo.»

«Secondo me tra i due cugini c'era anche una storia di sesso.»

«Solo perché truschinavano alle spalle del marito?»

«Per quello e per altro. Se solo avessi la conferma che lui ha un tatuaggio identico o simile a quello di Bianca... C'è un'altra cosa che non sai: secondo Elisa tra i due c'è un legame ancora più stretto, sono fratellastri per parte di madre.»

Sbalordimento di Renzo: che per riprendersi versa altro vino taglia altro salame e ci aggiunge un cartoccio di olive mentre lei lo mette al corrente della storia.

«Ma perché non mi hai raccontato niente?»

«Perché storcevi il naso e tiravi in ballo la paranoia tutte le volte che nominavo la Dielle sia da viva sia da morta.»

«Be', effettivamente... ma adesso è diverso. Che ne avran fatto dei soldi?»

«Lui, il cugino, è uno che gioca forte, anche nel weekend prima dell'omicidio era a Montecarlo, a entrare e uscire dal Casinò.»

«Come fai a saperlo?»

«Il commissario Berardi, quello che si occupa del caso. A proposito, l'ho invitato a cena per giovedì.»

«Ferma ferma un momento. Ricevi confidenze dalla polizia, inviti a cena un commissario... c'è altro che devo sapere?»

«Solo dettagli. E qualcuno potresti aiutarmi a chiarirlo una volta per tutte.»

«Per esempio?»

«Per esempio quello della cornice. In un giallo il controllo dei tempi è fondamentale. Mi piacerebbe essere sicura che la cornice del Capogrossi è stata cambiata a fine luglio, così capisco se ho visto giusto o no.»

«Telefono a Gianni Palmieri?»

«Appunto. Gli hai mandato un sacco di clienti, ti può ben fare una soffiata. Dio che portineria! E metti il viva voce che voglio sentire anch'io.»

Ma prima che lui ci arrivi, il telefono si mette a squillare. Lei risponde. All'altro capo c'è Sara che comincia a profondersi in scuse per il disturbo:

«Non state mica mangiando, guarda che posso chiamare più tardi, se non va bene adesso dimmelo pure senza complimenti, io resto in casa e non ho problemi a...»

«Piantala Sara, va benissimo adesso. Come stai?»

«Io bene grazie, ma Gilda non tanto.»

«Che cos'ha?»

«Male a una zampa. Gliel'ha morsicata stamattina un cagnaccio al Valentino.»

«Perché continui a portarla al Valentino, quella povera bestia?»

«Io devo camminare, lo sai.»

«Tu sì, ma alla cagna non l'ha ordinato nessuno. Falle fare solo un giretto sotto casa, soprattutto adesso che comincia a far freddo.»

«E io?»

«Tu cosa? Tu puoi andare a lavorare a piedi, così la sgambata la fai lo stesso e ti risparmi la ressa del tram o i soldi del parcheggio.»

«Ma lo smog...»

«Sara per piacere non dire fregnacce. Lo smog c'è dappertutto, anche ai giardini, e comunque è meglio lo smog dei guai che ti possono capitare al Valentino.»

«Tu dici? Ci penserò. Ti ho telefonato per sapere se è sempre valido l'invito per giovedì...»

«Sì.»

«... e anche per dirti che non porto Gilda perché è meglio che stia a riposo e non affatichi il piottino. E ancora per un altro motivo che non so se ti interessa.»

«Dimmi.»

«Sai quell'Arnuffi? Be', ho continuato a far domande qua e là, penseranno che mi sono presa una cotta per lui ma chi se ne frega, alla RAI spettegolano anche su uno starnuto, figurati, comunque la cosa che ti volevo dire è questa: sopra il polso sinistro ha un tatuaggio.»

«Un tatuaggio! Di che tipo? Aquila drago freccia...»

«No no, una specie di braccialetto colorato.»

«Sei sicura?»

«Io non l'ho visto, me l'ha descritto un tecnico, un soggetto strano per un uomo...»

Un braccialetto tatuato sopra il polso sinistro. Se lo stesso tatuaggio ce l'ha pure il Vaglietti la storia si complica, il gioco diventa a tre e bisogna scoprire chi è il personaggio centrale, Bianca Marco o Ugo, ammesso che esista un centro e le coppie non siano mobili. Ma io propenderei...

«Chi è questo Arnuffi?» s'informa Renzo mentre fa il numero dei Palmieri.

«Te lo dico dopo, adesso telefona.»

Renzo telefona, monta un'elaborata panzana per giustificare la richiesta, e la risposta – dopo una rapida consultazione al computer – è che la cornice è stata venduta alla fine di luglio, al trasporto del quadro al negozio e ritorno ha provveduto il Vaglietti, sulla sua macchina ci stava.

Ho visto giusto, pensa lei mentre spiega chi è l'Arnuffi che cosa fa a Torino come e quando l'ha visto che profumo usa: a fine luglio i due cugini-forse-fratellastri-forse-amanti ordiscono l'inganno del quadro perché hanno bisogno di soldi, o forse solo lui ne ha bisogno perché si è infognato nei debiti di gioco e ha l'acqua alla gola. Magari ci sono di mezzo gli usurai e se rinvii troppo le scadenze e lasci capire che non puoi pagare quelli ti rovinano, cominciano con un pestaggio fatto da professionisti seri e poi se continui a menarla per le lunghe e si convincono che i soldi non li hai, ti fanno stendere con due colpi di pistola, un agguato sotto casa mentre rientri di notte, così nessuno ci riprova a fregarli. E lei, lei che non gli nega niente perché gli vuole bene o è pazza di lui, attacca a dire al marito che la cornice del Capogrossi è proprio brutta – immiserisce il quadro, lo mortifica – che bisognerebbe cambiarla, che se ne può occupare Marco che sa scegliere bene, è il suo mestiere, no? Affidiamoci a lui.

Neanche da pensare che resti una traccia bancaria dell'operazione: conti all'estero società di comodo assegni girati e rigirati sino al capogiro, quella è gente che ci sa fare e ha fior di commercialisti e avvocati farabutti che oliano i passaggi e aggirano gli ostacoli. Resta però il Caruana, il gallerista romano, che ha sì fatto un buon affare ma che a questo punto risulta l'anello debole: se la polizia arriva sino a lui – ammesso che il Capogrossi abbia attinenza col delitto – come giustifica l'acquisto? Mica può dire che l'ha pagato in contanti, non si tratta di un panetto di burro. E perché uccidere Bianca se il debito è stato saldato? Ammazzare qualcuno comporta sempre dei rischi e non ha senso farlo senza un motivo valido, l'etica degli usurai è più miserabile di quella degli scarafaggi, ma dell'economia hanno una visione lucida e articolata, non accoppano chi ha pagato e forse pagherà ancora, non tirano il collo alla gallina che fa le uova.

Non regge, non regge per niente. Resta la pista del ricatto, ma anche qui, quanti ostacoli! I presunti ricattatori avrebbero dovuto conoscere il legame di parentela tra Bianca e Marco, avere prove consistenti della loro intimità, fotografie registrazioni filmati, documenti oggettivi e inoppugnabili, che avrebbero scardinato il matrimonio di lei e coperto di melma tutti quanti. Ma lei e lui si facevano vedere insieme apertamente, come bravi parenti anche se un po' sbilenchi, evitavano smancerie ed effusioni in pubblico, tutelavano il loro rapporto con barriere di protezione difficilmente penetrabili. Quindi niente alberghi per gli incontri di letto e meno che mai la casa di lei, non solo per un residuo di decenza nei confronti del marito, ma perché è difficile gabbare la servitù: le lenzuola ciancicate e l'inconfondibile odore di amplesso parlano da soli, non basta sprimacciare i cuscini lisciare le coperte e aprire le finestre per eliminare le tracce. Non resta che la casa di lui, uno scapolo non ha la domestica a tempo pieno, gli basta una servente un giorno sì e uno no, al mattino, poniamo, dalle nove all'una, e al pomeriggio la casa è vuota e libera, può accogliere visitatori e visitatrici e le tracce dell'attività erotica non imbarazzano né scandalizzano la colf, lui è giovane, che diamine, è ben giusto che si diverta con chi gli pare. Lei scende in città col suo fuoristrada o con una utilitaria più mimetizzabile, parcheggia a quattro o cinque isolati di distanza, mai due volte di seguito nello stesso posto, infila nel parchimetro una saccocciata di monete per non rischiare la multa, *melius abundare*, compie qualche manovra dilatoria – un acquisto, una sosta al bar – che serva a depistare un conoscente incontrato casualmente e insieme ad attizzare il desiderio, poi si infila nel portone giusto, sale le scale o prende l'ascensore, suona il campanello, entra e si getta nelle braccia di lui. Scena da film vista e rivista. Concentriamoci sui particolari: il portone è aperto o chiuso, la casa ha o non ha portineria? Se il portone è aperto si elimina l'imbarazzo della sosta davanti al citofono prima che si schiuda il battente, ma di sicuro c'è una portinaia o portinaio che rappresenta un pericolo ben maggiore. Andrebbe bene uno di quegli stabili con studi di avvocati e medici, agenzie di assicurazione, uffici di import export, il portone è aperto e c'è il portinaio, ma non sa se vai a farti fare l'agopuntura o a preparare le carte per la separazione e il divorzio, sei solo una delle tante persone che entrano ed escono senza chiedere informazioni, passo rapido e aria di chi sa già dove andare. Però, però: Bianca è una bella donna che non passa inosservata, soprattutto se le sue visite si ripetono con una certa regolarità e c'è sempre il rischio – remoto, ma c'è – che il portinaio veda lui e lei insieme in un altro luogo, anche i portinai ogni tanto smammano dalle loro guardiole. No, l'optimum è un altro: una bella casa del centro storico ristrutturata di recente, una casa dove ognuno si fa i fatti suoi sprangato dietro porte massicce di noce, il portone chiuso che si apre quando lei è a un passo dalla soglia, perché lui ha spiato il suo arrivo dalla finestra o, meglio ancora, è stato avvertito da una rapida chiamata fatta cinque passi prima col cellulare. Oppure, ancora più semplice, lei ha le chiavi.

Va bene anche un loft, c'è una zona che ne è piena dalle parti del mercato dei fiori, vecchi stabilimenti o botteghe artigiane riconvertite in abitazioni chic, l'ideale per un arredatore che può dar prova del proprio estro con una suddivisione inusuale degli spazi e l'accostamento di pezzi scompagnati, sedie da cinema invece dei divani, insegne al neon al posto dei lampadari, bancone da macellaio come piano di lavoro. Basta controllare, perché non ci ho pensato prima?

«Che ci fai con la guida del telefono?»

«Cerco l'indirizzo del Vaglietti. Vediamo: Vaglica Vaglienti Vaglietti, eccolo qui, via Stampatori, centro storico, via che una volta era un puttanaio e adesso un gioiello, bel posto per abitare. Anche il suo amico romano abita in centro, qui al residence di via San Domenico, a Roma in Trastevere, in via della Cisterna.»

«Vuol dire qualcosa?»

«Vuol dire che hanno gusti simili. Vuol dire anche che a Bianca bastava fare quattro passi per andare da scuola a casa del cugino e così si spiega perché avesse chiesto il trasferimento al Fibonacci, che come istituto non fa gola a nessuno.»

«Tante tessere che combaciano, ma il puzzle non viene.»

«Non viene neanche alla polizia, per adesso. L'assassino è stato abile o fortunato o tutt'e due le cose.»

Abilità e fortuna: l'accoppiata che sta dietro a ogni successo. Decidi che vuoi ammazzare qualcuno e costruisci una sceneggiatura dettagliata dell'impresa, scegli le modalità d'attuazione, stabilisci le sequenze, passi all'azione, cancelli o attenui ogni indizio. Prima di tutto il luogo, dal quale dipende l'arma. Bianca è stata uccisa in luogo chiuso, appartamento o automobile, perché all'aperto puoi usare una pistola o un coltello o anche un sanpietrino abbandonato da un corteo di squatter, ma non puoi strangolare la tua vittima – operazione che richiede un certo lasso di tempo – a un incrocio o sotto i portici: l'indifferenza metropolitana ha dei limiti e a Torino la cultura del non vedo e non sento ha sì messo radici, ma non ha ancora attecchito come una foresta amazzonica. Un appartamento garantisce privacy e libertà di movimenti, ma comporta l'inconveniente di dover trascinare il cadavere sino a un mezzo di trasporto, auto o furgone, per poi scaricarlo in luogo idoneo. In auto è più facile il dopo ma più difficile il prima, non puoi scegliere l'angolazione giusta da cui iniziare l'azione per via dello spazio ristretto, non puoi contare sul fattore sorpresa. Bianca ha di sicuro opposto resistenza divincolandosi sgomitando e graffiando, ha cercato di salvarsi con la forza della disperazione e dei suoi muscoli tenuti in esercizio: l'omicidio deve per forza essere avvenuto in un luogo fuori mano, estrema periferia collina o fuori città. Sono in macchina, lui al volante e lei sul sedile accanto, litigano in modo feroce, lui ferma la macchina, l'afferra alla gola e stringe: la sequenza non funziona. Oppure, come nel *Padrino* e nei mille altri film mafiosi, l'assassino colpisce dal sedile posteriore, mentre l'autista-complice continua a schiacciare la frizione cambiare marcia accelerare come se niente fosse, ma anche così quadra poco perché questo non è un delitto con stigmate mafiose.

In un appartamento, allora, e lì Bianca ci è andata subito dopo la scelta del tappeto e l'acquisto delle cialde di Montecatini. Che non sono un particolare irrilevante: comprate per suo uso e consumo o come dono per chi doveva incontrare, sono comunque indice di una certa lievità d'umore, l'esatto contrario di quello che supponevo quando ha rifiutato il colloquio con Gina.

Oppure si può riscrivere la storia in un altro modo.

Bianca ha un sabato fitto di impegni ma la domenica libera, dorme fino a tardi e cerca Marco ma lui non c'è e il cellulare è muto, la giornata diventa lunga e noiosa e si insinuano pensieri sgraditi – perché non chiama dov'è con chi è – e l'indomani i pensieri sono fitte di rabbia e di pena, non ha certo voglia di vedere quella mezza calzetta di vicina né di occuparsi dei suoi bastardi, ma poi lui telefona e conferma che sì, come d'accordo passerà a prenderla per andare da Alì Babà e ha pronto un cumulo di spiegazioni rassicuranti che non la convincono del tutto ma quasi e quando lo lascia l'umore è cambiato o sta cambiando e le cialde di Montecatini ci stanno benissimo.

Ma qui – inaspettata – cala la mannaia del destino.

Capitolo diciassettesimo

Gaetano era arrivato un po' dopo le otto e mezzo, senza le scon-
sigliate violette ma con una neutra e inoffensiva bottiglia di
whisky buona per tutte le occasioni. Subito dopo essersi scusato
del ritardo – arrivo adesso dal lavoro – e prima ancora che scat-
ti il meccanismo delle presentazioni è monopolizzato da Livietta che ha aspettato eccitata il suo arrivo.

«Tu sei davvero un poliziotto?»

«Sì, davvero.»

«Allora devi avere la pistola, me la fai vedere?»

«Adesso non ce l'ho.»

«Non ci credo. Hai detto che arrivi dal lavoro e allora ce l'hai,
mica puoi averla lasciata in macchina, è troppo pericoloso.»

Gaetano si arrende alla logica, sbottona la giacca, estrae dalla
fondina ascellare la pistola e la esibisce a Livietta, che, mani
dietro alla schiena, la osserva con grande attenzione.

«Beretta calibro nove» sentenzia sicura.

«Come fai a saperlo?» s'impensierisce la madre.

«Kevin.»

«Kevin?»

«Adesso è mio compagno di banco, me l'ha messo la maestra.»

«Ma non ti picchiava sempre?»

«Prima; dopo che gli ho dato la scarpata con me è diventato
buono. Lui fa la raccolta delle dispense sulle armi e me le fa vedere, la Beretta è un'automatica e spara otto colpi. Poi nell'intervallo giochiamo insieme.»

«A cosa? Alla guerra?»

«No, al cane. Lui si mette a quattro zampe, fa il cane e io lo
porto a spasso col guinzaglio.»

«O mioddio, e non ha ancora letto Masoch...» sospira Renzo.

«Non mi pare un bel gioco» pedagogizza la madre «soprattutto per Kevin.»

«Perché? A lui piace. È stupido, mamma, sa solo fare a botte o giocare al cane. A me mi pare che il cane è meglio.»

Mai discutere con Livietta che ignora il buonismo, se ne infischia delle ipocrisie consolatorie e ha della vita una visione darwiniana. Gaetano sorride e dice:

«In certe cose ti somiglia.»

Renzo gli lancia un'occhiata interrogativa ma poi si dedica a sbrigare la faccenda delle presentazioni. Nomi cognomi e qualche minimo dettaglio professionale, Stefano fotografo, Amalia medico alle Molinette, Giulia e Achille produttori di vini langaroli – ci fanno il regalo di venderceli a prezzo di costo, se no li berremmo di rado – Sara che lavora alla RAI, Gaetano che è già stato presentato da Livietta. Ce n'era voluto per metterli insieme, non perché l'invito fosse partito in ritardo, ma perché lei aveva voluto fare le cose secondo le regole del bon ton, con Sara e Gaetano non posso invitare altre due coppie, sembrerebbe che voglia affibbiare lei a lui o viceversa e li metterei in imbarazzo, ci vogliono altri due single uomo e donna e poi una coppia per ristabilire un'accettabile media sociologica e far contenti quelli del CENSIS. Alla fine la scelta era caduta su Stefano, appena uscito da un divorzio strappato con le unghie e coi denti (l'ex moglie era una psicologa televisiva esperta in motivazioni, da quelle dei pompini di Clinton a quelle dei pedicelli di sua zia e nessuno la rimpiangeva) e su Amalia, che preferiva relazioni intermittenti e vaghe che non interferissero col suo lavoro e la passione per i cavalli. Anche la conversazione a tavola segue le regole del bon ton e di una civile alternanza di interventi: una dissertazione sui rossi piemontesi che permette ad Achille e Giulia di spiegare la differenza tra vini nature e barricati, un intervento di Amalia contro l'accanimento terapeutico, la deplorazione da parte di Stefano del degrado paesaggistico prodotto da leggi dissennate e/o da mancanza di controlli; intanto Sara tace ma approva gentilmente, tutti lodano i dunderet al Castelmagno e il cosciotto d'agnello al forno, Gaetano soddisfa le curiosità di Livietta che ha mangiato prima ma invece di andarsene come d'abitudine lo subissa di domande (Hai già ammazzato qualcuno? Quando prendete gli assassini gli date delle belle botte? Perché no? Guarda che funziona), lei cambia piatti e posate sbarazza la tavola serve il dolce e cerca di zittire la figlia. Renzo è meno loquace e pungente del solito, sembra studiare cautamente il nuovo ospite, ma poi scocca la scintilla del feeling – l'interesse condiviso per l'arte tribale africana – e si rimpallano notizie sulle maschere dei Kuba, sulle pitture della reggia di Gawiro, sulle decorazioni dei tamburi dei Mushu, si promettono scambi di libri e meno male che non c'è un proiettore per le diapo. Lei si sente vagamente esclusa ma pensa che è meglio così, niente piagnistei e rimpianti, se ho detto no che no sia, non voglio scivolare nel sentimentalismo da rotocalco, da lettere alle giornaliste eredi della contessa Clara, basta rivoltare la faccenda e vederla in positivo: uno di questi due uomini è mio marito e l'altro ha fatto qualche pensierino su di me, che voglio di più? E nel bel mezzo di zucche istoriate e galli con la testa di serpente Sara, che si sta momentaneamente annoiando, come gli altri del resto, sbotta:

«Ti è poi servita la mia operazione di spionaggio?»

Gaetano si blocca e guarda interrogativo l'una e l'altra aspettando la risposta, Renzo riattacca precipitoso coi copricapo piumati sperando di sviare l'attenzione, gli altri si incuriosiscono perché hanno subito capito che è stato toccato un tasto sbagliato.

«Mi è servita tantissimo» interviene lei «adesso quando la colf mi dice che è malata e che non viene so dove va e mi metto il cuore in pace.»

Sara spalanca la bocca per ribattere – ha tempi di reazione non fulminei – ma lei la previene:

«Chi vuole il caffè?»

Lo vogliono tutti – mannaggia, tocca fare due caffettiere – in compenso Sara ha capito che deve rimandare la sua curiosità e la conversazione slitta imprevedibilmente su un argomento che coinvolge tutti, i luoghi della memoria, quelli che abbiamo stampati in mente ma non sappiamo se esistono ancora o se, pur esistendo, corrispondono al ricordo. Giulia parla di Tropea com'era prima dell'edilizia selvaggia; Achille di un'osteria di Alba fumosa e puzzolente di sigaro toscano, alle pareti due targhe di smalto bianco filettate di blu – "Vietato sputare per terra" – e gli avventori ubbidienti scaracchiavano nelle sputacchiere o nei fazzoletti; Amalia rievoca il cortile della sua infanzia, un cortile da *Azzurro* con l'erba tra i ciottoli di fiume e torme di gatti tra i vasoni di coccio; Sara racconta della grotta delle cento corde nascosta sulle colline tra Finale Ligure e Borgio Verezzi, una grotta che termina in una spaccatura che dall'alto arriva sino al mare e in cui le cento corde servivano per mettere in salvo se stessi o la roba durante le razzie d'un tempo.

«Sapresti ritrovarla?» chiede Stefano.

«Credo di sì, anche se sono passati quasi trent'anni.»

«Mi ci porteresti?»

«Se vuoi...»

«Ti va bene domenica, questa domenica?»

«Ma veramente...» indietreggia lei.

«Guarda che non sono Barbablù, le referenze te le possono dare i qui presenti. E poi ho appena fatto un divorzio e non ho intenzioni di nessun genere.»

«Di divorzi io ne ho fatti due e mezzo e di intenzioni ne ho meno ancora.»

«Come si fa a fare mezzo divorzio?» s'informa Amalia.

«Ci si fa piantare da uno stronzo convivente che si frega anche tutto il fregabile.»

«E tu che gli hai fatto, dopo?»

«Io? Niente.»

«Potevi mandargli due gorilla che gli fracassassero braccia o gambe.»

«Invece la gamba me la sono fracassata io e guarda come mi ha sistemata un tuo collega.»

«Gli avrai chiesto i danni, spero.»

«No.»

«Allora sei recidiva. Guarda che se porgi la gola trovi subito chi ti sgozza.»

«Vuol dire che bisogna renderle quando te le danno?» s'inserisce Livietta.

«Si capisce, e più forte che puoi» le conferma Amalia.

«Io lo trovo giusto, ma mia mamma non è sempre contenta. Tu Gaetano cosa dici?»

Gaetano non sa cosa dire, non ha mai dato lezioni di educazione civica a una bambina e se la cava come può:

«La difesa è ammessa, ma non deve essere eccessiva.»

«Cioè uno schiaffo per uno schiaffo e un pugno per un pugno?»

«Più o meno.»

«Se uno mi tira uno schiaffo e io gliene rendo uno siamo pari ma non è giusto, perché è lui che ha cominciato. È giusto se gliene rendo due o tre e gli faccio passare la voglia. Oppure gliene rendo uno solo ma di quelli che stecchiscono.»

«Non sarebbe ora di andare a letto?» propone la madre.

«Per favore no, mamma, ancora un momento. Allora Sara ci vai o non ci vai con Stefano?»

Sara è messa con le spalle al muro e dice di sì, ma non sa come parcheggiare Gilda che ha sempre male al piottino e non può arrancare sulle colline di Finale e neanche stare in macchina tutto il tempo perché prenderebbe freddo; te la tengo io, dice lei, e prevede una domenica ingombra di cani e di bambini, ma per un'amica si fa questo e altro.

Verso mezzanotte comincia l'esodo, prima Achille e Giulia che devono tornare ai loro bricchi, poi Amalia che attacca il lavoro alle otto, Sara e Stefano se ne vanno poco dopo prendendo accordi per la domenica – Gilda te la porto alle sette e mezzo, è troppo presto o ti va bene? – non va bene per niente ma bisogna dire di sì e resta soltanto Gaetano, Livietta si è ritirata alle undici dopo mille resistenze e la minaccia di una sberla.

«Gliel'hai sbottonato sto polsino sì o no?» chiede subito lei entrando brutalmente *in medias res*.

Gaetano non tenta di schermirsi o di tirare in ballo il solito segreto professionale e ammette che il tatuaggio c'è, identico a quello di Bianca:

«Avevi proprio ragione, abbiamo ripreso a torchiarlo ma lui si difende bene, dice che l'hanno fatto due anni fa, erano in vacanza a Ischia lui lei e il marito, è stato una specie di gioco, una ragazzata un po' fuori tempo ma niente più.»

«E il Bagnasacco conferma?»

«Conferma, non era entusiasta della cosa ma non gli sembrava un crimine.»

«Quello i crimini non li vede neanche se glieli fanno sotto il naso.»

«Che vuoi dire?»

«Voglio dire che lo fregavano di brutto coi quadri e lui non se ne accorgeva. Adesso ti spiego.»

Gli spiega, con l'aiuto di Renzo che avalla le rivelazioni, la faccenda del Manzoni e soprattutto del Capogrossi, che si è lasciato dietro delle tracce luccicanti come bava di lumaca.

«Perché non me lo hai detto prima?» chiede lui mentre annota nomi dimensioni descrizioni e valutazioni.

«Perché non ne ero sicura. Perché non è detto che c'entri col delitto. Perché mi rendo conto di aver ficcanasato troppo. Però lei è stata uccisa e chi l'ha uccisa non deve farla franca.»

«Non la farà franca. Gli stiamo quasi addosso.»

Gli stiamo quasi addosso: quelle parole le avrebbero impedito di prendere sonno. Gaetano non aveva aggiunto altro e lei si era tenuta dentro la seconda domanda, quella che minacciava di schizzare fuori come un tappo di champagne – sono fratella-stri sì o no? – e che invece doveva essere rinviata, perché lui le aveva già detto tutto quello che poteva e anche qualcosa di più. I due uomini si scolavano le ultime dita di grappa e lei, per tenere a bada la curiosità, considerava lo sfracello che sei ospiti, sia pure beneducati, riescono a combinare in una serata conviviale: posacenere zeppi di cicche, bicchieri abbandonati nei luoghi meno idonei, briciole di ogni genere sui tappeti e sui cuscini di divano e poltrone, per non parlare della pila di piatti necessitan-ti di un'energica sgrassata prima di essere infilati nelle fauci del-la inetta lavastoviglie. In quanto alla cristalleria, era meglio oc-cuparsene personalmente *in toto*, lavaggio asciugatura e messa a riposo, onde evitare le demolizioni di Luana – è caduto da so-lo signora, è passato un camion grosso che la casa ha tremato tutta e il bicchiere è andato per terra. Di sicuro Renzo si sarebbe limitato ad aprire le finestre – cambio un momento l'aria, che ne dici? – e poi sarebbe uscito di scena a passi felpati, a meno che lei non risfogliasse il cahier de doléances femminista e lo costringesse a dare una mano. Una faticata comunque.

Gaetano sta per andarsene e poi se ne va, gravato del catalo-go di una mostra al museo di Brooklyn sulla power sculpture e di un volumone impolverato su chissaché, Renzo lo accompa-gna sin sulle scale, rientra, spranga la porta e dice:

«Non è male il tuo amico poliziotto. Cambio un momento l'a-ria, ti va bene?»

Il bello della vita coniugale è l'imprevedibilità. Lei si occupa della cristalleria, vuota i posacenere, riempie la lavastoviglie, passa un momento a controllare Livietta, fa tappa in bagno e quando lo raggiunge in camera da letto lui sta smanettando con il telecomando per vedere in contemporanea un documentario sull'Antartide e un concerto di Mina di trent'anni prima.

«Grazie per l'aiuto» sibila infilandosi sotto le coperte e vol-tandogli ostentatamente la schiena. Lui, che ha capito l'aria che tira, spegne subito la tele le bacia una spalla e le augura la buo-nanotte.

Ma il sonno non viene. Cosa vuol dire gli stiamo quasi addos-so? Hanno trovato finalmente la crepa in cui far leva e convo-gliare l'indagine e le necessarie verifiche? Abilità e fortuna. L'as-sassino è stato abile e anche fortunato, perché normalmente basta un dettaglio da niente, una casualità imprevedibile a far crollare il castello meglio architettato: una donna che si barrica in casa e tirando giù le persiane getta un'occhiata in strada, un vecchietto prostatico che si alza nel cuore della notte e mentre strizza il suo uccello renitente sente un rumore strano, una coppia che si sbaciucchia e si palpeggia prima di sciogliersi e guarda senza vedere un maneggio intorno a un'automobile che torna in mente solo dopo. Il battito delle ali di una farfalla che provoca un uragano nell'altro emisfero. È impossibile tenere sotto controllo tutte le variabili e un delitto impunito è per metà figlio della fortuna.

Ma chi dove come perché? Loro gli stanno addosso perché è il loro mestiere e hanno i mezzi per svolgerlo, io sto qui a rimuginare a scomodare amiche a sfornare torte e tutto quello che sono riuscita a mettere insieme sono due storie periferiche che forse non c'entrano e servono solo a far perdere tempo a me e probabilmente anche alla polizia. Eppure sul tatuaggio avevo visto giusto e loro manco l'avevano preso in considerazione. Il sonno non viene e tanto vale alzarsi, troppe chiacchiere troppe sigarette troppa eccitazione.

Si alzò cautamente e si mosse al buio per non svegliare nessuno, ma il bassotto si stanò subito e la raggiunse uggiolando di gioia e di impazienza: sta' a vedere che quel balordo del tuo padrone si è anche dimenticato di farti scendere, hai bisogno di uscire? Dimmi sì o no: e il cane disse sì. Si infilò imprecando un giaccone sopra la vestaglia e scese in ciabatte senza inguinzagliare Potti, falla dove ti pare e se fai anche la cacca stanotte non la raccolgo e la lascio lì come tutti, voglio proprio vederlo un vigile in servizio a quest'ora. Rientrata in casa era più sveglia di prima e decise di approfittare della lucidità di mente e del silenzio della notte per tornare al suo chiodo fisso. Recuperò l'agenda fotocopiata, il quaderno su cui aveva diligentemente appuntato le informazioni raccolte, il biglietto da visita del Vaglietti, la guida telefonica, lo stradario della città e si sedette alla scrivania, col cane in grembo a scaldarla e le sigarette a portata di mano. Lesse rilesse scartabellò disegnò itinerari sulla piantina del centro storico, tavole 17, 18 e 22, controllò indirizzi e numeri di telefono e finalmente s'imbatté in un particolare che le era sfuggito.

"Ti sto addosso anch'io, bastardo di un assassino" gongolò mentalmente.

Capitolo diciottesimo

Alle sette e mezzo di domenica mattina Sara recapita Gilda. La cagnetta è equipaggiata con ogni genere di conforto perché non patisca l'esilio – ciotole per cibo e acqua crocchette e trapuntina – e la padrona è equipaggiata come per un trekking in Patagonia. Speriamo che le regga la gamba, pensa lei con un po' di stringicuore, e affida la bestia a Potti che se ne prende cavallerescamente cura cercando subito di montarla. Sara per fortuna guarda altrove, affannata com'è a scusarsi per il disturbo passato presente e futuro, e bisogna rassicurarla e incoraggiarla con pazienza, non preoccuparti non mi darà nessun fastidio, tu piuttosto goditi la giornata, il tempo promette bene, in Liguria magari ci sarà un sole tiepido e visto che vi piacciono le grotte potete fare un salto fino a Toirano e vedervi anche quelle, orme dell'*ursus speleus* comprese. Sara se ne va tra un profluvio di ringraziamenti e lei si accorge che la presenza di Gilda non sarà così indolore, perché le due bestie stanno già scorrazzando come matte, Potti all'attacco e l'altra in difesa trascinando la piottina, e arricciano tappeti spostano sedie salgono e scendono dai divani in un turbinio di peli, nel pomeriggio arriveranno Caterina e Alice a giocare con Livietta e completeranno il disastro. Non importa, meglio così, si consola lei, rivedendo mentalmente l'ordine e il nitore di casa Bagnasacco senza cani senza bambini ma visitata dalla morte e in futuro probabilmente macchiata dal fango delle rivelazioni. Però io all'assassino non sto per niente addosso, riflette tra sé ricordando l'eccitazione di giovedì sera quando si era creduta una star dell'investigazione, una crasi femminile di Poirot Wolfe Vance e aveva brindato da sola al suo successo con un cicchetto di grappa che le aveva regalato subito le avvisaglie del mal di testa. Le intuizioni, soprattutto se campate in aria, non bastano a inchiodare un criminale e, se incomincio a pensare che lui ha pensato di e lei ha creduto che, rinnovo i fasti del mio conterraneo Michele Ghislieri, alias Pio V, San Pio V, capace di leggere nella mente di eretici streghe luterani ugonotti ed ebrei e di mandarli serenamente al rogo sulla base delle sue intuizioni e nel nome di Dio. Ci vogliono prove e io di prove non ne ho e non ne posso avere, e di quel numero di telefono su cui ho costruito il mio castello accusatorio – dicono sempre così le cronache giudiziarie – sai che cosa ne posso fare... Anche il mio sopralluogo di venerdì – via dei Mercanti piazza San Carlo via Stampatori – per vedere fisicamente i luoghi e misurare i tempi è stato del tutto inutile e insensato. Inutile e insensato in relazione al delitto, ma ha avuto il merito di farmi perdere la nozione del tempo e di farmi arrivare in ritardo a scuola, un ritardo plateale, così madama Buonpeso e i suoi prezzolati tirapiedi hanno capito in quanta considerazione tenga le loro riunioni idiote, e se mi vuol appioppare un richiamo o una nota di biasimo faccia pure, è la volta che le rispondo per le rime e le mie osservazioni le faccio pervenire a chi di dovere. Non servirà a niente, naturalmente, ma lei per quattro o cinque giorni avrà un po' di strizza e non si sentirà una madreterna. Stendiamo un pietoso velo sul collegio docenti straordinario di mercoledì e facciamo anche uno sforzo di comprensione – c'erano stati i carabinieri avevano trovato la droga si erano portati via una dozzina di allievi – e bisognava solennizzare ed esorcizzare l'avvenimento con discorsi da parata e piangersi addosso e deplorare i *mala tempora* con interventi ispirati a Walt Disney. Durata: tre ore e quarantacinque minuti. Ma il collegio di venerdì! Ordine del giorno: *Ricerca di strategie comunicative e pubblicitarie per incrementare il numero degli allievi. Proposte e ipotesi di attuazione.* Invece di correggere compiti preparare lezioni cucinare il ragù o partire per il weekend dei Santi ci improvvisiamo pubblicitari, uno fa il copywriter e l'altro l'art director, uniamo gli sforzi inventiamo uno slogan e progettiamo una campagna. Non che l'impresa ci spaventi, in questi giorni i mezzi pubblici sono tappezzati di cartelli che recitano "Prendi il bus! Ritrova te stesso". Non è poi tanto difficile far meglio del creativo che ha partorito lo slogan e non ha di sicuro mai preso un bus o un tram nelle ore di punta, altro che ritrovare se stessi, i passeggeri imbufaliti per la ressa e l'attesa sembrano coatti prebasagliani o aspiranti tagliagole. In mezzo, qualche vecchietto che parla da solo e qualche adolescente (femmina) che scuote le chiome o se le carda impestando di forfora i vicini. Per incrementare il numero degli allievi, che è lo scopo precipuo di ogni istituto scolastico, al pari dei supermercati e degli autosaloni, non occorre fornirgli un servizio migliore, basta buggerarli con la pubblicità, e allora si pubblicano sui quotidiani offerte di tre per due – training autogeno corso di urdu lezioni di didgeridoo – si distribuiscono pinzillacchere – portachiavi temperamatite adesivi con il nome dell'istituto – e si organizzano incontri con cosiddetti esperti seguiti da rinfreschi con dolci e salatini, grazie alla cosiddetta autonomia amministrativa e ai soldi dei distratti contribuenti.

Alle otto e mezzo – Potti e Gilda sdraiati vicini sono in pausa, la casa è silenziosa, lei sta leggendo «La Stampa» e bevendo il secondo caffè – squilla il telefono.

«Scusa l'ora ma so che sei sveglia» è Gaetano che parla «e volevo darti la notizia in anteprima. È fatta, il caso è risolto. I dettagli li saprai dai telegiornali e dai quotidiani di domani.»

«Lasciami indovinare. Ugo Arnuffi.»

Silenzio. Poi, dopo qualche secondo:

«Come ci sei arrivata?»

«Con un numero di telefono e un'annusata. E voi?»

«Con un numero di telefono, o meglio grazie al controllo di una telefonata fatta da Montecarlo. Ti spiego poi tutto a voce, sono in piedi da venerdì e non ne posso più.»

«Vuoi venire a cena stasera? Solo noi tre e la bambina. Oppure dopo cena per il caffè, come preferisci.»

«A cena, dopo giovedì sera ho mangiato solo panini. È troppo tardi alle nove?»

«Va benissimo, non vedo l'ora.»

«Ci avevo azzeccato, ci avevo azzeccato!» esulta lei e ha voglia di svegliare Renzo e farlo partecipe del proprio successo, ma poi ci ripensa e decide di comunicargli la notizia mentre fa colazione, con la speranza di vederlo bloccato dallo stupore, la bocca aperta e la mano con la fetta biscottata ferma a mezz'aria. Ci sono ancora tante cose che non so, me le spiegherà Gaetano che a questo punto non è più tenuto alla segretezza e altre le saprò dai giornali che rimesteranno un bel po' in questa storia e riempiranno pagine di particolari torbidi e scabrosi. E nel momento stesso in cui ci pensa si rende conto che l'omicidio non ha esaurito la sua forza distruttrice, che la violenza di un momento di furia ha stroncato una vita e segnato per sempre quella di altri. Del Bagnasacco, di suo padre e sua madre, dei genitori e parenti dell'assassino, dell'assassino stesso, della zia del Vaglietti. I particolari torbidi dati in pasto alla curiosità di tutti, anche alla sua, l'intimità dei desideri della passione delle debolezze rovistata frugata ed esposta come il contenuto di un sacco di spazzatura lacerato da un cane randagio. Povera Bianca, poveri tutti, escluso forse il Vaglietti che non è l'assassino ma l'anima nera che l'ha provocato pur senza volerlo.

Bianca è offesa e inquieta perché domenica lui non l'ha chiamata; in macchina, mentre scendono in città, non riesce a trattenere parole aspre di risentimento o allusioni taglienti e lui cerca di rassicurarla, sono andato a Montecarlo sì, lo sai che non resisto lontano dai tavoli da gioco, ma ero solo credimi, e non ti ho chiamata perché non volevo impensierirti, ho anche vinto, non tanto ma ho vinto, stavolta mi è andata bene, perché non restiamo insieme questa sera... Lei vuole credergli ma non ci riesce e comunque non può sempre cedere e accettare tutto, menzogne fughe amiche e amici che entrano ed escono dal suo letto. Dopo l'acquisto del tappeto lo lascia e se ne va, questa volta dovrà essere lui a cercarla, a insistere per vederla di nuovo, lei prenderà un taxi tornerà a casa e si negherà al telefono. Ma prima ancora di arrivare in piazza Castello, prima di salire sul taxi che le avrebbe salvato la vita si è già pentita, lui non resiste alla passione per il gioco e lei non resiste a lui, l'ha già scusato e si sente in colpa per le parole che ha detto, per la freddezza e i sospetti. Non tornerà al negozio ma gli comunicherà la sua resa in un modo gentile e affettuoso, taglia verso via Roma, sosta davanti a qualche bella vetrina, arriva sino in piazza San Carlo e compra una scatola di cialde della pasticceria Bargilli di Montecatini, leggere e friabili come ostie ma farcite con un impasto di antica sapienza. Quando esce dal negozio è allegra, libera dal peso del risentimento e si affretta verso via Stampatori perché quando lui tornerà a casa deve trovare la scatola sulla scrivania, la collera è finita e tutto è tornato come prima e come sempre. Apre il portone, prende l'ascensore, infila la chiave nella toppa, c'è solo mezzo giro, Marco è così sbadato, prima o poi si troverà i ladri in casa, ha anche lasciato la luce accesa nel soggiorno, sorride tra sé. Poi è sfiorata da un dubbio che non ha il tempo di formulare completamente perché una porta si apre, bagno o camera da letto chissà, e lei si trova di fronte uno sconosciuto che si muove con la naturalezza di chi è di casa e che le chiede chi è che ci fa lì perché non ha suonato...

Dopo non so, non riesco a immaginare la scenata che ne è seguita, sono due adulti colti ma si comportano con brutalità primitiva, secoli e secoli di civilizzazione che cadono come una crosta secca, i freni della razionalità che cedono di colpo e l'istinto di annientamento del nemico che riemerge dal carcere oscuro in cui era stato sepolto. Ma prima di avventarsi l'uno sull'altra, prima che il contatto fisico con il corpo rivale spenga l'ultimo barlume di autocontrollo, che cosa si sono detti di così imperdonabile e oltraggioso e crudele da risultare insopportabile? Poi lei è morta, i tratti del viso sfigurati, è diventata una cosa, non si può tornare indietro, schiacciare il replay e fermare il nastro prima che accada ciò che è accaduto e neppure si può girare la scena in altro modo perché non è un film o un radiodramma e tutto è definitivo.

Il volto di Bianca, stravolto dalla morte, resta sullo sfondo dei suoi pensieri per tutta la giornata: è un'immagine dai contorni ora definiti ora sfocati ma sempre presente. Eppure alle nove di sera lei scopre di non essere né esausta né stanca. Si è alzata presto, non ha fatto il pisolino, i cani hanno imperversato quasi tutto il giorno – sempre e dovunque tra i piedi – Caterina e Alice hanno sparpagliato giocattoli in tutta la casa e frignato capricciosamente per fermarsi a cena, sua madre è salita tre volte a fare rimostranze per non essere stata accompagnata al cimitero.

«Ti ci porto domani, mamma.»

«Domani è lunedì e il cimitero è chiuso.»

«Allora ci andiamo martedì, cambia qualcosa?»

«Certo che cambia. Il giorno dei morti è oggi, non martedì.»

Ma...

Ma Renzo ha aiutato a preparare pranzo e cena, Livietta ha congedato con fermezza le amiche e poi ha raccolto tutti i giochi e messo in ordine il soggiorno di sua iniziativa e Sara, quando è comparsa per riprendere Gilda, aveva l'aria allegra e distesa.

«Sei riuscita a ritrovare la grotta?»

«Sì, ho buona memoria per i posti.»

«Com'è? Come la ricordavi?»

«Non proprio. Ma a Stefano è piaciuta e ha fatto un mucchio di foto.»

«Siete andati anche a Toirano?»

«No, il tempo era così bello che non abbiamo avuto voglia di altre grotte. Siamo andati sino al Pian dei Cisti, siamo scesi e abbiamo mangiato all'Osteria delle chiese di Verezzi, all'aperto, figurati, e siamo a novembre. Poi gli ho fatto da guida nelle borgate di Verezzi e a Finalborgo, lui è stato in India in Giappone in Indonesia nelle Filippine ma non aveva mai visto Verezzi e Finalborgo. Adesso scappo perché lui è in macchina che mi aspetta.»

«E tu fallo aspettare. Se vedi il telegiornale stasera sentirai parlare dell'Arnuffi.»

«Perché?»

«È l'assassino della De Lenchantin.»

«Quella donna strangolata e trovata nella discarica?»

«Proprio lei.»

«Un assassino! Grazie di tutto, sei un'amica vera ma adesso devo scappare.»

«Sara.»

«Sì?»

«Guarda che sei tu che hai fatto un piacere a lui e non viceversa.»

«Sì sì ciao.»

Incorreggibile.

Gaetano arriva puntuale. Ha portato a Renzo un libro in prestito su sconosciute pitture rupestri e a lei un ottocentesco mazzolino di gardenie che riempiono subito la casa di profumo di peccato.

«C'è una cosa anche per te» dice rivolto a Livietta.

«Che cosa?»

«È qui nella fondina, vuoi prenderla?»

Livietta gli sbottona la giacca e gli sfila dalla fondina una Beretta calibro nove. Che è di plastica con tanto di tappo rosso regolamentare, ma che lascia comunque perplessi i genitori.

«Uau! Questo sì che è un regalo!» si estasia Livietta ammirando la pistola e poi saltando al collo di Gaetano per ringraziarlo.

L'unico deluso è Potti, che conosce benissimo il meccanismo dei regali – cose che uno dà a un altro in un modo speciale e che l'altro maneggia in modo speciale – e per esprimere il suo rammarico di escluso fa gli occhi di Sylvester Stallone in Rocky. Livietta se ne accorge e per la prima volta in vita sua gli destina una gentilezza, cioè una fetta di salame – veleno, per i cani – che prende in cucina e gli deposita davanti al muso. Il cane l'arraffa, l'inghiotte senza masticarla e rifila una slinguata riconoscente sulla faccia della benefattrice.

«Sei un deficiente» gli ricorda subito la bimba e corre a lavarsi.

«Lo so che è un regalo discutibile» dice Gaetano «ma vostra figlia non mi sembra un tipo da Barbie.»

Lei vorrebbe far presente che tra la Barbie e la Beretta ce ne corre ma lascia perdere, sulla pedagogia i poliziotti devono avere idee particolari e se le avesse regalato un paio di manette sarebbe stato forse peggio.

Capitolo diciannovesimo

A cena si parla ovviamente di delitto e castigo e Livietta, persa com'è nell'adorazione della pistola e di Gaetano (che a quanto pare incontra il gusto delle donne di famiglia), riesce a tenere a freno la lingua. Un delitto assurdo, pensa lei, che poteva benissimo non avvenire, bastava un granello di sabbia che inceppasse gli ingranaggi del caso e sfalsasse il meccanismo di arrivi e partenze, e invece no, tutto è filato liscio come non doveva e la tegola si stacca e cade proprio mentre, nell'infuriare della battaglia sotto le mura di Argo, Pirro ci passa sotto.

«È stato un caso difficile fin dall'inizio» attacca Gaetano che avverte l'impazienza di lei. «Il marito, che in questi casi è il primo a essere sospettato, è in una botte di ferro; il Vaglietti, che ci sarebbe piaciuto come assassino, fuori gioco; il suo alibi non è precostituito, amici e conoscenti lo confermano e non si contraddicono: non è stato lui a proporre l'aperitivo ma il negoziante, non è stato lui a combinare la cena ma due amici che arrivano al bar per caso, idem per il dopo, il Vaglietti sempre a rimorchio e non motore della serata. Niente da fare. La pista della tua amica Luigina Florio non regge per tanti motivi; le gomme squarciate ci fanno pensare per un po' a un avvertimento o a una minaccia, ma neanche questo funziona, il delitto avviene troppo presto. Torchiamo domestici e giardiniere, interroghiamo mezza città: sempre niente. Quello che veniamo a sapere, ma lo sapevamo già, è che lei e il cugino erano spesso insieme e che correva qualche pettegolezzo. La sola cosa che non sapevamo è che lei aveva le chiavi dell'appartamento di lui.»

«Cugino o fratellastro?» interrompe lei che ha rinviato troppo a lungo la domanda e non riesce più a trattenersi.

179

«Fratellastro, la tua confidente era attendibile. Ma era meglio se non saltava fuori. No, non fartene una colpa, era un segreto ben custodito ma ci saremmo arrivati lo stesso.»

«Come faccio a non farmene una colpa?» chiede lei. «L'Arnuffi l'ha ammazzata, ma io ho ronzato attorno al cadavere come una iena.»

«Hai solo ronzato. Lo sbranamento lo faranno gli avvocati al processo e i giornalisti prima durante e dopo.»

«Ma se io non ti avessi detto...»

«Ce l'ha detto comunque il Bagnasacco. Per spiegarci come mai la moglie e il Vaglietti fossero così intimi, come mai lei avesse le chiavi della casa di lui, ha finito col confessare che erano fratellastri. Bianca l'aveva saputo molto tardi, già dopo il matrimonio, quando un bel giorno suo padre aveva sputato fuori tutta la storia di fughe e figlio adulterino. Lei aveva cominciato a frequentare questo fratello che prima vedeva sì e no una volta all'anno come cugino e a poco a poco erano diventati inseparabili.»

«Ma perché continuare a tenere nascosta la vera parentela? Non capisco.»

«Non lo capisco neanch'io, forse l'aveva promesso al padre. Comunque neanche questa rivelazione ci ha aiutati ad arrivare all'assassino. Abbiamo vagliato i conti in banca, controllato i tabulati delle telefonate fatte da tutti i telefoni e telefonini e continuava a non saltare fuori niente. Non ci convinceva il fatto che il Vaglietti fosse andato a Montecarlo da solo, ma non c'era modo di provare il contrario, così abbiamo battuto e ribattuto finché qualcosa è saltato fuori, l'inghippetto che li ha fregati.»

«Una telefonata, hai detto stamattina.»

«Già. A Montecarlo, dall'appartamento dell'amico, erano state fatte tre telefonate a tre numeri che il Vaglietti chiama spesso, quello dell'Arnuffi, quello di un cliente a cui procura pezzi di arredamento e quello della sua palestra. Fin qui niente di sospetto. Ma a furia di controllare e rompere le scatole a Telecom France e Telecom Italia salta fuori che la telefonata fatta al numero dell'Arnuffi era in realtà diretta alla sua casella vocale per ascoltare i messaggi lasciati in segreteria: poco probabile, quindi, che l'avesse fatta il Vaglietti.»

«Mai fidarsi del telefono. Solo che il delitto non era ancora avvenuto e non c'era ragione di diffidare» osserva lei.

«A questo punto l'ipotesi che il Vaglietti fosse in compagnia dell'amico era più che un'ipotesi e se lui non aveva voluto dircelo doveva esserci un motivo. All'assassino siamo arrivati così.»

«E l'Arnuffi dov'è adesso?»

«In cella. Prelevato a Roma, portato a Torino, interrogato dal sostituto procuratore in presenza del suo avvocato. Non ha retto a lungo, avrebbe potuto continuare a negare dal momento che non avevamo molto in mano, ma proprio lui che scrive e racconta gialli è stato fregato dal trucco più vecchio del mondo, l'amico che accusa l'amico, oppure aveva addirittura voglia di confessare. Non è un criminale incallito, il delitto gli pesa. Tu invece come hai fatto a indovinare?»

«Il telefono, sempre il telefono. Alla RAI l'Arnuffi aveva dato il numero di telefono di Roma, quello del residence dove abitava, quello dei suoi cellulari e anche quello del Vaglietti. Voleva essere reperibile trentasei ore al giorno, neanche fosse il presidente degli Stati Uniti o il Papa. Se stessero un po' più quieti e non si affannassero tanto sui tasti sarebbe meglio.»

«Meglio per chi?»

«Per loro. Invece per la polizia, per la legge e per tutti noi è meglio che vivano col telefono incorporato e lascino dietro tracce grosse come crepacci. Poi c'è la faccenda del profumo.»

«Quale profumo?»

«Il Vaglietti e l'Arnuffi usano lo stesso profumo, roba da tortorelle sedicenni. Il profumo in questione è Snuff, introvabile da quasi vent'anni e farselo rifare adesso è roba da dandy oscarwildiani fuori tempo.»

«Come lo hai scoperto?»

«Semplice, li ho annusati.»

«Anche l'Arnuffi?»

«Anche lui. E per essere un giallista a mio giudizio è abbastanza sprovveduto. Se non voleva essere collegato troppo al Vaglietti, dopo il delitto poteva almeno cambiare profumo o non profumarsi affatto.»

«Tanto sprovveduto non è, solo che si lascia fregare ogni volta che è tirato in ballo il Vaglietti. Non ragiona più, perde la calma, si contraddice: si tratta di amore, o di passione se preferisci, come per Bianca. Però dopo il delitto le tracce le ha coperte ben bene.»

«Ma prima si è comportato come un personaggio verghiano. Peggio di compare Alfio, che a Turiddu dà il preavviso. Cos'è stato a scatenarlo?»

«Lei, a quanto afferma lui, lo ha chiamato marchettaro.»

«Mioddio! Dalla tragedia greca alla rissa da ballatoio, non riesco a crederci.»

«E qui entrano in ballo i quadri.»

«Il Manzoni e il Capogrossi?» s'inserisce Renzo con un'impennata d'interesse.

«Sì. Non sapremo mai esattamente cosa si sono detti, perché Bianca non può fornirci la sua versione, ma probabilmente l'Arnuffi le sbatte in faccia che lei per il Vaglietti è meno di niente, è solo la gallina da spennare sfilandole di soppiatto i quadri a cui tiene tanto.»

«Povera Bianca.»

«La povera Bianca, sempre secondo l'Arnuffi, afferra un paio di forbici dalla scrivania e si avventa su di lui.»

«Ma lui è più svelto, riesce a bloccarla e per giunta la strangola.»

«Un maledetto intreccio di fatalità. Se l'Arnuffi avesse preso il treno che in un primo momento aveva deciso di prendere o se lei fosse arrivata dieci minuti dopo non sarebbe successo niente.»

«Allora i quadri li ha venduti il Vaglietti da solo» insiste Renzo.

«Sì, anche se adesso lui cerca di mescolare le carte e dice che Bianca era d'accordo. Non lo era, lui non si sarebbe vantato con l'amico di averla fregata se non era vero. Tanto più che di soldi lei gliene passava già abbastanza e lo toglieva dalle grane quando era in difficoltà.»

«Un bel verme, questo fratellastro, un verme schifoso da schiacciare col tacco fino a farne poltiglia, ecologisti e verdi permettendo. E invece se la caverà.»

«Be', concorso in occultamento di cadavere e favoreggiamento. È incensurato e gli avvocati si batteranno per tutte le attenuanti possibili, ma avranno vita dura e forse un paio d'anni glieli affibbieranno.»

«Troppo poco. Non perché io sia forcaiola, ma perché mi sta proprio odioso.»

«Splendido spirito legalitario. Al reo antipatico il massimo della pena, a quello simpatico tarallucci e vino. Ma come ragioni?» la provoca Renzo.

«Con l'utero ovviamente, come tutte le femmine. Quello che volevo dire, e ammetto che l'ho detto male, è che secondo me il personaggio più colpevole moralmente risulta il meno colpevole legalmente e quello che nella tragedia se la sfanga meglio.»

Non rispondergli aspramente, si rimprovera intanto tra sé, sii indulgente. Gli stai imponendo la ricostruzione di un delitto di cui – quadri a parte – non gli importa un granché, gli stai imponendo la presenza di un uomo che lui sente, sia pure oscuramente, come rivale. Chi provoca sei tu, non lui, e ha ragione a reagire.

«Ma chi sono questi tre che una è morta l'altro è l'assassino e l'altro il più cattivo?» chiede Livietta emergendo dall'estasi contemplativa.

«La morta era una mia collega che...» spiega lei ma è subito interrotta.

«Quella che chiamavi stronza?»

«Proprio quella» risponde, non potendo cancellare la battuta dal copione.

«Ti era ancora più antipatica di quanto avessi ammesso» commenta Gaetano con un'occhiata che è divertita ma è anche qualcos'altro.

«Adesso non mi è più antipatica. Non perché è morta, ma perché era in gran parte diversa da come l'avevo giudicata.»

«Adultera e incestuosa, vuoi dire, e questo attira la tua benevolenza» moraleggia il marito.

«Continui a fingere di non capire. Era, a suo modo, un personaggio tragico: Fedra Mirra, o meglio ancora Annabella, l'Annabella di Ford che sfida leggi e convenzioni in nome dell'amore, l'Annabella che si meritava Shakespeare, anche se un Ford non è da buttar via. E in quest'epoca di sentimenti che hanno la consistenza dello zucchero filato non mi par poco. Inoltre per l'incesto tra fratello e sorella non provo tutto l'orrore che pare d'obbligo.»

«E l'Arnuffi che ci faceva a casa dell'amico?» svicola Renzo.

È il suo modo di darmi ragione, pensa lei. Passa ad altro, cambia argomento e implicitamente avalla quello che ho detto. E l'occhiata che Gaetano mi ha posato addosso prima era ancora un'occhiata, come dire?, di interesse tra il sentimentale e l'erotico. Non male, come regalo per i quarant'anni che compirò tra poco, un regalo di compleanno che aiuta a superare il cambio di decina e mi concilia con me stessa e con il mondo. Il regalo di Bianca, sia pure involontario.

«Erano tornati da Montecarlo nel primo pomeriggio. L'Arnuffi voleva recuperare una valigia, il resto del bagaglio l'aveva lasciato in deposito al residence perché sapeva di dover tornare presto, e poi farsi accompagnare alla stazione. Ha cambiato idea, sono saliti entrambi e lui ha continuato a rinviare la partenza: il Vaglietti, quando è andato al bar e poi a cena, lo credeva sul treno, invece quello se ne stava a casa sua con un cadavere fresco fresco da far sparire.»

«E l'hanno fatto sparire insieme» è Renzo che parla ma potrebbe essere lei, la curiosità per gli ultimi dettagli è comune.

«Sì: l'Arnuffi, che prima aveva perso la testa, si è improvvisamente ricordato del suo mestiere e non ha fatto le solite stupidaggini degli assassini al primo delitto. Non ha fatto telefonate, ha staccato i cellulari, ha infilato un paio di guanti, ha ripulito ben bene il cadavere e l'ha impacchettato in una coperta. In un sacco della spazzatura ha messo la borsetta di lei e la scatola delle cialde. Poi ha aspettato. Quand'è arrivato l'amico hanno caricato il cadavere sulla BMW e l'hanno scaricato dietro corso Romania.»

«Senza che nessuno li vedesse?»

«Hanno avuto fortuna. L'appartamento del Vaglietti sta in un palazzo ristrutturato da poco, col garage interrato.»

«L'ho visto» interrompe lei.

«Tua moglie è una miniera di sorprese» commenta Gaetano, e Renzo conferma con una mimica che secondo lui vuol dire purtroppo, ma è soltanto solidarietà maschile e un modo di rivalutare il proprio ruolo. «Non hanno incontrato nessuno, né sull'ascensore né nel garage e arrivati a destinazione si sono liberati del fardello. Dopo hanno girato per un po' in macchina, hanno buttato in un cassonetto il sacco con la coperta la borsetta e le cialde e prima delle sei di mattina il Vaglietti ha scaricato l'amico nei pressi della stazione ed è tornato a casa. Fine della storia.»

«Una storia di gelosia e di ordinario squallore» dice Renzo.

«Una storia che si può raccontare in tanti modi» conclude lei.

Capitolo ventesimo

Allora, Bianca, la tua storia la racconto così.

La casa è grande e profumata di cera. Nel soggiorno che guarda verso il Po e la collina, sul ripiano di un cassettone fragile e antico, c'è la foto incorniciata che hai guardato mille volte: una foto in bianco e nero con una giovane donna bionda che sorride rivolta all'obiettivo e tiene in braccio una bimba di pochi mesi. Non ci sono altre foto di tua madre, ma quella è sempre stata lì ed è tutto quello che resta del suo passaggio: matrimonio assenze ritorni maternità fuga, tutto condensato in quell'unica immagine che tuo padre non ha fatto sparire. Su quella foto hai fatto domande per anni e poi hai smesso perché le risposte non rivelavano niente e non erano risposte.

Tuo padre è gentile ma distratto e remoto e ti guarda crescere come si guarda una pianta d'appartamento, una kenzia o una dracena: l'esposizione è buona e le innaffiature regolari, in primavera un po' di concime, ogni tanto un rinvaso, e la pianta mette foglie nuove si allunga e ramifica anche se non è nata per quel luogo e per quel clima. Con le piante parlano le signorine troppo sole i vedovi e le vedove, che però forse preferiscono i gatti, quei bei gattoni morbidi che dormono ai piedi del letto si strusciano e a loro modo rispondono, ma tuo padre non vuole sentirsi vedovo e continua la sua vita di prima, Natalia se ne è andata e bisogna non pensarci non parlarne e fingere che non sia successo niente.

Ci sono state nanny e nurse, Emily June Sheila e altre che non ricordi perché arrivavano e partivano senza lasciare né tracce né rimpianti. Asilo esclusivo scuola privata, le nurse scompaiono ed è Rosanna a prendersi cura di te, a comprarti scarpe e vestiti, a portarti a scuola e a riprenderti, ad accompagnarti alle festicciole e a organizzarne altre in casa. Rosanna è spigolosa ed efficiente, sa come si trattano i bambini e ti vuole bene, ma a te non piace perché ti fruga dentro e vuole entrare nei tuoi pensieri. Quando ripensi a lei, tanti anni dopo, ti chiedi perché non ha insistito, perché non si è imposta con la forza della presenza, invece di sposarsi con un carabiniere e andarsene. Non sei stata né felice né infelice, ed è molto di più di quanto tocca a tanti bambini: d'estate nella bella casa di Forte dei Marmi, nelle vacanze di Natale a sciare al Sestrière o a Mégève. Liceo università sport soggiorni in Inghilterra viaggi qualche flirt perché così fan tutte, all'apparenza la vita di una ragazza ricca di buona famiglia, prevedibile e senza scosse. Solo qualche scricchiolio a cui non dai troppa importanza: la casa in Versilia venduta, ma non t'importa, d'estate non ci vai più, c'è il festival di Edimburgo e quello di Avignone, ci sono gli inviti in barca, c'è da scoprire l'America; la servitù che si riduce finché resta soltanto Michela che è in casa da sempre ma è vecchia e non ce la fa più a tenere tutto in ordine, e quando tuo padre vende l'alloggio sul Lungo Po e vi trasferite in uno più piccolo ti chiedi il perché ma non lo chiedi a lui: non avete mai parlato molto e mai di soldi. Un giorno però lui te ne parla e sei obbligata a pensare al presente e al futuro: puoi lavorare, hai appena preso una laurea e parli l'inglese come un'inglese delle classi alte, ma nessun lavoro può garantire la vita di prima a te e a lui, a questo padre gentile e impenetrabile, lontano quasi quanto tua madre, ma verso cui ti sembra di avere dei doveri. Cominci a insegnare: qualche ora alla settimana nel liceo delle suore dove hai studiato, e le suore sono ben contente, non solo perché la materia che insegni la conosci davvero, ma perché il tuo cognome e il tuo aspetto sono una garanzia di serietà, danno lustro alla scuola e segnano una continuità di tradizione. Inoltre non devono misurare la lunghezza delle tue gonne, né suggerirti di moderare il trucco e fare attenzione agli accessori, un bel sollievo rispetto a quanto avviene con altre sciamannate fresche di laurea e piene di buona volontà ma socialmente impresentabili e attente sino alla pignoleria alle questioni fiscali e retributive. Il lavoro dà ordine e senso alle tue giornate, ti impedisce di girare a vuoto ora che non devi più preparare esami e comporre tesine, colma in parte la voragine di inattività che ti rende inquieta e ansiosa. Ma quello che ne ricavi è irrisorio, basta appena per la palestra e il parrucchiere, e tuo padre per la prima volta in vita tua ti sembra preoccupato e teso, passa ore al telefono e ciondola per casa, invece di apparire fugacemente e scomparire come ha sempre fatto. Allora prendi la decisione più facile e banale, quella che rivela i limiti della tua educazione e della tua cultura, quella che prendevano le signorine dei romanzi inglesi che hai letto sin dall'adolescenza, come se nel frattempo non fosse passato almeno un secolo e mezzo, le colonie d'oltremare non fossero sparite e le classi rimescolate. Ti guardi intorno, civetti con maggior determinazione, espliciti insomma attraverso mille segnali che sei pronta per una relazione seria, qualcosa che non si esaurisca nel volgere di una vacanza in barca o di qualche serata e nottata trascorsa in due. Le risposte arrivano presto, perché sei bella e sei diversa dalla schiera delle tue coetanee, la tua riservatezza e i tuoi silenzi suggeriscono profondità da sondare e scoprire, svegliano nei maschi il mai sopito desiderio di una preda difficile che premi la loro abilità di cacciatori. Inoltre, a voler essere sinceri, gli ingegneri e dottori eredi di industrie e patrimoni, i tecnocrati e manager che saranno i protagonisti dell'economia di domani finché si tratta di andare a cena fuori o di passare un weekend a Portofino e a Saint Moritz rimorchiano volentieri vallette attricette e sciampiste da calendario, ma per sposarsi e fare figli scelgono donne della propria classe. Salvo poi mollarle, tra i cinquanta e sessant'anni, per una valletta attricetta o sciampista che li illuda di una imperitura virilità.

Ma quando si tratta di scegliere da chi farsi scegliere, la tua decisione non è banale e risulta incomprensibile a tutti. Non vuoi un marito che pretenda amore, che ti costringa a recitare sentimenti che non provi, che cerchi di frugare nei tuoi pensieri come aveva fatto Rosanna prima di considerare persa la battaglia e arrendersi; tu vuoi un compagno discreto e rispettoso che assicuri a te e a tuo padre una vita senza preoccupazioni di denaro, che si accontenti di averti a fianco senza esigere una piena complicità di emozioni e interessi. Condividerete la casa il letto e la vita in società, ma niente di più. Terenzio Bagnasacco è il candidato prescelto. Quando gli posi gli occhi addosso e incoraggi le sue avances, lui quasi non ci crede: è ricco, ha capacità e grinta negli affari, frequenta gli ambienti giusti, ma con le donne non ha mai avuto un gran successo, non con quelle che gli piacciono veramente e che arretrano di fronte al suo aspetto così ordinario, alla sua totale mancanza di fascino. Anche lui è invischiato nei limiti della sua cultura e nei pregiudizi del suo rango – una moglie dev'essere in qualche modo un trofeo da esibire, come un aumento di fatturato o una joint venture particolarmente vantaggiosa – e quando tu accetti i suoi inviti e la sua corte, quando fai l'amore con lui con educata condiscendenza pensa di aver avuto un colpo di fortuna inaspettato, una scala reale con tre carte a incastro: gli altri giocatori, partiti con carte migliori – più giovani, più brillanti, più sexy – hanno perso la mano e lui ha vinto Bianca.

Dopo, per un certo tempo, la vita scorre senza imprevisti e senza attriti. Comprate la grande villa in collina, l'arredate e ci andate ad abitare; tu scopri che ti piace occuparti del parco, non zappare vangare e sarchiare, questo no, ma sfogliare i libri dei grandi giardinieri-paesaggisti inglesi e poi riprodurre uno scorcio, sostituire un rampicante, tentare un accostamento tra cespugli e alberi d'alto fusto, un'aiuola d'azalee sotto un ginkgo biloba per esempio; convinci tuo marito a vendere i suoi quadri e a cominciare una nuova collezione, visitate musei e gallerie, scegliete insieme i pezzi da comprare. Ma quando sospetti che lui desideri qualcosa di più da te – una maggior partecipazione, una presenza più assidua – alzi subito uno schermo di protezione e gli comunichi che hai deciso di insegnare a tempo pieno, non più dalle monache ma in una scuola pubblica, se ci saranno cattedre vacanti e il tuo punteggio risulterà sufficiente. Lui si oppone, com'è ovvio, e non riesce a capire perché tu voglia farlo: non ne hai bisogno, sarai vincolata a orari rigidi, non potrai prenderti una vacanza quando lo desideri e poi l'ambiente della scuola pubblica non è rose e fiori, gli allievi sono tutt'altra cosa rispetto alle ragazze di buona famiglia che vanno dalle monache. Gli rispondi che lo sai benissimo e che vuoi provare lo stesso, lui crede che sia una sfida con te stessa e invece è un modo per tenerlo a distanza. Palestra teatro cine amiche inviti a cena, sci in inverno viaggi in estate; non succede niente e qualche volta ti chiedi se hai fatto la scelta giusta, se la vita è tutta qui, ma poi – siccome non sei stupida – ti rispondi che non hai nessun diritto di sentirti infelice o poco felice.

L'infarto di tuo padre rompe l'ordinata sequenza di giorni tutti uguali: corri affannata in clinica, interroghi i medici, organizzi l'assistenza, spii l'evolversi del male e quando lui si riprende ed è dimesso e tutto sembra tornare come prima ti accorgi invece che è diverso, non soltanto perché è più fragile e improvvisamente invecchiato, ma perché ha perso la sua gentilezza distratta e il suo riserbo. Ti parla, per la prima volta, di tua madre e scopri che ci ha pensato per trent'anni e non ha mai superato l'angoscia di quella fuga senza spiegazioni, soltanto un biglietto tre mesi dopo da Parigi, con tre parole e la firma: "Non torno più. Natalia". E lui che, ingabbiato dall'educazione e dall'orgoglio, invece di cercarla, di rincorrerla in giro per l'Europa e di riportarla a casa finge che non sia successo niente ed elimina ogni traccia della sua presenza, via gli abiti, via gli oggetti che le sono appartenuti, via tutto meno quella foto sul cassettone, perché c'è una bambina e la bambina ha il diritto di sapere com'era la faccia di sua madre.

Nessuna notizia per più di due anni. Ma un giorno suona alla porta Tommaso, suo cognato e tuo zio, con la faccia stravolta di stanchezza e di tensione, e dice che è appena arrivato dal Brasile, che deve parlargli di Natalia, che Natalia ha vissuto con lui, che hanno avuto un bambino, che lei se ne è andata senza un motivo senza una spiegazione senza un biglietto o una telefonata. Tommaso scoppia a piangere – in Brasile forse ha imparato a non imbavagliare i sentimenti – chiede scusa o perdono ma in realtà chiede notizie di lei, è innamorato di lei, ha paura per lei, non sa cosa fare e c'è questo bambino di pochi mesi che lei non voleva e lui sì e forse per questo se ne è andata, e lui non sa come occuparsi del figlio, è sempre in giro per il paese, come fa a lasciarlo in mano alle serve... Da allora, di Natalia più niente: scomparsa per sempre chissà dove, forse a seminare drammi e bambini in altri continenti.

E tu chiedi a tuo padre perché non te ne abbia parlato prima, lui alza le spalle e non sai come interpretare il gesto, ma quando ti prega di non divulgare la storia perché è una faccenda di famiglia e in famiglia deve restare tu capisci che per lui è come se fosse successo ieri.

Poi tutto precipita. Un altro infarto e tuo padre muore, tu sei frastornata, non riesci a dormire, ripensi al passato, forse è dolore o solo irrequietezza, vorresti di nuovo la serie di giorni tutti uguali senza questi pensieri senza questa smania di fare di muoversi di parlare. Telefoni a Marco che è venuto al funerale e ha mandato un cuscino di fiori – roselline gialle e boarie: un accostamento insolito, un profumo da stordire – lo ringrazi e improvvisamente scoppi a piangere, non ti succedeva da anni, non hai pianto neppure sulla bara di tuo padre o al cimitero. Lui ti consola ed è gentile, ti dice vediamoci, beviamo qualcosa insieme, parliamo di noi e delle nostre storie. Comincia così, con un incontro tra cugini che sanno di avere la stessa madre, con un bisogno di conforto, con il desiderio di mettere insieme brandelli di notizie e di ricordi. Una settimana dopo – e vi siete già visti altre due volte – lui ti invita a casa sua: è venuto una sera a cena, ha visto i tuoi quadri e vuol farti vedere i suoi, certo non può competere con te e tuo marito, ma due o tre pezzi ti piaceranno di sicuro... Accetti l'invito e non capisci perché sei così nervosa mentre scegli l'abito ti trucchi scendi dalla collina parcheggi suoni al citofono prendi l'ascensore: quando arrivi al terzo piano lui è lì che ti aspetta e il nervosismo si trasforma in qualcos'altro che non sai cosa sia. Di quel pomeriggio ti restano in mente scene staccate come fotogrammi bloccati, uno in particolare: state guardando un'*Appassionata* di Carol Rama, un corpo di donna con le gambe troncate che è un urlo silenzioso, tu ti appoggi a lui forse per l'emozione di quell'urlo che esplode dalla carta e lui ti solleva il mento e ti bacia. Non è un bacio fraterno, e non è un abbraccio fraterno quello che segue, poi c'è la furia dello spogliarsi e spogliare, gli indumenti quasi strappati da mani che non hanno più pazienza, il respiro che si fa affannoso, la fretta di scoprire e toccare il corpo dell'altro.

Dopo ti chiedi perché l'incesto sia un peccato innominabile. Lo guardi, sdraiato accanto a te, e non ti senti in colpa, non ti chiedi neppure perché proprio con lui e con nessun altro, è successo e basta; il tuo gelo si è sciolto e non vorresti mai e poi mai tornare indietro. Travolta, sommersa, marea vortice ondata: sono le parole abusate e un po' ridicole dell'armamentario della passione, ma non riesci a trovarne altre che esprimano meglio quello che provi e a cui non ti opponi. Sono settimane e mesi di felicità stordita, tu vai a scuola dai ordini a domestici e giardiniere, ci sono le prime al Regio e al Carignano, gli inviti accettati e ricambiati, ma il pensiero è fisso su Marco, le ore libere sono tutte per Marco, e non ti è difficile spiegare al marito che lui è tutto quel che resta della tua famiglia d'origine, che dovete rifarvi di una vita di ignoranza e lontananza. Gli altri non esistono e niente riesce a dividervi, neppure il richiamo del gioco – che avevi imparato a riconoscere nella fretta di tuo padre, nella sua disattenzione ansiosa – e quando lo vedi tornare con lo sguardo teso e preoccupato sai già di che si tratta e da buona sorella lo togli dall'affanno.

> Love, all alike, no season knowes, nor clyme,
> Nor houres, dayes, moneths, which are the rags of time.

190

ha scritto Donne.

> Let us roll all our Strength, and all
> Our sweetness, up into one Ball:
> And tear our Pleasures with rough strife,
> Thorough the Iron gates of Life.

ha chiosato Marvell, e questi versi sembrano composti per voi: l'amore senza gli stracci del tempo attraverso i ferrei cancelli della vita.

I segnali li conosci ma cerchi a lungo di ignorarli – sono i ritardi i rinvii le telefonate senza risposta la fretta e l'impazienza nei gesti e nella voce – e quando ti arrendi all'evidenza, quando non puoi più dubitare e sei sicura che ci sono altri e altre che entrano ed escono dalla sua vita, ti aggrappi all'idea che però tu conti di più e non rinneghi niente di quello che provi, non ti tiri indietro e non cerchi di farne a meno. In questo tuo accettare la forza del sentimento e la durezza della passione sei più determinata di Fedra, più lucida di Annabella e forse sai anche quale può essere la fine della storia. La vita, Bianca, continua a copiare Seneca Racine Ford – e anche i feuilleton.

«La collega tatuata»
di Margherita Oggero
Oscar bestsellers
Arnoldo Mondadori Editore

Questo volume è stato stampato
presso Mondadori Printing S.p.A.
Stabilimento NSM – Cles (TN)
Stampato in Italia. Printed in Italy

51281
2006